如果在冬夜，一個旅人

SE UNA NOTTE D'INVERNO UN VIAGGIATORE

Italo Calvino

伊塔羅・卡爾維諾

倪安宇——譯

Contents

導讀 讀小說，這回事 楊照 006
前言 010
第一章 025
如果在冬夜，一個旅人 032
第二章 046
馬爾堡鎮外 054
第三章 062
人在斷崖 076
第四章 089
不畏強風和暈眩 098

第五章 111
俯視暗影幢幢 124
第六章 136
在團團纏繞的網中 154
第七章 162
在團團交織的網中 185
第八章 193
在月光映照的落葉地毯上 226
第九章 236
空墓遺事 248

第十章 263
是哪一個故事未完待續？ 273
第十一章 282
第十二章 289
跋 290

導讀

讀小說，這回事

楊照

《如果在冬夜，一個旅人》是卡爾維諾的經典小說，開啟了一段全球性「後設小說」的流行風潮。一開頭，卡爾維諾立刻就抓住了讀者的注意，讓讀者感受到這不是一本一般的小說。這本小說寫的，是一位讀者準備要開始閱讀一本書名為《如果在冬夜，一個旅人》的小說，接著展開了一段小說內容和讀者經驗混淆交錯的描述，好不容易逐漸有了小說內容比較清晰的樣貌，突然，這本書中書，也叫做《如果在冬夜，一個旅人》的小說戛然而止，留下書中錯愕的讀者，以及書外同等錯愕的我們……

我們跟隨著書中的讀者去探訪小說的後續內容，卻只找到了另一本完全不相干的小說開頭，然後同樣的事情——讀到小說開頭，突然被打擾無法繼續讀下去，陰錯陽差接引到另一本小說的開頭——重複了十次。也就是說，這不是一般意義下的一本小說，而是卡爾維諾假冒了十個作者、十種腔調寫了十本小說的開頭。

為什麼要做這樣的事？將十個開頭湊接在一起有什麼意義？我們可以從作者的心情、作者的意圖來趨近這個問題的答案。卡爾維諾曾經自白，認為自己本質上不是一個寫長篇小說的人，毋寧比較喜愛短篇小說。會動筆寫小說，通常都是想到找到了一個引人入勝的開頭，一個帶有高度懸疑性的場景與動作，例如一男一女兩個人正要將一具屍體塞進塑膠袋裡；或是一個對電話聲音敏感的人受不了鄰居家中響個不停的電話，闖進門裡接起電話對方竟然是綁匪，簡短交代兩句話就將電話掛掉了；或是一個住進老師家中的男學生，被老師的太太勾搭做愛，同時他所暗戀的老師女兒驚愕地在一旁撞見……用這種方式開頭，多麼強而有力啊！讀者會想看，作者也會想寫。然而初始的懸疑震撼之後，再寫下去必定要進入解釋說明的階段，那就不再那麼有趣有力了，很容易讓作者與讀者共同產生疲乏感。既然如此，為什麼不寫一部一直維持開頭新鮮感的小說？當開頭新鮮刺激消退時，就換上另一個開頭，如此都用開頭來組成一部小說？

這種寫法還有另一項來歷，是卡爾維諾對於編輯工作的理解與想像。這部小說出版時，特別題獻給一位資深的編輯彭柯洛里（Ponchioroli），卡爾維諾早期的作品大多是由他編輯出版的。那個時代的文學出版編輯要讀那麼多寄到出版社來的小說，每一部小說都是從第一頁手稿開始讀起，但其中只有極少數他考慮要接受要出版的，才會讀到最後。換句話說，他主要的閱讀經驗，都在讀小說開頭！讀了那麼多小說，尤其是那麼多小說開頭，應該經常會將不同的小說內容搞混了吧，在記憶印象中將這本的開頭和另一本的開頭或其他情節搭接在一起，如此形成了其實從來都不存在的奇特作品……

藉由拼湊十個開頭，卡爾維諾捕捉、複製了這兩種獨特的經驗。不過更根本的，他要藉如此高度原創的形式來多層次地探討小說閱讀是怎麼一回事。在最粗淺的層次他要問：明明小說是虛構的，為何我們對於小說中接下來發生了什麼如此關切。讀了開頭卻無法繼續讀下去，一個讀者會如何反應？又會願意花多少工夫付多高代價去尋找小說的後續內容呢？

在第二個層次，卡爾維諾要問：每個人都用同樣的方式讀小說嗎？如果不是，那有多少種、哪些種讀小說的不同方式？在書中他特別凸顯了至少兩種方式，一種是天真被動地接受小說作者的虛構安排，入戲地想像體會小說內容。還有一種，是卡爾維諾寫這部小說時，正在西方學院興盛流行的「分析式」讀法。可以將小說文本放進電腦中進行統計，排出每個單字每個詞在當中出現的次數，由這樣的統計表來顯現小說的特性。可以將一本小說拆成好幾部分，每一部分都能單獨成為一個讀書會熱烈討論爭辯的對象，參與的人不必在意小說之前之後到底有什麼樣的情節，他們援引自己的經驗與理論來解析解釋任何段落，生出繁複糾結的意見來。

還有第三個層次，卡爾維諾思索讀者與作者間的關係。讀者閱讀小說一定會產生對於角色、場景的種種想像。同樣的文字描述，每個讀者心中的想像卻都不一樣。還不只如此，讀者往往也在閱讀中產生了對於作者的想像，認定了什麼樣的人會寫出這樣的小說，甚至透過想像評斷寫出這樣小說的人是好是壞、是正直還是邪惡、是天才還是庸才。讀者的想像內容不等同於作者，作者也無從控制讀者的想像，但這樣的想像卻不只影響了讀者如何閱讀作品，還可能在相當程度上規範約束了作者。

最後也是最高的層次上，卡爾維諾試圖去描述閱讀經驗本身，讓這部小說擺脫了傳統的「角色」、「情節」、「場景」三元素構成，轉而以「閱讀」作為真正的主角。他所採用的策略，是創造了第二人稱「你」所指涉的讀者，創造讀這本書的人對於書中「讀者你」產生投射認同。然而書中敘事進行到一半，突然間原本男性身分的讀者「你」，轉成了女性讀者「妳」，又故意打亂、取消了前面製造的認同效果。「你」和「妳」各自展開閱讀追索與冒險，讓一切的閱讀感知與理解都無法確定，不斷迷離游移。

卡爾維諾精彩地示範了小說總是能夠擺脫過去對於小說的各種規定，寫出既不像以前存在過的任何小說作品，卻又不折不扣散放著小說魅力的作品。《如果在冬夜，一個旅人》出版後，幾十年間出現數不清的「後設小說」仿作，其中大部分都隨著「後設」不再新鮮被讀者丟棄遺忘了，唯獨《如果在冬夜，一個旅人》依然作為此形式的經典代表而昂然傲立著。

前言

《如果在冬夜，一個旅人》初版由艾伊瑙迪出版社（Einaudi）於一九七九年六月印行出版。當時卡爾維諾接受多家報紙和雜誌訪問。而義大利文學評論家安傑羅．威廉（Angelo Guglielmi）對該書的一篇評論，讓卡爾維諾得以針對這部作品的結構和意義提出省思與討論。這篇回應於一九七九年十二月在《文化》月刊（*alfabeta*）發表，標題為〈如果在冬夜，一個敘事者〉（*Se una notte d'inverno un narratore*）。

親愛的安傑羅．威廉，「我想問卡爾維諾兩個問題，」你是這麼寫的。事實上你發表在《文化》月刊第六期，標題為〈請問卡爾維諾〉（*Domande per Italo Calvino*）的文章中對我的《旅人》提出了不少問題，有的直接，有的隱晦。我會盡我所能回答你。

我先從你文章中尚未提出問題的部分說起，也就是從你的論述與我一致的地方開始，以找出我們的道路從何處開始分叉，漸行漸遠。你對我這本小說做出十分忠於原文的描述，特別對男性讀者陸續看過的十種不同類型的小說提出明確定義：

「……第一本小說中，現實跟霧一樣捉摸不著；第二本小說中實物展現出來的特性是如此飽滿而感性；內省在第三本小說中占了上風；再換一本小說是藉由歷史、政治和軍事行動投射出一種強烈的生存壓力；有的小說中會有突發的殘酷暴力，換一本則會看到焦慮不安的情感日益高漲。此外，還有違反倫常的情慾小說，跟原始、大地有關的小說，最後則是一本談末世的小說。」[1]

大部分評論為了定義這十本只有開頭的小說，四處尋找可能的原型或出處（羅列的作者名單中不乏我從未想過的人，讓我開始留意之前沒有探究過的領域，例如不同文本之間的心理聯想是怎麼回事，我們的腦袋用什麼方式讓一個文本跟另一個文本相互同化或彼此支援），而你卻跟進我的操作模式，提出我對每一本小說的風格設定，以及每本小說跟世界之間的關係設定（關於這部分，就讓許許多多被讀過的書的記憶餘韻自行慢慢發酵吧），而且你對十本書都做了完美說明。

十本書嗎？再仔細一看，我發現你只舉了九個例子。漏了一個，在一個句號後面寫了「還有……」，指的是鏡子那篇故事（《在團團交織的網中》），試著用邏輯操作、幾何圖像或西洋棋對弈來建構的一個故事。如果我們也想舉幾個風格相近的作家為例，或許可以追溯到用這種方法說故事最為熟稔的愛倫坡，還有今日集大成的波赫士。在這兩位有些時間差距的作家之間，我們還可以找到其他試圖淡化不切實際浪漫情緒、常用賣弄學問來營造較為罕見的抽象心理氛圍的作者。

其他評論都特別（過度？）著重《在團團交織的網中》這個故事，你是唯一一個把它遺忘的。為什麼？原因是，我認為，如果你沒有遺忘，你就不得不承認代表我們這個時代的不同文學形式之中也有經過縝密計算的封閉式作品，所謂封閉和計算是一種悖論，指出了一個事實，跟以為封閉形式（就完整度和穩定度而言）令人安心正好相反的事實：這個世界其實岌岌可危、不穩定、支離破碎。

你如果承認這一點，就必須接受《旅人》從頭到尾都很努力回應這個模式（包括使用這類模式常用的老掉牙小說主題：不受控制的暗黑勢力正在醞釀一個影響全世界的大陰謀，風格戲謔且帶有寓意，至少從英國推理小說作家卻斯特頓〔Gilbert Keith Chesterton〕以降是如此。然後天將神兵讓劇情大逆轉。你指責我用騙子這樣一個人物來解決問題的手法太過簡單，可是在文本脈絡裡如此安排我認為實屬必然），這個模式的第一個遊戲規則就是「想辦法自圓其說」（表面上看起來自圓其說，實際上我們清楚知道不可能做到）。你覺得「自圓其說」不過是權宜之計，但是那其實可以拿來當作一種雜耍練習，以挑戰（或突顯）形式下面的空洞。

總之，如果你跳過（或刪除？）這本「幾何推理小說」，你的部分質疑和異議就不成立，例如「無法得出結論」（你難以接受我如何能「得出結論」，你質疑：「難道是我們過於粗心大意？」）不是，正好相反，我小心翼翼，把一切都算進去，好讓傳統的「美好結局」，例如男女英雄主角步入結婚禮堂等等，能夠成為容納所有混亂的那個框架的最後彌封）。

關於「未完」的討論，你從文學觀點提出的看法都很正確，首先我想釐清可能的誤會。其中有兩點我希望能加以澄清：

第一、閱讀對象是我這本書的核心，至於它是「文學作品」或是「浪漫小說」並不重要。閱讀這個程序的第一步是必須吸引讀者對情節發展的注意力，持續期待接下來會發生的事（這點對民間文學或大眾文學是理所當然，曲高和寡的文學作品也未能例外）。「浪漫小說」如果中斷不可原諒，但是中斷可以被制式化（分期連載的小說總是斷在最緊要的地方、一章的結尾，或是「讓我們回想一下」這句話）。把情節中斷當成我這本書的結構母題自有其明確、特定的意義，跟藝術和文學的「未完」議題無關，那是另外一回事。應該說我的這本小說不是「未完」，而是「中斷的完結」，是「已完結但結局無從得知或看不見」，這句話可以從字面來看，也可以視為隱喻（我覺得我的意思大概可以總結為：「我們活在一個故事有開頭沒結尾的世界裡」）。

第二、我那十本小說真的只有開頭沒有後續嗎？有評論（請參見露伽·德拉莫〔Luce d'Eramo〕發表在《宣言報》〔*Il Manifesto*〕上的文章，九月十六日）和品味細膩的讀者不這麼認為，他們覺得那些故事已經完結，已經把該說的都說完了，沒有什麼需要補充。關於這點我不再多言。我只能說剛開始我想讓小說半途而廢，或者應該說我想呈現的是半途而廢的小說閱讀，但是後來大多數故事我都想要發展成獨立的短篇小說（這也是理所當然，我本來就更傾向於短篇小說寫作，而非長篇小說）。

「浪漫小說」的目標族群和受惠者是「中階讀者」，那也是我為《旅人》設定的主角身分。應該說雙主角，因為有一位男性讀者，一位女性讀者。我沒有為前者塑造人物性格，或賦予他明確風格，他可以是多才多藝的路人甲。後者則是一位好惡分明的女性讀者，能清楚表達她的期許和抗拒（盡可能避免使用知識分子色彩過重的用詞，因為知識分子語言完全無法在日常對話中施展），是昇華版的「中階女性讀者」，對她作為女性讀者扮演的社會角色感到驕傲，但是缺乏熱情。我想這個社會角色，也是我寫作的前提，不只是寫這本書的前提。

而你毫不猶豫鎖定的對象正是「中階讀者」這個目標族群，你說：「卡爾維諾難道不是利用無與倫比的魯德米拉（即便他不自覺）展現某些了不起的個人特色以誘惑（諂媚）中階男性讀者，因為他們才是卡爾維諾這本書真正的讀者（購買者）？」

這番話讓我難以接受的是「即便他不自覺」。我怎麼可能不自覺？我既然以男性讀者和女性讀者作為這本書的核心，當然知道自己在做什麼。我從未忘記男性讀者是買書人（畢竟我靠版稅過活），而書是在市場上販售的商品。那些以為自己不需要仰賴經濟活動及所有相關衍生活動就能生存的人，並不會贏得我的尊重。

總之，如果你覺得我以色誘人，我接受；覺得我諂媚讀者，我接受；覺得我是在叫賣商品，我也接受。但是如果你說我不自覺，這一點我不能接受！我想在《旅人》書中呈現（暗喻）的是男性讀者（作為一位普通讀者）被一本書連累、身陷其中並非他所願，而我所做的無非是清楚展現我在之前所有作品中展現的有意識、不變的意圖。或許應該從社會學角度來討論閱讀這件事（或是從政治學角度），只不過恐怕會離題太遠。

回頭來談你評論中最重要的兩個問題：一，可以靠很多個我來超越我嗎？二，可以把所有作者簡化為十個人嗎？（我將問題濃縮，當作備忘錄，回答你時我會從你文章的完整觀點出發）

關於第一個問題，我只能說透過羅列不同的語言可能性以追求繁複性，是突顯這個世紀某些文學作品特色的方法，例如花十八章篇幅來描述都柏林某個傢伙如何度過一天，而且每一章文風互異的某本小說。

這些傑出的前人之作並不會讓我排斥永遠保持你所說的「準備就緒狀態」，「因為這個狀態，人跟這個世界的關係不一定非得從認同角度出發，可以發展成一種形式研究」。不過，至少在這本書裡，「形式研究」對我而言始終是（近乎金科玉律）在基本統一的主題上匯合（或由此發散）的一種多樣性。老實說，這點並無新意。格諾[2]於一九四七年出版的《風格練習》（*Exercises de style*）書中，就用了九十九種不同寫法來處理短短幾行能寫完的一則軼事。

在這個典型的浪漫情節裡，我選擇了一個方案，可以簡述如下：**以第一人稱說故事的男性角色發**

現自己扮演起一個不屬於他的角色，他受到一位女性角色的吸引，同時身陷來自各方暗黑勢力的威脅無力逃脫。我在《旅人》書末以一個偽《一千零一夜》的故事形式說明我這個敘事主軸，但是似乎沒有任何一篇評論（即便很多人都強調全書有統一的主題）注意到這點。同一個情境也適用於框架設定（我們可以說男性主角的自我身分認同危機源自於他沒有身分，他是一個「你」，每個人都可以把自己套入他的「我」）。

這並不是我給自己設定的**限制**或遊戲規則。你看到每一章遵循的小說類型「框架」都是由女性讀者開口預告。而且每一本「小說」的書名都呼應了某個需求，因為這些所有書名最後串連起來會變成另一本小說的**開頭**。既然書名就字面而言始終呼應故事主題，每一本「小說」自然是從書名開始就呼應女性讀者在前一章提出的閱讀期待。我說這些是為了告訴你，如果你仔細看，就不會說「在其他的『我』身上尋求認同」，你會看到一個別無選擇的方格狀行進路線，那是這本書真正的育成機器，與雷蒙．羅素[3]在他的浪漫作品中以頭韻出發，以頭韻收尾的模式類似。

我們接下來討論第二個問題：為什麼是十本小說？答案呼之欲出，你在前面幾段就提到：「總得設定一條底線」。我也可以選擇寫十二本小說，或七本，或七十七本，只要能夠傳達多樣性這個概念。但是你隨即排除了這個答案：「卡爾維諾太聰明，用十種可能性掩飾他的整體意圖，以及他面對不確定賭盤時本質上的不樂意。」

這時候輪到我質問我自己，我忍不住想問的是：「你到底惹了什麼麻煩？」事實上，關於整體性這個概念，我向來輕鬆面對，至於「整體意圖」，我不認同。或許文本自己會說話：我在這裡談的（我的書中人物席拉斯·弗蘭納里談的）是「整體性」，是「所有可能的書」。這個問題不只涉及**所有**，更重要的是**可能**。也是這裡讓你的異議不攻自破，因為你立刻提出第二個問題：「卡爾維諾真的……相信**可能**和**存在**是同一件事？」你對我提出的告誡極具啟發性：「可能不可數，可能永遠不會是加總的結果，可能更像是一條消失中的線，線上每一個點都是這個無盡集合的組成元素。」

為了能夠抽身，或許我該問自己的問題是：為什麼是那十本，難道不能是另外十本？顯然我會選擇那十種類型的小說，是因為我覺得對我來說更有意義，因為我寫得更順手，因為我寫這十本的時候特別開心。一直有其他類型的小說出現在我腦海中，我本來也可以加入待寫書單中，但是有的我不確定自己能不能寫好，有的我覺得有過於強烈的形式表現，或是因為《旅人》這本書的設定已經負荷過重我不想要增加額外負擔。（舉例來說，我想過很多次，為什麼敘事者必須是男性？換成「女性」書寫不行嗎？但是真的有「女性」書寫嗎？能不能在舉出每一本「男性」小說案例的時候都想出一個相對應的「女性」？）

所以可以這麼說，在我這本書裡面的**可能**不是絕對的可能，而是**對我而言可能**。不過也不完全是對我而言可能。舉例來說，我原本對重新整理我的文學自傳、重複我已經做過的敘事類型不感興趣，那應該是我和我想做的次要可能選項，是跳脫出可能跳脫被自我所限制的那個我之後，就能做到的可能選項。

對我這本書做出這個狹隘定義（我話先說前頭，以撇清加在我頭上的「整體意圖」此一說法），如果忽略其同時存在的反向推力，會形塑出一個乏善可陳的形象。這個推力就是我不斷自問，我正在寫的這本書是否對我以外的其他人也有意義。特別是在最後階段，當書實質上已經完成，必不可少的諸多環環相扣不允許你再做任何更動，我就開始執著於從概念角度出發查驗故事的情節、發展和順序安排是不是都說得通。我試著整理出不同摘要和方案，為我個人爬梳釐清所用，但我始終沒辦法百分之百滿意。

這時候我讓我朋友之中最有智慧的那個閱讀我的手稿，看看我有沒有把話講清楚。他告訴我說，他認為這本書是循序漸進持續在進行刪除，到最後在那本「末世小說」中刪除了整個世界。這個想法，加上我正好重讀了波赫士的短篇小說《向阿爾穆塔辛邁進》（*El acercamiento a Almotásim*），讓我決定重看一遍我寫的（已經寫完的）這本書，這麼做可以說是對「真小說」進行研究，同時也是面對這個世界的正確態度，因為每一本開始後中斷的「小說」都是一條被棄置的路。從這個角度來看，這本書可以說是一本「負面」自傳（對我來說），裡面有我原本想寫但是被我棄置的那些小說，還有一本（為我和其他人寫的）通往禁止通行道路的生存態度指南。

那位有大智慧的朋友提醒我，柏拉圖《對話錄》裡的〈智士篇〉（*Sophista*）採用二元論模式來定義釣魚，每次只要二選一的方案中有一個被淘汰，另一個方案就會自動一分為二。這個提醒讓我決定採取相同的「路線規劃」方法，以描繪讓書言之成理的各種方案。我跟你分享其中一個，你會發現我定義那十本小說所用的詞彙幾乎跟你一樣。

方案很可能是一個圓，意思是方案的最後一段有可能跟第一段首尾相接。那代表整體性嗎？從這個角度來說，是的，我希望它是。也希望在你宣稱「這個世界不能被見證（或被宣揚），只能被拒絕認識，脫離所有保護，不管是個人或集體保護，回歸到它的不可還原狀態」時，能夠在失望邊緣畫出一個空白區域，讓你所言的「拒絕認識」世界這個態度有可去之處。

譯注

1 （原注）五年後，卡爾維諾在布宜諾斯艾利斯義大利文化協會舉行的一場研討會中，對《旅人》這本書做了以下定義和描述：「我在《如果在冬夜，一個旅人》書中完成了十本『偽』小說的書寫，我想像有一名作者，那個人不是我，而且實際上並不存在，寫了十本小說。《旅人》談的是閱讀小說的快樂，書中主角是一位男性讀者，他一次又一次在開始看書之後沒多久，就因為各種違背他意願的突發狀況被迫中斷閱讀。所以我得以虛構的作者身分書寫那十本小說的開頭，每一本小說都跟我的小說大不相同，每一本小說彼此之間也大不相同。有的小說疑神疑鬼，感覺很混亂；有的小說氣氛沉重，暗藏殺機；有的小說傾向內省，帶有象徵意味；有的小說談革命與存在的意義；有的小說談憤世嫉俗的犬儒主義；有的討論各種強迫性執念；有的談邏輯和幾何，也有以背德情慾為主軸的小說，以原始—大地角度切入的小說，還有末世隱喻小說。與其說我把自己當作這十本小說的作者，不如說我試圖以男性讀者的身分自居，再現某種閱讀樂趣，而非再現真實文本。在這個過程中，我有時候會覺得自己得到那十個不存在的作者的創作能量加持。更重要的是我試圖凸顯每一本書的誕生都與其他書的存在有關，與其他書比較對照而生。」（卡爾維諾，〈那本書，那些書〉〔*Il libro, i libri*〕，《義大利新風貌》〔*Nuovi quaderni italiani*〕，布宜諾斯艾利斯，一九八四年出版，頁十九。）

2 格諾（Raymond Queneau, 1903-1976），法國作家、詩人、數學家、劇作家，是迦利瑪出版社的重要成員，負責大百科全書的編纂工作。這位法國文學實驗大師的文學創作結合不同學科，以文字遊戲拆解語法規範，突破傳統文學架構。除卡爾維諾翻譯其作品《藍色小花》（*Les Fleurs Bleues*）外，安伯托．艾可亦翻譯了《風格練習》。

3 雷蒙．羅素（Raymond Roussel, 1877-1933），法國作家、詩人兼劇作家。被譽為「用想像解答」的後形而上學（pataphysique）之父，對二十世紀的超現實主義創作及新小說作家皆有深遠影響。

附錄——「路線規劃」

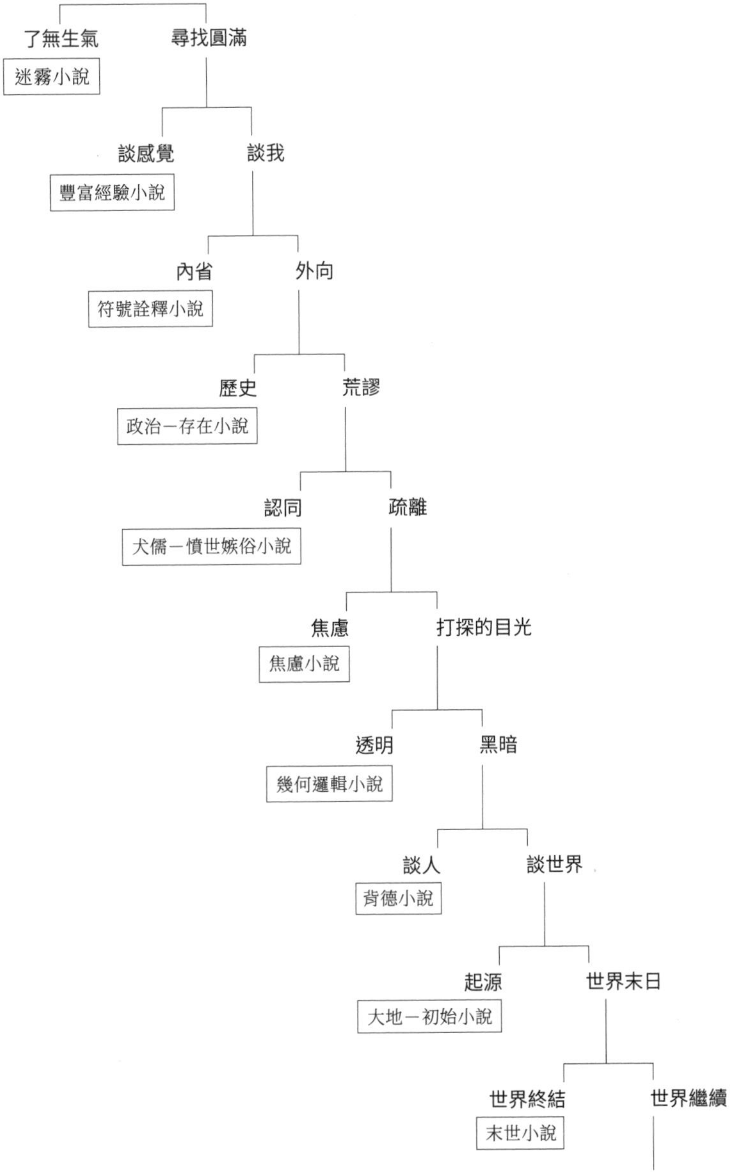
了無生氣
迷霧小說
尋找圓滿
談感覺
豐富經驗小說
談我
內省
符號詮釋小說
外向
歷史
政治－存在小說
荒謬
認同
犬儒－憤世嫉俗小說
疏離
焦慮
焦慮小說
打探的目光
透明
幾何邏輯小說
黑暗
談人
背德小說
談世界
起源
大地－初始小說
世界末日
世界終結
末世小說
世界繼續

獻給丹尼耶雷・彭柯洛里[1]

1 丹尼耶雷・彭柯洛里（Daniele Ponchiroli, 1924-1979），一九五一年出任艾伊瑙迪出版社總編輯，與早年作品皆由艾伊瑙迪出版的卡爾維諾亦師亦友。本書中卡維達尼亞先生便是以彭柯洛里為藍本。

第一章

你正準備閱讀伊塔羅・卡爾維諾的最新小說《如果在冬夜，一個旅人》。放鬆。集中心神。排除所有雜念。讓你周遭的一切漸漸化為無形。最好把門關上，客廳裡電視總是開著。你快點跟大家說：「不，我不想看電視！」說大聲一點，否則他們聽不見。「我在看書！別來吵我！」他們恐怕還是沒聽見，畢竟外面如此嘈雜。你得再大聲一點，用吼的：「我正準備閱讀伊塔羅・卡爾維諾的最新小說！」如果你不想說，也可以不說，希望他們不會來打擾你。

你得找一個最舒服的姿勢，坐著或躺下，窩著或躺平。可以仰面朝天躺著，或是側臥，或是趴著。可以坐在單人扶手椅上，或沙發上，或搖椅上，或躺椅上，或懶骨頭上。也可以選擇吊床，如果你有吊床。躺床上，當然可以，也可以躺進被窩裡。你甚至可以頭下腳上，擺出瑜珈姿勢。別忘了書也得上下顛倒。

可想而知，沒有最適合閱讀的姿勢這回事。以前都站著，站在讀經臺前閱讀。大家習慣站著不動。以前騎馬騎累了，就這麼站著休息。沒有人會想要騎在馬背上閱讀。今日或許會覺得坐在馬鞍上閱讀，把書靠在馬鬃上，或把書用特殊馬具掛在馬耳朵上，頗為吸引人。雙腳踏著馬鐙，應該是很舒服的閱讀姿勢。把腳抬高是享受閱讀的首要條件。

好吧，那你還等什麼？快把腳伸出來，踩在枕頭上，一腳踩一個，或踩在沙發扶手上，或單人扶手椅靠臂上，或是茶几、書桌、鋼琴、堪輿地圖上都可以。記得要先把鞋子脫了。現在，別一手拎著鞋子，一手拿著書愣在那裡。

你還得調整燈光，以免造成視覺疲勞。現在就做，因為你一旦沉浸在閱讀的世界裡，就再也不想動。別讓陰影遮蔽書頁，這樣會讓灰底襯著密密麻麻的黑色文字，像一群整齊劃一的老鼠。但也要留意別讓太強的光線直接照射文字，像南義的日正當中，以免慘白紙張上出現紅色的文字殘影。接下來你要預防任何有可能打斷你閱讀的事情發生。香菸放在手邊，如果你抽菸的話，別忘了菸灰缸。還有什麼呢？上廁所？這一點，你自己知道。

你並沒有特別期待從這本書得到什麼特別的收穫。你是那種原則上不會對任何事有所期待的人。有很多人，比你年輕或比你年長的人，成日期待能從書本、他人、旅行、事件和明日可能發生的種種得到非凡體驗。你不會。你知道唯一能夠期待的最好結果就是不會遇到最壞。這是你從自己人生中得到的結論，你是這樣看待一般問題，也是如此看待世界。那麼書呢？你把書單獨劃分出來，你認為自己還是可以保有年輕時的樂趣，對書這個明確範疇有所期待，喜歡也好不喜歡也罷，即便失望，後果不會太嚴重。

總之，你在報紙上看到伊塔羅・卡爾維諾的最新著作《如果在冬夜，一個旅人》出版，他已經多年沒有推出作品了。你經過書店，買了這本書。你做得很好。

你一眼就從書店櫥窗看見這本書的書封。循著這個視覺平面線索，你穿過書店展示平臺和書架上「你沒看過的書」向你怒目以對試圖讓你心生畏懼的層層阻礙，你知道你不該輕易退縮。除了「你沒看過的書」之外，還有一望無際的「你可以不用看的書」、「有其他用途但不是為了閱讀而寫的書」以及「已經看過不需要打開因為在它還沒被寫出來之前大家就已經知道寫了什麼的書」。於是你越過第一道環狀屏障，直接殺到「如果你能多活幾輩子會很樂於閱讀可惜人的一生只有那麼長的書」面前。你動作迅捷越過它們，隨即被成群結隊「你很想看可是必須先讀過其他書才能看的書」、「售價太貴只能等待半價二手轉售的書」、「理由同前必須等待出平裝版才能買的書」、「可以向別人借來看的書」、「所有人都看過所以等於你也看過的書」所包圍。擊退這些突襲之後，你來到要塞碉堡下方，那裡嚴陣以待的有：

「你早已計畫要看的書」，

「你找了好多年遍尋未果的書」，

「跟你最近關心的議題有關的書」，

「在任何突發狀況下你會希望正好就在手邊的書」，「你可能會暫時擱置一旁準備夏天再來看的書」，「你沒有但希望能跟其他書一起擺在書架上的書」，「讓你突然間因不明原因好奇心爆發難以遏止的書」。

你原本有機會把戰場上不可數的敵軍戰力減少到雖然龐大但是可數的範圍之內，可惜受到「很久以前看過應該再看一次的書，和你一直假裝自己看過也該是時候下定決心去看的書」埋伏包抄，沒能成功。

你左閃右躲一個縱身跳進「作者或主題吸引你的新書區」。你可以在這個碉堡裡的「非新議題（對你而言，或對所有人而言）的作者新書」及「全新議題（至少對你而言）的作者新書」守軍隊伍中尋找突破口，根據你的好惡、追求新或不新（在非新書中求新，以及在新書中不求新）釐清這些書對你的吸引力。

也就是說你快速地掃過書店陳列的那些書名，然後邁開步伐直奔新出爐的《如果在冬夜，一個旅人》，拿起一本帶去櫃檯確認你擁有它的權利。

你再迷惘地看了一眼身邊那些書（或許應該說，是那些書迷惘地看著你，好像被關在市立動物收容所籠子裡面的小狗，望著昔日夥伴被主人牽繩領走，漸漸遠離那般的神情），然後你離開。

這本新出版的書帶給你很特別的愉悅感受，不只是因為它是你帶在身邊的一本書，也因為它「新」。可以是剛剛出廠的那種「新」，只要在書房轉瞬即逝的秋天裡，書封還未開始變黃，切口還未被菸燻黑，書脊邊角還未捲曲，書就能繼續擁有韶華之美。不，你要的是能夠不斷遇到真正的新意，既然是新意就該歷久彌新。你看了一本剛剛出版的書，從第一秒開始你就擁有這個新意，不需要苦苦追求，跟在後面追趕。這次這本書會是你要的嗎？沒有人知道。讓我們看看這本書的開頭。

或許你在書店裡已經翻過這本書。也很可能因為有透明封膜包覆，你無法翻閱。你現在在公車上，站著，旁邊有人，你一隻手抓著握把，另一隻手拆包裝紙。你的動作有點像猴子，想要剝香蕉皮同時又抓著枝椏不放。小心你手肘撞到旁人了，總得跟人家說聲對不起吧。

或許書店沒有把書包起來，直接把書裝進紙袋裡。這樣事情就簡單了。你坐在駕駛座上，遇到紅燈停下來，把書從紙袋裡拿出來，拆開透明封膜，才開始閱讀前面幾行，一陣喇叭聲轟然而來，綠燈了，你阻礙了交通。

你坐在辦公桌前，書就隨意夾在公文堆裡。你不經意移動一個公文夾，發現書在眼前，你漫不經心地打開書，手肘抵著桌面，手握成拳頭抵著額頭，貌似全神貫注在看公文，其實你在看這本小說的前幾頁。你漸漸放鬆背脊靠向椅背，把書拿到與鼻子同高，把椅子重心往後壓，打開辦公桌側面一個抽屜來放腳。閱讀時腳怎麼放非常重要，你伸長腿架在桌面上，架在尚待回覆的公文上。

你不覺得這樣有失尊重嗎？尊重，想當然耳，那是指書，不是指你的工作（沒有人質疑你的專業表現，儘管你的工作性質正常來說屬於占據國家和世界經濟可觀比例的不具生產力體系）。比較糟的情況是，不管你是基於自願或非自願，你的工作屬於那種真的在工作，不管有意或無意，是為自己也為別人執行某樣必須完成或至少並非無用的工作，而被你當成護身符帶到工作場所的這本書三不五時誘惑你，讓你的注意力老是從主要工作對象身上分神幾秒鐘，無論你是在操作電子打孔機、在廚房烤麵包、開推土機，或是面對腸子跑出來躺在手術臺上的病人。

總而言之，你最好耐著性子，等你回到家之後再打開這本書。現在可以了。你在你自己的房間裡，很平靜，打開你的書翻到第一頁，不，翻到最後一頁，你要做的第一件事是看看這個故事有多長。幸好，故事不算太長。現今寫長篇小說恐怕不合時宜，因為時間維度已經被打破，我們的生活和思考都存在於片段的時間裡，而這些時間片段循著各自軌跡遠離後立刻消失。時間連續性只見於某個時代的小說，在那個時代，時間不再是停滯的，也還沒有爆炸，那個時代大約長一百年，之後再也沒有了。

你重新翻到前面，瞄了一眼折頁的文案，很籠統，沒說什麼。這樣比較好，不該有任何文字與這本書準備面對面跟你說的，或應該由你自己從這本書汲取的內容有所重疊，不管多或少。當然，先打量打量這本書，在閱讀內文之前先閱讀周邊文字，都屬於新書特有的愉悅，不過所有前戲都有最佳賞味期，目的是為了讓你在執行之後的行動，也就是閱讀的時候，得到更實在的快感。

你現在準備好要從第一頁第一行開始看起。你預期自己會立刻認出這位作者獨一無二的行文風格。沒有。你沒認出來。其實仔細想想，誰說這位作者有獨一無二的行文風格？正好相反，大家都知道這位作者每本書的風格都大不相同。改變正是他的作品風格。不過這跟他寫了什麼無關，至少就你記憶所及是如此。你會失望嗎？我們來看看。說不定剛開始你覺得有些茫然，像有人做自我介紹時說的名字讓你聯想到某張臉，可是把眼前的輪廓跟你記憶中的輪廓做比對，結果並不吻合。你繼續往下看，發現這本書雖然不符合你對作者的預期，但是不難看，書本身引起了你的好奇心，回想一下，其實你比較喜歡這樣，面對你還不那麼清楚的東西。

如果在冬夜，一個旅人

故事開始於一個火車站，火車頭噗噗噗冒著煙。第一章開頭是一個上氣不接下氣的活塞，第一段開頭是一團黑煙。火車站惱人氣味中飄來一陣站內自助餐飲店的味道。有人透過毛玻璃向室內看，他拉開咖啡館的玻璃門，一切都霧濛濛的，室內也不例外，彷彿近視眼，或受煤渣刺激發炎的眼睛所見。書頁宛如老火車車窗的毛玻璃，煙雲落在字裡行間。這個晚上雨不停，男人走進咖啡館，解開潮濕外套的釦子，一團水霧蒸騰纏裹著他，雨中亮晶晶、看不到盡頭的月臺上發出長長的笛鳴。

跟火車頭一樣嗚嗚叫噴氣的是咖啡機，年邁咖啡師的加壓動作彷彿開啟了某個信號，至少第二段字字句句的感覺很類似：這一段描述方桌上的撲克玩家把原本攤成扇形的紙牌收攏放在胸口，同時扭轉脖子、肩膀和椅子看向新加入的那個人，坐在吧檯前的客人或舉起咖啡杯，瞇著眼睛對咖啡輕吹，或神情異常專注地啜飲快要溢出杯口的啤酒。貓咪拱起背，櫃檯人員關收銀機發出叮的一聲。所有這些跡象加起來說明這是一個縣城小火車站，不管誰走進來都會立刻受到矚目。

所有火車站都大同小異。燈光能不能照亮光暈以外的地方不重要，總之這種地方在你記憶裡不陌生，即便所有火車都離站了那味道依然不散，那是最後一班火車離站後屬於火車站的特殊氣味。火車站的燈光和你正在閱讀的文字似乎意在消解，而非指明被薄霧和黑影輕拂過的那些東西。今晚是我這輩子第一次在這個火車站下車，卻覺得已經在這裡度過了一生，在這間咖啡館走進走出，從月臺上的氣味到廁所潮濕木屑的氣味，一切混雜成一種味道，等待的味道，是電話亭裡撥出去的號碼沒有回應只能把銅板收回來的那個味道。

我在咖啡館和電話亭間來回。除此之外，你對那個叫做「我」的男人一無所知，你對這個只叫做「火車站」的火車站，以及在火車站外只有得不到回應的電話撥號、在某個遙遠城市的漆黑房間裡響起同樣一無所知。我放下電話聽筒，等待銅板嘩啦啦掉下退幣口，回頭推開玻璃門，走向在一團水霧中等著被擦乾的一疊咖啡杯。

火車站裡的義式濃縮咖啡機總是特別標榜它們跟火車頭的親緣關係，昨日的咖啡機與昨日的機動火車頭，今日的咖啡機與今日的電動火車頭。我忙著來來去去，繞圈轉身，我被困住了，身陷火車站必不會少的超越時間的陷阱中。即便所有路線都已經電氣化，火車站的空氣依然有揮之不去的煤炭懸浮微粒，而一本談火車和火車站的小說不能不傳遞這種煙煤的氣味。你正在閱讀的這兩頁應該已經讓你清楚知道我搭誤點火車來到的這個火車站，究竟是以前的老火車站還是現在的新火車站，但是句子繼續不明不白地，在幽暗中，在經驗被縮減為最小分母的某種土地上前進。你要當心，這顯然是為了讓你一點一點陷進去，讓你不知不覺捲入其中無法自拔：一個陷阱。也或許是作者還沒決定，一如你這個讀者並不確定自己更想看到什麼，是老車站，好讓你感覺回到過去，重新擁有那逝去的時光和地方，還是耀眼燈光和震天聲響，好讓你覺得活在今天，因為那種方式會讓大家以為今天活著很開心。這間咖啡館（也有人稱之為「火車站自助餐飲店」）在我近視或發炎的眼裡看來一片迷濛，說不定其實吊滿了亮晃晃的五彩霓虹燈管，經由鏡子反射填滿所有通道和間隙，沒有陰影的室內空間裡，不知寧靜為何物的音響設備，正以最大音量震天價響噴送音樂，滿到快要溢出來，彈珠檯和其他賽馬及獵人頭電子模擬遊戲機全部啟動，五彩繽紛的影像在透明的電視機裡和用一串串垂直氣泡逗弄熱帶魚的水族箱裡游移。我手中拿的不是裝得鼓鼓的，有點磨損的可調整大小手提袋，而是一個塑膠材質的硬殼行李箱，附小輪子，有一支可伸縮鍍鉻金屬操控拉桿。

讀者你以為在月臺遮棚下的我盯著老火車站裡圓形時鐘的鏤空指針看，恨不得指針逆行，倒退著走過逝去時光了無生息倒臥過的那個圓形萬神殿墳場。你怎知不是時鐘上的數字出現在斷頭臺小方框內，讓我覺得那把刀隨時有可能朝我落下？反正結果大同小異：走在平緩無阻礙的世界裡，我的手緊握滑輪行李箱輕巧拉桿的同時顯示出我內心的抗拒，彷彿那個輕便的行李是讓我覺得吃力又疲乏的負荷。

肯定有什麼事情不對勁。出了差錯，誤點，沒趕上轉車。或許我到的時候應該先找聯絡窗口，也有可能是因為這個行李箱讓我太操心，不知道是因為擔心弄丟，或覺得它是燙手山芋巴不得趕快脫手。可以確定的是，這不是可以隨便託給行李寄存處或假裝遺忘在等候大廳的一個行李箱。再盯著時鐘看也無濟於事，如果之前有人來等，我應該已經離開好一會兒了。我不該再糾結執著於想要讓時鐘和行事曆倒退，寄望自己可以回到發生某件不該發生的事情的前一刻。如果我必須在這個火車站跟某人相遇，他跟這個火車站沒有任何關係，只不過得從一列火車下來坐上另一列火車再出發，我也是如此，而我們兩人其中一人要將某樣東西交給另一人，例如我很可能應該要把這個滑輪行李箱交給他，結果卻留在我手上讓我想丟丟不掉，所以唯一可以做的事，就是把失聯的對方找出來。

我已經穿過咖啡館數次，站在面對看不見的廣場的玻璃門邊看出去，每一次那道黑漆漆的牆都把我向後推入介在暗黑月臺和迷霧籠罩城市之間的這個明亮邊緣地帶。如果走出去，去哪裡呢？外面那個城市還沒有名字，我們不知道城市會不會被排除在小說之外，或是用黑墨水把它收攏進來。我只知道小說第一章遲遲未能離開火車站跟咖啡館，為謹慎起見我最好不要走開，因為很可能會有人來找我，我也最好不要讓人看見我帶著那個裝得滿滿的行李箱。所以我繼續用銅板餵食每次都把銅板吐還給我的公共電話，很多很多銅板，彷彿我要打的是長途電話一般：天知道應該給我下一個指示，或者說讓我聽令行事的那些人在哪裡，顯然我是歸他們管的，我一點都不像是為了私人事務或生意需求出門旅行的人，我應該是任務執行者，或複雜布局中的一枚棋子，一個大型運作機制裡的小齒輪，小到根本看不見，原定計畫是我不留任何痕跡路過這裡，不然我在這裡停留的每一分鐘應都會留下痕跡；即使我不跟任何人說話，我照樣會留下痕跡，因為我的設定就是一個不願意開口說話的人；如果我開口說話，會留下痕跡，因為每一句說出口的話都會停佇，不論是否加了上下引號，依然會再度出現。或許正是因為如此，作者在沒有對話的長段落裡用了一層又一層的假設，厚度堪比高密度的深色鉛板，讓我經過時不會被看見，消失不見。

我是一個不引人注意的人，一個無名無姓的人出現在這個無以名之的地方，如果讀者你沒辦法在下火車的人群中對我視而不見，始終跟著我在咖啡館和電話亭之間來來去去，不過是因為我叫做「我」，你對我只知道這一點，但已經足以讓你把部分的你交付給陌生的我。就像作者無意談他自己，他決定把書中主角稱為「我」或許是為了避開大家的目光，為了不需要提及名字或予以形容，因為任何名稱或描述都有可能更進一步界定這個光禿禿的代名詞，然而他光是為了寫「我」就不得不把一點點的他，他的感受或他想像的感受放進這個「我」裡面。把自己代入我其實再簡單不過，現在我的外在表現是一個錯過轉乘列車的旅人，而這個情況大家都有經驗，但是在一本小說開頭出現這個情況總是會讓人聯想到是不是發生了什麼事或即將發生什麼事，而這件事會讓代入我的讀者你，及作者他變得很危險。小說開頭越陰鬱且充滿不確定性，你和作者就越會覺得你們當初輕率地讓自己融入「我」，卻不知道這個角色背後的故事是很危險的一件事，就跟燙手山芋行李箱一樣。

擺脫行李箱肯定是讓情況回到之前的首要條件：回到後來發生的那一切之前。意思是當我說我想要回溯時間之流，其實是想要抹去某些事情發生的後果，恢復最初狀態。可是我人生的每一刻都在累積新的事件，每一個新事件發生會帶來新的後果，所以我越想要回到我出發的原點就離它越遠：儘管我所有行為都是為了抹去先前行為導致的後果，而且得到了不錯的成果，讓我懷抱希望以為很快就能鬆一口氣，卻沒想到每一次我試圖抹去先前事件後果的動作引發一連串新的事件，讓情況比原先更糟糕，而我又得再次補救。所以我必須算好每一個動作，以取得最大效益並將後遺症減至最少。

如果一切如預期，一個我不認識的人應該在我剛下車時就來找我。一個帶著滑輪行李箱的男人，但他的行李箱是空的。在列車和列車間旅人穿梭的月臺上兩個行李箱意外碰撞。這件事可以是碰巧發生，跟其他碰巧發生的事無從區別，但是那個人應該要跟我說一句暗語，對我口袋露出來的報紙賽馬新聞標題說一句評論：「啊，埃利亞的芝諾贏了！」同時各自慌忙地握住行李箱拉桿，說不定再聊兩句賽馬，預測、打賭，然後拉著自己的行李箱往不同列車走去。沒有人會察覺異狀，但是我手上的行李箱換成了他的，而我的行李箱則被他帶走。

完美計畫。完美到一個微不足道的狀況就把計畫搞砸了。現在我在這裡不知如何是好，明天早晨之前，在這個不會再有火車離站或進站的火車站裡，我是最後一個依然在等待的旅人。這個時候縣城已經沉寂。火車站咖啡館裡只剩下彼此認識的當地人，與火車站沒有淵源的他們，穿過黑漆漆的廣場來這裡，或許是因為附近所有商店都關門了，也或許是因為火車站在這種小地方依然很有吸引力，基於火車站總會有新鮮事的預期心理，或只是因為火車站以前是跟世界接軌的唯一地方，所以來此懷念舊時光。

我大可以說已經沒有縣城或像縣城這種地方從來都沒有出現過，今天任何地方都可以即時與其他地方聯繫，只有從一個地方移動到另一個地方的過程中，因為不在任何一個地方，才會有孤立於世界之外的感受。像我現在在這裡，既不是此處也不是彼處，被不是外地人的他們視為外地人，因為我認得出他們不是外地人。沒錯，我認得出來。我在一個叫不出名字的小城市的某個夜晚冷眼旁觀人生，我意識到我被黑夜孤立了不知道多久，我想著上百成千像這樣的城市，想著成千上萬像這樣的燈火通明的地方，到了此刻眾人任憑夜幕低垂，沒有一個人腦袋裡想的跟我想的一樣，或許其他人有但是不值得羨慕，此時此刻我願意跟他們之中任何一個人交換身分。例如到處拜託店家簽名連署好向市政府遞交跟商店霓虹燈招牌稅有關請願書的這群小夥子其中之一，他們正在讀請願書內容給咖啡館老闆聽。

小說寫到這裡，加入了幾段看起來沒有什麼功能，單純呈現縣城日常生活風貌的對話。「阿蜜達你簽名了沒有？」他們詢問一名女子，我只能看見她的背影，毛皮滾邊豎領長大衣的腰帶鬆鬆掛著，一縷輕煙從她握著高腳杯的指間裊裊升起。「誰跟你們說我的店要裝霓虹燈招牌？」她回答說。「市政府別以為這樣可以省下路燈的錢，我才不會花我的錢做道路照明呢！反正大家都知道阿蜜達皮草店。我拉下鐵門，外面漆黑一片關我什麼事。」

「就是這樣你才更應該連署。」小夥子跟她說話沒有用敬稱「您」，沒有人在乎這些虛禮，言談間不時夾雜幾句方言。他們多年來每天見面，談話內容無非是之前談話的延續。大家互開玩笑，而且口味很重：「你老實說，是不是沒有照明就不會有人看見誰去找你！你拉下鐵門之後店裡招待誰？」

這些俏皮話匯集成不易辨識的輕聲低語，有時候也會有一個關鍵字或一句話浮現，預告接下來說什麼。你若想看明白，除了記錄聲音效果還得記錄那聲音下面未被揭露的意圖，是你（我也一樣）還無法捕捉到的。你在看書的時候要同時分心和極度專心，像我就專注地豎起耳朵同時用手肘抵著吧檯用拳頭抵著臉頰。如果小說現在準備走出朦朧迷霧開始提供人物外貌細節，它想要傳達給你的感覺是這些臉孔雖然第一次出現，卻彷彿已經見過千百遍。我們所在的這個城市，走在路上總會遇到相同的那些人，這些人的臉上帶著一貫的沉重表情，包括從未來過這裡的我也能明白那些臉孔跟平日並無不同，那些輪廓線條在咖啡館鏡子裡漸漸變厚實或變柔軟，那些表情一天比一天多了皺紋或浮腫。這名女子或許曾是城中第一美女，現在對我這個第一次看見她的人來說魅力依舊，但是我若想像自己用咖啡館其他客人的眼睛看她就會發現她身上有一種揮之不去的疲憊，或許是其他人的（以及我的，或許還有你的）疲憊投射在她身上。他們從她還是小女孩的時候就認識她，知道她的人生起伏，說不定他們之中有人跟她有過一段故事，都過去了，忘了，但是總有其他形象宛如一層紗罩在她身上讓她朦朧失焦，記憶的重量讓我無法像第一次看見她那樣看她，其他人的記憶則像氤氳煙霧在吊燈下繚繞。

咖啡館裡這些客人大概主要靠打賭來打發時間，賭的都是日常生活瑣事。舉個例子，有人說：「我們來賭今天誰先到咖啡館，是馬內醫生，還是戈林警官。」另一個人說：「猜猜看馬內醫生進門，為了避開前妻，他會埋頭玩彈珠檯，還是玩猜字謎？」

我現在這樣的情況無法做任何預測，我永遠不知道接下來半個小時我會發生什麼事，我也無法想像自己的生活能夠擁有如此明確而細微的選項拿來打賭：這個或那個。

「我不明白。」我低聲說。

「什麼事情不明白？」她問我。

這個想法我覺得我可以說出來，而不是像我其他想法都只能藏在心裡，把它說給咖啡館裡坐在吧檯前我旁邊的那名女子聽，開了一家皮草店的那名女子，我早就想跟她聊聊了。「你們這裡都這樣嗎？」

「不是的，不都這樣。」我就知道她會這麼回答我。她認為這裡跟其他地方一樣，都不能預見接下來發生的事。的確每天晚上這個時候馬內醫生的診所休診，戈林警官結束在警察局的輪值工作，都會來這裡報到，有時候這個先來，或那個先到，這又能代表什麼？

「但是大家都很篤定醫生想避開前妻，」我說。「前妻就是我。」她回答我。「別聽那些人瞎說。」

讀者你的注意力現在完全放在那名女子身上，你已經跟在她身邊打轉了好幾頁，因為我，不對，因為作者一直繞著這個女性角色打轉，你一直在等這個模糊的女性角色跟其他文字描述的女性角色一樣逐漸具體清晰，因為讀者你的期待促使作者走向她，於是腦袋裡面想著其他事的我打破沉默對她開口，但我其實應該儘快結束對話，離開，消失。你當然想知道更多，想知道她是怎樣的人，但是書中文字只輕描淡寫提供了少許訊息，她的臉隱藏在煙霧和頭髮之中，有必要了解她言談間的苦澀怨言有沒有不苦澀的。

「他們瞎說了什麼？」我問她。「我什麼都不知道，只知道你開了一家店，沒有裝霓虹招牌，可是我連那家店在哪裡都不知道。」

她解釋給我聽，她的店賣皮貨、行李箱和旅行用品，不在火車站前這個廣場上，在廣場側面一條路上，靠近貨運車站平交道口。

「你問這個幹什麼？」

「我願意早點來。我可以走過漆黑的馬路，看著你燈火通明的商店，進門之後問你：你要的話，我可以幫你把鐵門拉下來。」

她說鐵門已經拉下來了，但是她還得回店裡盤點倉庫，會待到很晚。

咖啡館裡的客人嘻嘻哈哈互拍肩膀。一個賭盤已知勝負：醫生來了。

「警官今天怎麼遲到了。」

醫生進來後繞了一圈跟大家打招呼，他的目光沒有在前妻身上停留，但他肯定看到有一個男人在跟她說話。他走到咖啡館盡頭，背對大家，丟了一枚銅板啟動彈珠檯。本來應該低調的我被大家上下打量，那一雙雙眼睛對著我讓我無法假裝沒看見，那一雙雙眼睛對妒恨傷痛的往事和人都沒忘記。那些譴責的、亮晶晶的眼睛足以讓我知道醫生和她之間的戲還沒結束，他每晚來咖啡館是為了看她，為了撕開舊傷口，或許也是為了知道今天晚上是誰陪她回家。而她每晚來咖啡館說不定就是故意讓他難受，也或許是希望他難受慣了之後也就變成跟其他習慣一樣，淡而無味，就像她嘴巴和多年生活的淡而無味。

「我最想做的一件事，」我對她說，反正我也只能繼續跟她聊下去。「是讓時鐘倒退走。」

那名女子隨口給了我一個答案：「把指針往回撥就好了。」我說：「不行，要用意念，我必須全神貫注才能回到過去，」不清楚我是真的說了，還是我想說，抑或是作者如此詮釋我嘟嘟囔囔說到一半的話。「我剛到這裡的時候，我第一個想法是：或許真的在我意念的努力下，時間轉了整整一圈。我來到了我第一次出發的火車站，這裡跟那時候完全一樣，沒有任何改變。所有我希望擁有的人生都從這裡開始：這裡有可能變成我女朋友結果沒有的那個女孩，同樣的眼睛，同樣的髮型……」

她環顧四周，帶著逗弄我的神情。我對她抬了抬下巴，她嘴角一彎似乎準備微笑卻又打住，也許是因為她改變了主意，也可能她本來就是那樣微笑。「我不確定你是不是在恭維我，我就當是吧。然後呢？」

「然後我就在這裡了，我是現在的我，還帶著這個行李箱。」

這是我第一次提到行李箱，其實我滿腦子都是它。

她說：「今天是滑輪硬殼行李箱之夜啊。」

我不動聲色，保持平靜，問她：「什麼意思？」

「我前幾天賣了一個像這樣的行李箱。」

「賣給誰？」

「外地來的，跟你一樣。他來火車站搭車，帶著一個剛買的空行李箱，跟你那個一模一樣。」

「這有什麼奇怪的？你本來就賣行李箱啊？」

「像這樣的，店裡進貨好久了，這裡都沒人要買。大家不喜歡，或用不著，或不懂。應該挺方便的。」

「不方便。舉例來說，我如果覺得今天晚上有可能是一個綺麗夜晚，腦袋裡卻一直想起我得帶著這個行李箱，恐怕就什麼感覺都沒有了。」

「那你為什麼不寄存在某個地方呢？」

「例如，寄存在賣行李箱的店裡。」我對她說。

「也可以，反正多一個少一個沒差。」

她離開高腳椅，對著鏡子整理大衣領子和腰帶。

「我如果晚點過去敲鐵門，你聽得到嗎？」

「你可以試試看。」

她沒有跟任何人打招呼，就離開走向外面的廣場。

馬內醫生拋下彈珠檯往吧檯走來。他想跟我面對面，或許是為了在其他人那裡爭回一些面子，也或許只是為了對我冷笑。但是其他人忙著談打賭的事，以他為主角的賭注，顧不得他也在聽。有一種心照不宣、互拍肩膀的歡樂氣氛縈繞在馬內醫生四周，都是些陳年笑話和打趣，但是在戲謔中有一個禁區從未被跨越，他們對馬內醫生的尊重不只是因為他是醫生，是官方醫衛人員之類的，也因為他是一個朋友，或許他很倒霉而且霉運還沒結束，但他依然是朋友。

「今天戈林警官比所有人猜的時間還晚到。」有人看到警官進來了，才這麼說。

「早啊，夥伴們！」他走到我旁邊，瞄了一眼行李箱和報紙，咬著牙低聲說：「埃利亞的芝諾。」

然後走向香菸販賣機。

他們讓一名警察來接手？跟我們組織合作的是一名警察？我走向自動販賣機，假裝我也打算買菸。

他說：「他們殺了詹。快走。」

「行李箱呢？」我問他。

「你帶走。現在沒辦法處理。你搭十一點的快車離開。」

「那班車不停這一站……」

「會停的。你去六號月臺，那裡是貨車停靠站。你有三分鐘。」

「可是……」

「快去，否則我得逮捕你。」

組織果然勢力強大，連警察和鐵路局都得聽命行事。我拉著行李箱穿越月臺通道，來到六號月臺。我沿著月臺走，往盡頭的貨車停靠站走去，平交道隱沒在黑漆漆的濃霧裡。警官站在火車站咖啡館門口盯著我，快車全速抵達，減速，煞車，讓我從警官的視線中消失，離站出發。

第二章

你已經看了三十多頁，看得正入迷，卻突然發現：「這句話怎麼很眼熟。不對，這整段我好像都看過了。」顯然是相同主題重新出現，文本就是這些主題來來去去，以表現時間的流動。你是對這些小地方很敏感的讀者，你善於猜測作者意圖，不放過蛛絲馬跡。不過，於此同時，你還發現另一處不對勁。就在你開始全神貫注投入的時候，作者覺得自己必須賣弄一下現代文學慣用的某種技法，重複了一整段。你說一整段？明明是一整頁，你可以比對看看，連一個逗號都沒改。你再往下看，發生了什麼事？什麼都沒發生，跟你之前看的那幾頁一模一樣！

等等，你檢查頁碼。見鬼了。你從第三十二頁回到第十七頁！你以為是作者裝腔作勢，結果是印刷廠失誤：書頁重複。裝訂出現了錯誤，這是一本十六開的書，十六開是在一張全開的紙上印刷十六頁，再疊成八折。很可能在裝訂的時候放入了兩組完全一樣的十六頁，這種意外偶爾會發生。你焦急地往後尋找第三十三頁，希望找得到。重複十六頁不是什麼大問題，但是如果這裡消失的十六頁跑到另一本書那裡，而那裡重複的十六頁正好是這裡少掉的，那麼問題就大了。總而言之，你不想中斷閱讀，其他一切都不重要，你卡在關鍵處，這時候一頁都不能少。

三十一、三十二……。然後呢？還是第十七頁。第三次！到底他們賣給你什麼亂七八糟的書？印刷廠把一樣的十六頁全部裝訂在一起，整本書找不到一頁好的。

你把書往地板上一扔，其實更想把它丟出窗外。窗戶是關著的，那就讓書穿過鐵捲百頁窗的鋒利鐵片，被切成四不像的二十開本，讓句子語彙詞素詞綴再也無法重新組合為文；或穿過玻璃窗，如果是安全玻璃更好，讓書變成光子、波振動和偏振光譜；或穿過牆壁，讓書分解為分子和原子後從厚重水泥的原子和原子之間穿過，解體為電子、中子、微中子和越來越小的粒子；或穿過電話線，讓書約化為電子脈衝、訊息通量，被資訊冗餘和雜音一晃，再縮減成熵渦流。你想把這本書扔出家門，扔出街廓，扔出社區，扔出市區，扔出重劃區，扔出你所在的省，扔出你所在的國家，扔出共同市場，扔出西方文化，扔出大陸板塊，扔出大氣層，扔出生物圈，扔出平流層，扔出重力場，扔出太陽系，扔出星系，扔出星雲，扔到所有星系所能擴散的最遠的那個點以外的地方。在那個地方，空間和時間尚未抵達，不—存在會接下那本書，不對，無論之前或之後不存在都未曾存在，所以那本書只能消失在保證無法否定的最絕對的否定性之中。那是它應得的，活該。

但是你沒有這麼做。你把書撿起來，拍去灰塵，因為你得把它帶回書店更換。我們知道你是性格比較衝動的人，沒辦法控制自己，你最討厭被意外、隨機、概率擺布，不管是物或人的行為，不管問題是出於你或他人的草率粗心、馬馬虎虎或不求精確。遇到這種情況，你會不顧一切急於改正所有任性或心不在焉帶來的困擾，讓事情回歸正軌。你恨不得馬上換回一本沒有瑕疵的書好繼續往下看，若不是這個時候所有商店都打烊了，你會立刻直奔書店而去。可惜你得等到明天。

你一個晚上沒睡好，睡意跟你閱讀那本小說的狀態一樣，彷彿堵塞而斷斷續續的水流，夢也是同一個夢翻來覆去地出現。你跟夢搏鬥一如你與無意義又沒有輪廓的生命搏鬥，為了尋找一個藍圖，一個應該存在的路徑，就像閱讀一本書的時候，不知道它會把你帶去哪個方向。你想要的是打開一個抽象而絕對的空間和時間，好在裡面沿著精準繃緊的拋物線移動，你以為你成功的同時卻發現自己停滯不動，卡住了，被迫從頭開始。

第二天，你一找到空檔就飛奔去書店，護著手中打開的書走進去，指著其中一頁，彷彿那頁足以說明整本書的裝訂問題。「你們賣給我這本書是怎麼回事……你們看……在最關鍵的地方……。」

店員反應平靜。「喔，您也有這個問題？我已經遇到好幾起客訴了。今天早上出版社才發送一份通知，您看：『敝社最近發行新書中，有部分伊塔羅．卡爾維諾的《如果在冬夜，一個旅人》出現瑕疵必須回收。因裝訂廠操作不當，該書裝訂時夾入波蘭小說家塔茲歐．巴札克巴爾的《馬爾堡鎮外》書頁。造成讀者不便謹此致歉，出版社會儘快修正錯誤替換瑕疵書籍。』您說說看，一個小小書店店員為什麼要為其他人的粗心大意收拾爛攤子。今天一整天我們都快瘋了，把卡爾維諾的書一本本打開來檢查，幸好有些沒問題，我們才有辦法回收有瑕疵的《如果在冬夜，一個旅人》，把全新完美無瑕的書換給讀者。」

等一等。你得專心，把剛才聽到的一大堆資訊在腦袋裡整理一遍。波蘭小說。所以你看得很投入的那本書不是你以為的那本書，而是一本波蘭小說。現在你急著要拿到手的是那本波蘭小說。別讓別人攪糊塗了。你得把事情說清楚：「不了，是這樣的，我不關心卡爾維諾那本書怎麼樣，既然我一開始看的是波蘭作家的小說，現在我要找的就是它。所以你們有巴札克巴爾那本小說嗎？」

「您想怎樣都行。剛才有一位小姐跟您的問題一樣，她也決定換成波蘭小說。那個展示檯面上有一落都是巴札克巴爾的書，就在您眼前，請自取。」

「那本書不會有裝訂問題吧？」

「老實說，我也不敢掛保證。如果連向來嚴謹的出版社都能出這種紕漏，還有什麼可信的。誠如我剛才對那位小姐說的，我也只能跟您說，如果還有問題，您可以來退錢。其他的我愛莫能助。」

那位小姐，店員指著那位小姐給你看。她站在兩排書架中間找書，手指輕柔堅定地滑過企鵝出版社現代經典叢書淺紫色的書脊。她的眼睛很寬，眼神靈動，膚色自然健康，大波浪頭髮很柔軟。

那位女讀者輕快的身影就這麼進入了讀者你的視野，或應該說進入你關注的範圍，也或許應該說是你進入了無法逃避的吸引力磁場才對。那就別浪費時間，搭訕的好理由你有，你們之間有交集，你想一下，可以拿你廣泛多元的閱讀經驗當話題，快去啊，還等什麼。

「所以您也是，哈哈，選了波蘭小說。」你一開口，像連珠炮似的。「只是那本書開了頭就停在那邊，真過分，他們跟我說您也是，我跟您一樣，您知道嗎？不試不知道，我放棄了那本選了這本，實在是太巧了。」

嗯，或許你可以更有條理一點，不過反正該說的你都說了。現在輪到她。

她微微一笑，露出酒窩。你更喜歡她了。

她說：「哈，真的，我就想好好看本書。剛開始沒什麼特別，但是後來越看越喜歡……我看到故事中斷簡直氣壞了，後來才知道作者另有其人。我就覺得那本書跟他之前的作品很不一樣，原來是巴札克巴爾寫的。不過這個巴札克巴爾挺厲害的，我之前沒看過他的書。」

「我也沒有。」放心，你可以這麼說，讓她也放心。

「就我個人而言，他的敘事手法有點太模稜兩可。對我來說，剛開始閱讀一本小說覺得有些摸不著頭緒並無大礙，可是如果給人的感覺是迷霧重重，我擔心等霧散了，我的閱讀樂趣也就沒了。」

你搖頭，作沉思狀。「的確有這個風險。」

「所以我喜歡長篇小說，」她接著說。「可以讓我立刻進入一個萬事萬物都很精準、具體而明確的世界。我知道事情會以某個方式進行，不會有變數，這讓我獲得很不一樣的滿足感，不管生活中發生什麼事都無所謂。」

你同意嗎？那就告訴她吧。「嗯，那樣的書，是值得一看。」

她說：「總而言之，這本小說也很有趣，這點我不能否認。」

拜託，別讓對話無疾而終。隨便說點什麼，開口講話就對了。「您閱讀很多小說嗎？是喔？我也是，我看了一些，雖然我個人比較偏好非文學……。」你只擠出這句話？然後呢？沒了？天啊！你難道不會問她：「這本您看過了嗎？另外這本呢？這兩本您比較喜歡哪一本？」然後你們就可以聊上半個小時。

麻煩的是她看的長篇小說比你多太多了，特別是外國作家的長篇小說，而且她記憶力很好，想到某段插曲就問你：「您記得……那個時候亨利的嬸嬸說了什麼嗎？」你總算想起那本書的書名，因為你也只知道書名，你喜歡讓人家以為你看過那本書，現在你得隨機應變編幾句籠統的評語，大膽提出有點危險的見解，例如：「對我而言有點慢。」或是：「語帶嘲諷，我還蠻喜歡的。」她回答說：「是嗎？您這麼覺得？可是我看法不同……。」你不知所措，只好改聊一位知名作者，因為你看過他一本書，最多兩本，她毫不遲疑接著往下談那本書，堪稱熟稔在心，她萬一有什麼不確定反而更糟，因為她會問你：「剪照片那件事是發生在這本書還是另一本書裡？我老是搞混……。」既然她搞混了，你就大膽猜測。結果她說：「怎麼會？您瞎說，不可能……」唉，只能說你們兩個都搞混了。

還是聊聊你昨天晚上看了什麼吧，現在你們兩個人各自抱著那本書，應該可以彌補剛才的失望。「只能希望，」你說。「這回換的書不再有問題，頁碼正常，不會再看到精彩的地方被打斷，就像……（就像什麼？你想說什麼？）」好吧，希望看到最後都很滿意。

「對啊。」她說。你聽到沒有？她剛說了：「對啊。」現在輪到你拋話題。

「既然您是這裡的常客，希望下次還有機會遇見您，我們可以交換一下讀書心得。」她說：「後會有期。」

你知道你想要的是什麼，你正在編一張很細的網。「好笑的是，我們以為自己在閱讀卡爾維諾，結果看的卻是巴札克巴爾，說不定等我們打開巴札克巴爾的書，結果看的是卡爾維諾。」

「不會吧！如果這樣我要告出版社！」

「還是我們交換個電話號碼？」（這就是你要的，讀者啊，你跟響尾蛇一樣圍在她身邊打轉！）

「這樣如果我們之中有人覺得那本書有什麼不對勁，可以找另一個人幫忙……兩本書加在一起，更有可能湊出一本完整的書。」

好，你總算說出口了。在一名男性讀者和女性讀者之間，還有什麼比用書建立患難與共的情誼更自然的選擇？

你可以志得意滿地離開書店了，你原本以為你對人生已經沒有任何期待。現在你有兩個不同的期待，而且兩者都讓你對未來的日子充滿欣喜希望：一個期待跟書有關，這本書讓你迫不及待想繼續閱讀；另一個期待則跟那個電話號碼有關，等她接起你打去的第一個電話，你重新聽到她那時而高亢時而朦朧的聲音，不用等太久，就是明天，用書這個薄弱理由，問她喜歡或不喜歡，告訴她你讀了多少頁或還沒開始讀，提議兩人相約見面……。

讀者你是誰？你幾歲，你是否單身，你的職業跟收入，問你這些恐怕太冒昧。反正是你的事，你自己決定。重要的是你的心情，你待在自己家裡，試圖重新找回那份美好的平靜以便埋首閱讀，你伸長腿，縮腿，再伸長腿。麻煩的是從昨天開始，事情就不一樣了。閱讀不再是你一個人的事，你心裡想著此時此刻也正好翻開書的那位女讀者，於是你眼前的小說與可能在生活中上演的小說合而為一。你從昨天開始也不一樣了，你原本堅定認為自己更喜歡書，因為書很可靠，不會亂跑，很明確，可以用而且不會有風險，比總是難以捉摸、缺乏延續性、沒有定論的親身體驗好。意思是說書是一種工具，是傳播管道，或是一個聚會場所？閱讀並不會因此對你少了吸引力，正好相反，閱讀的魅力反而更上一層樓。

這本書是毛邊書，尚未切開，這是挑戰你耐性的第一個阻礙。準備好一把鋒利的裁信刀，你要直搗它的祕密基地。果斷一刀揮下去，你將扉頁和第一章第一頁割開來。然後……

然後你一看就發現你手上這本小說跟你昨天看的那本小說毫無關聯。

馬爾堡鎮外

第一頁的空氣中瀰漫油炸食物的味道，喔不，是炒蔬菜，炒洋蔥蔬菜丁的味道，有些許焦味，因為洋蔥的紋理由紫色轉為褐色，特別是邊緣處，每一粒洋蔥丁的邊緣在變成金黃色之前會先發黑，經過一連串嗅覺和視覺的細微變化，洋蔥醬汁逐漸碳化，所有洋蔥丁都被小火加溫的油完整包裹。油是菜籽油，文中有特別說明。這裡的一切無不鉅細靡遺，所有東西都附帶其化學命名、想要傳達的感覺，所有在廚房爐火上及烤箱裡烹煮的食物，都一一說明食材、鍋具、烤盤和醬料，以及揉麵、打蛋、小黃瓜切絲、把肥肉丁塞入準備送進烤箱的小母雞肚子裡等所有前期準備作業。一切都很具體，很實在，行文流暢游刃有餘，或至少給你這位讀者的感覺是遊刃有餘，雖然有些食物名稱你不知道，因為是用原文書寫而譯者放棄翻譯保留了原文，例如 schoëblintsjia，但是你看到這個詞你很篤定 schoëblintsjia 是存在的，即使文中並未說明那是什麼味道，你能清楚感覺到它的味道，是一種酸味，一方面是因為那個詞的發音或單純視覺上讓你有此聯想，另一方面是因為在嗅覺和味道和詞彙合奏的這首交響樂中你覺得需要帶有酸味的音符。

布麗德在給絞肉裹上加了蛋汁的麵粉時，那雙結實泛紅綴有金色斑點的手臂沾上了白色粉末和紅色生肉末。隨著布麗德倚在大理石檯面的上半身起起伏伏，襯裙每次都會往上縮幾公分，露出小腿和股二頭肌之間那塊皮膚最白皙的地方，有細細的藍色靜脈爬過。藉由特定細節一點點累積，包括動作、說話的口氣和方式，書中人物漸漸成形，例如杭德說：「今年的那個沒辦法讓你像去年那樣開心到跳起來。」隔了幾行之後，你才知道他說的是紅椒產量。「是你自己一年跳得不如一年高吧！」接話的是烏古爾德阿姨，邊說邊把木頭勺子從鍋子裡拿起來嚐味道，然後加了一點肉桂。

你隨時會發現有新人物登場，搞不清楚在我們庫德基瓦這個偌大的廚房裡到底有多少人，數了也沒用，這裡總是有很多人來來去去，所以數也數不清，因為同一個人很可能會有不同名字，根據情況來決定用教名、小名、姓氏或父名，或是「詹家寡婦」、「管玉米倉庫的小夥子」之類的稱號。不過小說裡特別強調人物的外貌細節，布隆可咬得光禿禿的指甲、布麗德臉頰上的細軟汗毛，還有這個或那個人的手勢、或他們手上拿的用具，例如拍肉錘、蔬菜濾水器、黃油刮刀，彷彿從每一個書中人物的手勢或屬性來定義他們還不夠，因為渴望知道更多，於是就用黃油刮刀來決定第一章拿著黃油刮刀出現的那個人的個性和命運，而讀者你早就準備好每一次在小說裡看到那個角色出現時驚呼：「啊！那個拿黃油刮刀的傢伙！」於是作者不得不讓那個人的行為或與他有關的事件，都離不開最早出現的那把黃油刮刀。

庫德基瓦這個廚房似乎是特意打造的，不管什麼時候都有很多人，每個人都想要為自己做點什麼東西來吃，有人在剝鷹嘴豆，有人在做油漬丁鱖，所有人都在調味、烹飪或進食，有人走有人來，從清晨到深夜，那天我一大早走進廚房，裡面已經擠滿了忙碌人群，因為那天不是尋常日子：前一晚考德磊先生在兒子的陪伴下前來，今天早上他離開時會帶我一起走。這是我第一次離開家，我會在考德磊先生位於佩特廓縣城的農莊待上一季，直到黑麥收成為止，好學習操作比利時進口的全新乾燥機，而考德磊先生最小的兒子彭科則留在我們那裡，好熟悉花楸樹的嫁接技巧。

那天早晨，家裡熟悉的氣味和聲響簇擁著我彷彿向我道別，我即將失去直到那時候為止所知的一切，而且會失去很長一段時間，我是這麼覺得，等我回來的時候一切都將不復以往，我也不再是原來的我。因此道別猶如永別，我即將跟廚房、家、烏古爾德阿姨的馬鈴薯丸子永別。所以你從最初那幾行文字體會到的具體感受之中，隱藏了失落感和解體的暈眩感。你意識到自己本來就有所察覺，你是很仔細的讀者，從第一頁開始，儘管你很喜歡這本書清晰明確，但是，老實說你覺得什麼都捉摸不著，或許是翻譯的問題，你對自己說，翻譯太過忠於原文，卻沒有還原那些原文名詞應有的實質意義，姑且不論會是什麼。每一句話都想要告訴你，我跟庫德基瓦之家的關係密不可分，還有我即將失去它的不捨，還有，躍躍欲試想要離開這裡，奔向未知，改頭換面，遠離 schoëblintsjia 酸溜溜的味道，在阿格德河畔日復一日的夕陽餘暉中、在佩特廓縣城的週末市集裡、在西德羅宮的派對裡認識新的朋友，展開新的篇章。或許你還未察覺，但你若仔細想想就會發現確實如此。

一張黑色短髮的長臉少女照片從彭科的小行李箱露出來，他迅速用一件油布罩衫遮起來。在閣樓下面那個原本屬於我、從今以後屬於彭科的房間裡，他把他的東西拿出來放進我剛清空的屜櫃裡。我坐在我已經闔上的小行李箱上不發一語看著他，無意識地敲打著有點歪斜的一個球型握把，我們只咬牙含糊地打了個招呼，就再也沒跟對方說話，我盯著他的一舉一動想要搞清楚究竟發生了什麼事：一個外人即將取代我的位置，他變成我，我的籠子和紫翅椋鳥變成他的，我的立體鏡、掛在釘子上的真騎兵帽、所有我帶不走的東西都留給了他，形同我與這些東西、地點和人之間的關係也變成了他的，等於我也正在變成他，取代他在他的人生中與那些東西和人的位置。

那個女孩……「那個女孩是誰？」我隨意比了一個手勢開口問他，伸長了手揭開油布把木頭相框裱好的那張照片拿出來。那個女孩跟那些綁著亞麻色辮子的圓臉女孩不同，就在那個瞬間我想到布麗德，彷彿看到彭科和布麗德在聖塔德歐慶典上一起跳舞，布麗德抱怨彭科戴著羊毛手套，彭科則把我設陷阱抓到的松貂送給她。「別碰那張照片！」彭科大吼一聲，用力抓住我的雙臂。「立刻給我放開！」

「勿忘紫薇達．歐茲卡特」，我匆匆看了照片一眼。「紫薇達．歐茲卡特是誰？」我才問完，就迎面挨了一拳，我立刻握拳撲過去，兩個人在地板上打滾努力想折扭對方的手臂、踢中對方的膝蓋、打斷對方的肋骨。

彭科骨架很重，手腳動作凌厲，我想抓他的頭髮把他掀開，但是他頭髮跟狗毛一樣又粗又硬。在我們扭打成一團的時候我感覺到蛻變正在發生，等我們重新站起身，他會變成我而我會變成他，或許這是我此刻的想法，也或許是讀者你此刻的想法，與我無關，在那一刻我跟他纏鬥意味著我緊緊守著我自己，守著我的過去，不能落入他手中，我寧願把一切都毀了，我寧願毀了布麗德也不能讓她落入彭科手中，我從沒想過我會愛上布麗德，即便是現在我也沒有這個想法，但是有一次，只有一次，我們兩個就像此刻我跟彭科這樣滾在一起，在爐子後面的泥煤堆上互相啃咬，我現在明白原來那時候我就在跟還沒來的彭科搶她，我要搶的既是布麗德也是紫薇達，那時候我就想從我的過去把某樣東西搶走以免它落入他人手中，落入頭髮跟狗毛一樣的新的我手中，或許那時候我已經想著要從自己陌生的過去中把某個連結我的過去和未來的祕密搶走。

你正在看的這一頁應該要呈現出這場暴力對決中，一記記重拳悶聲落下，反擊凶猛毫不留情，我的身體如何採取行動回應對方，如何拿捏力道輕重、評估個人感受，才能慢慢與如同自己照鏡子所投射出來的那個對手達成一致。可惜閱讀帶動的感受相較於親身感受太過貧乏，另一方面也是因為彭科的胸口被我的胸口壓住，或我忍住手臂被扭到背後的不適，這些感受與我覺得我想要表達的感受無關，我想表達的是我對布麗德的愛的占有欲，她豐盈飽滿的肉體跟彭科硬梆梆的結實軀體截然不同，還有我對紫薇達的愛的占有欲，我想像中她的柔軟令人心醉，我要表達的是我對我感覺已經失去的布麗德和玻璃下面那張照片中不具實體的紫薇達的占有欲。我徒勞地試圖在男性軀體交纏中緊緊抓住那些與我們相反也相同、在難以彌補的歧異中消失的女性幻影，同一時間我又想攻擊我自己，或許那另一個我正準備在這個家奪走我的位置，也或許是原本的那個我想要取代另一個我，但是讓我覺得難受的其實是另一個我的疏離，彷彿另一個我已經占據了我的位置及任何一個位置，將我從這個世界上刪除。

最後我奮力推開對方，撐著地板重新站起來，這個世界看似已與我無關。我的房間、我的行李箱、小窗望出去的風景都與我無關。我擔心再也不能跟任何人、任何東西建立任何關係。我想去找布麗德，但是不知道我可以跟她說什麼或做什麼，或希望她要我說什麼或做什麼。我想著紫薇達走去找布麗德，我要找的人是一個雙面人，是布麗德／紫薇達，就像我也是雙面人一樣，我避開彭科試圖用口水把身上這件縮腰天鵝絨襯衫上的血漬清乾淨卻不成功，那是我的或他的血，來自我的牙齒或彭科的鼻子。

我這個雙面人聽見並看見考德磊先生站在大廳門口處，在胸前水平比了一個大大的手勢，然後說：「我眼睜睜看著考烏尼和皮托的胸口被獵狼子彈劃過，皮開肉綻，他們一個二十二歲，一個二十四歲。」

「什麼時候發生的事？」我爺爺說。「我們完全不知情。」

「我們等頭七做完才出發的。」

「我們還以為你們跟歐茲卡特家族的人早就講和了，以為事隔多年你們已經把那些該死的往事放下了。」

考德磊先生瞪著沒有睫毛的眼睛，眼神空茫，他蠟黃的臉上沒有任何表情。「歐茲卡特家族和考德磊家族之間的平靜只能維持上一次喪禮到下一次喪禮之間那幾天。我們能夠放下的只有家族亡者墳墓上的墓碑，上頭寫著：『拜歐茲卡特家族所賜』。」

布隆可向來口無遮攔：「那他們呢？」

「歐茲卡特家族也在他們的墓碑上寫『拜考德磊家族所賜』。」考德磊先生伸手摸了摸小鬍子。「彭科在這裡總算是安全的。」

這時候我母親雙手合十說：「聖母瑪利亞，那我們葛里特茲維會不會有危險？他們該不會找他麻煩吧？」

考德磊先生搖搖頭，但是回答時並未看著我母親的臉：「他不是考德磊家族的人！一直以來，只有我們才會有危險！」

這時候大門被推開，中庭溫熱的馬尿味中揚起一陣冰冷霧氣。馬夫探進來的臉冷得發紫，他說：

「馬車準備好了！」

「葛里特茲維！你在哪裡？動作快！」爺爺大喊一聲。

我往前踏了一步，走向扣上毛絨軍大衣釦子的考德磊先生。

第三章

使用裁信刀的樂趣在於觸覺、聽覺和視覺，更重要的是心理感受。在開始閱讀前先用一個手勢突破書本物質的具象阻礙讓你得以直搗非具象核心。從書頁下方穿入後，刀鋒猛然往上垂直突破，連續劈砍不歇，衝撞纖維，一一掃蕩，紙張以悅耳友好的窸窣聲迎接第一位訪客，預告之後書頁被風吹拂，或在目光注視下翻頁，便是如此。頑強抵抗出現在水平摺口，特別是遇到雙頁對折的時候，因為只能彆扭地反手操作，這裡會發出壓抑的撕裂聲，偶有哀鳴。書頁鋸齒狀邊緣牽出長絲纖維結構，被稱為「刺蝟」的碎屑剝落，彷彿浪花拍打海岸激起的細微泡沫。持長劍在紙張屏障間殺出一條血路讓你思索在字字句句間，不知包含或隱藏了多少思維，閱讀時像在密林中蜿蜒徐行。

你正在閱讀的這本小說想要帶你認識一個具體而微的萬千世界。你埋首閱讀，無意識地讓裁信刀在書頁間遊走。你還沒看完第一章，裁切的進度卻遠遠超前。就在你注意力稍微出神，某句關鍵描述進行到一半的時候翻頁，發現眼前出現兩頁空白。

你目瞪口呆，凝視著冷漠的空白頁彷彿那是一個傷口，多希望是自己眼花把光斑投射在書上所致，彷彿稍候片刻黑色文字組成的條紋狀長矩形就會慢慢浮現。結果沒有，兩頁無瑕的白就這麼對峙不動。你再翻一頁，看見正常印刷的後兩頁。你繼續往後翻，兩頁空白與兩頁文字輪番出現。空白、文字、空白、文字，一直持續到最後。所以是印刷的時候只壓印了半面，卻當作已經完成，開始摺頁裝訂。

於是各種感受緊密交織的這本小說突然間被無底深淵撕裂開來，彷彿原本要呈現的豐沛生命力被揭穿，裡面空無一物。你試著跳過空白頁，緊緊抓住跟裁信刀割開頁緣一樣參差不齊的隻字片語重拾故事。然而你再也找不到方向，人物變了，背景不一樣了，你看不懂故事在說什麼，看到赫拉、卡斯米爾這些名字也不知道是誰。你忍不住懷疑那是另外一本書，說不定這才是那本波蘭小說《馬爾堡鎮外》，你之前看的很可能又是另一本書，而且不知道是哪一本書。

你本來就覺得布麗德、葛里特茲維這些名字不像波蘭文，你有一本很不錯的世界地圖冊，鉅細靡遺，你查看地名索引，佩特廓應該是一個重要市鎮，阿格德很可能是河流名或湖泊名。你在北方一個偏遠平原找到這兩處名稱，在戰時和短暫的和平時期曾隸屬於不同國家。說不定也曾歸入波蘭管轄？你查閱百科全書，再查歷史地圖冊，沒有，跟波蘭沒有任何關係，這一區在兩次戰爭之間曾經獨立建國，辛梅里亞，首都歐爾克，官方語言是辛梅里亞語，屬於波特諾—烏戈爾語系。百科全書裡「辛梅里亞」這個詞條的說明讓人心神不安：「領土持續被周圍強國瓜分的這個年輕國家很快就從地圖上消失，辛梅里亞族人分散遷徙，語言和文化也停止發展。」

你急著找那位女性讀者，想知道她手邊那本書是否跟你的一樣，告訴她你的推測、你收集的資料……。你從筆記本中找到當時你們互相自我介紹時，你在她告訴你的名字旁邊記下的電話號碼。

「喂，是魯德米拉嗎？您有沒有發現這本小說其實是另一本，包括這本，至少我手邊這本是……」

電話那頭的聲音很冷漠，語帶譏諷。「不是喔，我不是魯德米拉。我是她姊姊羅塔莉亞。」（她是跟你說過：「接電話的不是我，就是我姊姊。」）「魯德米拉不在。您找她有什麼事？」

「我只是想跟她說一本書……。沒關係，我再打來好了……。」

「是小說嗎？魯德米拉成天捧著一本小說。作者是誰？」

「她正在看的應該是一本波蘭小說，我們說好要交換心得，作者是巴札克巴爾。」

「這個波蘭人寫得怎麼樣？」

「嗯，我覺得還可以……。」

不是的，你沒搞懂。羅塔莉亞想知道的是這位作者對於「當代思潮及亟待找到答案的問題」抱持怎樣的立場。為了讓你快速作答，她列舉了一份「大師」名單，讓你給巴札克巴爾找一個位置。

你再度體會裁信刀讓那兩頁空白出現在你面前時的感覺。「我不知道怎麼說。其實，我連書名和作者名都沒有把握。您可以問魯德米拉，這件事有點複雜。」

「魯德米拉看小說一本接一本，從未提出過任何質疑，我覺得根本是浪費時間。您不覺得嗎？」

你若是再跟她說下去恐怕沒完沒了。她邀請你參加一場大學研討會，從「意識和無意識角度」切入分析每一本書，拋開所有與「性、階級、主流文化」有關的禁忌。

「魯德米拉也去嗎？」

不會，魯德米拉應該不會參與姊姊的活動。但是羅塔莉亞對你的參與很期待。

你傾向明哲保身：「我看看，我盡量抽空過去，但是我也沒有把握。麻煩您轉告您妹妹我打過電話來……不然，也沒關係，我會再打來。謝謝。」可以了，掛電話吧。

可是羅塔莉亞不肯讓你掛：「欸，您再打也沒用，這裡是我家，不是魯德米拉家。魯德米拉遇到不熟的人都給我的電話號碼，她說我可以幫她擋人……。」

你不開心。這是另一盆冷水。感覺頗吸引人的書看到一半被迫中斷，你以為可以發展點什麼的電話號碼結果是此路不通，這個羅塔莉亞還一心想考倒你……。

「喔，我明白了……那就不打擾了。」

「喂？您是我在書店遇到的那位先生吧？」電話那頭出現一個不一樣的聲音，是她的聲音。「我是魯德米拉，您的書裡也有空白頁嗎？我就知道，這本書也是瑕疵品。我正看得入迷，想知道彭科和葛里特茲維後來怎樣了……」

你高興到差點說不出話來。你說：「紫薇達……」

「啊？」

「還有紫薇達．歐茲卡特！我想知道葛里特茲維和紫薇達．歐茲卡特會發生什麼事……。這本小說是您喜歡的那種嗎？」

魯德米拉停頓了一下，隨後才慢慢開口回答，彷彿還沒想清楚要說什麼：「是，算是，我還蠻喜歡的……。不過我希望我看到的不是全部，大到看似無法捉摸，卻能夠感覺到還有什麼說不清的東西存在，像某種預示……。」

「嗯，那種感覺，我也是……。」

「儘管如此，我認為少了一點神祕感……。」

你說：「喔，是這樣的，我認為神祕感在於這是一本辛梅里亞小說，對，辛—梅—里—亞，根本不是波蘭小說，作者和書名都弄錯了。您沒看出來嗎？稍等一下我跟您說。辛梅里亞，三十四萬人口，首都歐爾克，主要資源有泥煤及副產品、瀝青化合物。沒有，這個在小說裡沒有寫到……。」

安靜，你跟她都沒有說話。或許魯德米拉用手蓋住了話筒詢問姊姊的意見。羅塔莉亞肯定對辛梅里亞有她的看法。天知道她會說什麼，得小心應付。

「喂，魯德米拉……。」

「喂。」

你的聲音很熱情、很有說服力、很急切：「魯德米拉，我需要見您，我們得談談這件事，包括這幾次陰錯陽差的巧合。我想立刻見您，您在哪裡，約在哪裡見面方便，我馬上就可以過去。」

她保持語氣冷靜：「我認識一位在大學教辛梅里亞文學的教授，我們可以去請教他。您等一下，我打電話問他什麼時候可以見我們。」

你到了大學。魯德米拉跟烏茲—圖茲教授說明你們想去學校拜訪他，教授在電話中表達了他很樂於協助對辛梅里亞作家有興趣的人。

你其實想跟魯德米拉先約在其他地方碰面，或是去她家接她一起去大學。你在電話裡面說了，但是她說不用，不想麻煩你，她那個時候本來就在大學附近辦事。你堅持說你對大學不熟，擔心自己在校園迷宮裡找不到方向，要不要提早十五分鐘約在某家咖啡館碰面？她還是沒答應，你們直接約在目的地碰面，「波特諾—烏戈爾語系見」，大家都知道在哪裡，開口問就好。你明白魯德米拉看似個性溫和，但她喜歡掌控全局，自己做主，你只能聽她的。

你準時抵達大學，避開坐在大階梯上的少男少女，你迷茫地在那些正經八百的牆面間轉來轉去，牆上有學生用誇張的大寫字母和極小的雕刻圖案說歷史故事，彷彿山頂洞人面對山洞冰冷的壁面，為了控制自己對陌生礦物世界的焦慮感，為了熟悉，把山洞變成自己的內在空間，併入生活體驗裡，所以在洞穴裡作畫。我對讀者你的認識有限，無法判斷你現在是在校園內冷靜自信走動，還是早年創傷或選擇困難令你脆弱易感，走在屬於學生和老師的這個世界裡，宛如身處噩夢中。總而言之，沒有人知道你要找的那個學院在哪裡，他們讓你從地下室找到五樓，你打開的每一扇門都是錯的，你一頭霧水離開，覺得自己彷彿迷失在有空白頁的那本書裡再也沒辦法走出來。

一個無精打采、穿著套頭長毛衣的年輕人迎面走來，他一看到你就伸手指著你說：「魯德米拉在等你！」

「您怎麼知道？」

「我看一眼就知道。」

「是魯德米拉讓您來找我？」

「不是，我整天到處亂轉，不是遇到這個就是遇到那個，這裡聽聽看看，那裡聽聽看看，就自動把事情連起來。」

「那您知道我應該怎麼走嗎？」

「我可以陪你去烏茲—圖茲那裡。魯德米拉若不是已經到一會兒了，就是會遲到。」

這個個性外向、消息靈通的年輕人叫伊涅里歐。跟他講話不用敬語「您」，事實上他也沒對你用過。

「你是烏茲─圖茲教授的學生嗎？」

「我誰的學生都不是。我知道地點是因為去那裡接過魯德米拉。」

「所以魯德米拉是這裡的學生？」

「不是，魯德米拉一直在找地方躲起來。」

「躲誰？」

「呵，躲所有人。」

伊涅里歐的回答總是有些閃躲，但是聽起來魯德米拉的真正目的是想躲她姊姊。她如果沒有準時出現，應該是為了避免在走廊上遇到這時候要來參加研討會的羅塔莉亞。

但是你覺得這兩姊妹之間的互不相讓是有例外的，至少在那通電話裡是這樣。你得讓伊涅里歐多說幾句，看看他是不是真的跟魯德米拉很熟。

「你是魯德米拉的朋友，還是羅塔莉亞的朋友？」

「當然是魯德米拉，但我跟羅塔莉亞也能聊。」

「她不會批評你看什麼書嗎？」

「我？我又不看書！」伊涅里歐說。

「那你看什麼？」

「什麼都不看，我習慣了不閱讀，就連不小心出現在我面前的書也不看。這很不容易做到，大家從小就叫我們要看書，一輩子都是被丟在我們面前的那些文字的奴隸。或許我剛開始還下過一番工夫，才學會如何不閱讀，但是現在做起來毫不費力。祕訣就在於不要拒絕看文字，正好相反，要非常認真盯著看，直到文字消失為止。」

伊涅里歐的眼睛瞳孔很大但顏色不深，目光爍爍。彷彿一切都逃不過他的眼睛，就像森林裡專注於狩獵和採集的原住民。

「那你可以跟我說你來大學做什麼嗎？」

「我為什麼不能來？這裡的人來來去去，大家遇到了就聊幾句。這是我來大學的原因，至於其他人為什麼來我就不知道了。」

你試著用這個世界理解的方式對他自我介紹，這個世界充斥著文字從四面八方包圍我們，而他是一個學會了不閱讀的人。同時你在心裡問，那位女性讀者和這位不閱讀者之間的關係是什麼，突然間你發現或許就是他們之間的距離讓他們有了交集，你忍不住心生嫉妒。

你還想要追問伊涅里歐，但是你們已經到了，小樓梯口下方門邊掛著「波特諾—烏戈爾語及文學」的牌子。伊涅里歐用力敲門，跟你說了一聲「再見」就把你一個人留在那裡。

那扇門勉為其難拉開一條縫，從門框上乾掉的灰泥，從厚重羊皮襯棉夾克上、鴨舌帽下露出的那張臉，讓你覺得這個地方像是為了整修對外關閉，而你只找到了油漆工或清潔工。

「烏茲—圖茲教授在這裡嗎？」

鴨舌帽下表示肯定的那個眼神，跟你期待看到油漆工給你的眼神不同。這雙眼睛屬於準備跳下懸崖、全神貫注在前方海濱而不肯往下或往兩側看的人。

「您是烏茲—圖茲教授嗎？」你雖然明白除了他不會是別人，依然開口這麼問。

小矮個子並沒有把門打開。「您有什麼事？」

「打擾了，我是來請教一件事……之前我們打電話來過……魯德米拉小姐……魯德米拉小姐來了嗎？」

「這裡沒有什麼魯德米拉小姐……」教授往後退了一步，指著堆滿書的靠牆書架，書脊和扉頁上的人名和書名都難以辨識，彷彿一面密不透風的雜亂樹籬。「為什麼來我這裡找她？」你回想伊涅里歐說的話，他說這裡是魯德米拉的藏身處，烏茲—圖茲教授刻意用手勢強調他的研究室很小，意思是告訴你：「你找吧，如果你覺得她在這裡的話。」彷彿覺得有人懷疑他把魯德米拉藏在裡面必須加以澄清。

「我們原本打算一起來。」你這麼說是為了把事情解釋清楚。

「那麼您為什麼沒有跟她一起來？」烏茲─圖茲教授回了一句，這個觀察很符合邏輯，但依然充滿質疑。

「她應該馬上就到了……」你向他保證，但是你的語氣彷彿帶著問號，好像在詢問烏茲─圖茲教授關於魯德米拉的習慣，因為你對此一無所知，而他可能知道的比你多。「教授，您認識魯德米拉，對吧？」

「認識……為什麼這麼問……你想知道什麼……？」烏茲─圖茲開始緊張。「您是對辛梅里亞文學有興趣，還是……」感覺他想說的是：「……對魯德米拉有興趣？」但是他沒有說出口。你為了表示誠懇應該回答說，你無法分辨你的興趣是針對那本辛梅里亞小說，還是那位看小說的女性讀者。教授聽到魯德米拉名字的反應，加上伊涅里歐之前透露的訊息，都在她身上添加了神祕色彩，還讓你對她生出一種帶有焦慮的好奇，就像你在那本渴望繼續往下看的小說裡對紫薇達．歐茲卡特的感覺，以及前一天你還在看，但暫時被擱置的那本小說中對馬內夫人的感覺，你在這裡奮不顧身地追逐這些所有影子，想像的和真實生活中的影子。

「我想要……我想要請問是不是有一位辛梅里亞作家……」

「請坐。」教授突然偃旗息鼓，或許應該說他解除了偶發的短暫焦慮情緒，恢復為比較穩定、長期的憂心狀態。

研究室空間狹小，牆面都被書架覆蓋，還有另外一個書架無處可靠，只能立在正中央把原本就侷促的空間又分成兩半，因此教授的書桌和他讓你坐下的椅子形同被布幕隔開，得伸長脖子才能看見對方。

「我們被流放到樓梯下面的儲藏室……。校園一直擴建而我們卻越來越限縮……。我們是現有語言中的灰姑娘……，如果辛梅里亞語算是還沒死的話……。但這就是它的價值啊！」他激昂地喊完這一句就立刻恢復平靜。「它既是一個現代語言也是一個死掉的語言……。這其實是它的優勢，雖然沒有人發現這一點……。」

「您學生不多嗎？」我問他。

「您覺得誰會來？您覺得還有誰會記得辛梅里亞人？在現在所有被孤立的語言中，有很多語言更具吸引力……例如巴斯克語……布列塔尼語……吉普賽語……。大家都去選那些課……可是他們不是為了學語言，已經沒有人要學語言了……。他們要的是提出問題後進行辯論，提出約略概念好跟其他約略概念連結。我的同事只能適應、順應潮流，把他們開的課叫做『威爾斯語社會學』、『奧克語的心理語言學研究』……可是辛梅里亞語沒辦法。」

「為什麼？」

「辛梅里亞人消失了，彷彿被大地吞噬。」他搖搖頭，彷彿用盡了他所有耐心重複說出他已經說了一百次的話。「研究這個語言文學的學系已經死了，今天讀辛梅里亞語要幹嘛？我是第一個看破的，也是第一個坦然說出：你們如果不想來就別來，我認為這個系可以關了。如果你們來是為了……，不，那就太過分了。」

「為了什麼？」

「什麼都有可能，我看多了。幾個星期都沒有半個人來，難得有人來卻是為了……我說啊，你們何必管閒事，用死人語言寫的書有什麼好看的？他們根本是故意的，我們來研究波特諾—烏戈爾語系，我們去找烏茲—圖茲，然後我就被捲進去了，不得不看著，或參與其中……。」

「參與什麼？」換你反問，同時心裡想著老往這裡跑的魯德米拉，會躲在這裡的魯德米拉，或許陪她一起躲的還有伊涅里歐和其他人……

「什麼都有……或許是有什麼東西吸引他們過來，介在生與死之間的不確定性吧，或許他們感覺到，但是無法理解的就是這個。大家來這裡想幹嘛就幹嘛，就是不選課，沒有人來上課，沒有人真的對辛梅里亞文學感興趣，這個文學被掩埋在這些書堆裡，就像埋在公墓墳墓裡……。」

「我是真的感興趣……我來是想請問您有沒有一本辛梅里亞小說開頭是……我還是直接說書中人物的名字吧：葛里特茲維和紫薇達，彭科和布麗德。故事發生在庫德基瓦，或許這只是一個農莊的名字，後來場景換成阿格德河畔的佩特廓……。」

「啊，我知道！」教授彷彿瞬間擺脫陰鬱的冬天，整個人跟電燈泡一樣亮起來。「那肯定是《人在斷崖》，這個世紀上半葉最有潛力的辛梅里亞詩人烏可・阿赫提留下的唯一一部長篇小說……。在這裡！」他彷彿躍出水面的魚，挺腰站起來直奔其中一個書架，抽出一本綠色書皮的小書，拍打撢去上面的灰塵。「這本書沒有被翻譯成任何一種外語，困難度太高讓人卻步。您聽：『我漸漸開始相信……』，不對，應該是：『我努力說服自己在傳達的時候……』。您肯定發現這兩句的動詞有加乘效果……。」

你立刻明白這本書跟你開始閱讀的那本書沒有關係，只有幾個名字重複罷了，這個細節自然很不尋常，但是你不會多想，因為故事隨著烏茲—圖茲教授越來越吃力的即席翻譯漸漸有了輪廓，當他喘著氣逐句解開文字謎團的時候，敘事亦隨之展開。

我告訴自己這個世界有話要對我說，想要傳遞訊息、暗號或信號給我。從我來到佩特廓就感應到了。每天早晨我走出庫德基瓦旅館散步去港口，會經過一個氣候觀測站，心裡想著世界末日不遠矣，或者應該說早已啟動。如果世界末日有一個明確的起點，應該就是佩特廓這個氣候觀測站：一片鐵皮架在四根搖晃的木頭柱子上，保護立在一個托架上的成排氣壓計、溼度計和溫度計，有刻度的滾筒紙，隨著鐘錶滴答聲緩緩轉動，讓晃動的墨盒筆留下紀錄。頂棚上方有綁在高聳天線上的風速計和風向標，另外還有雨量計的簡易計量斗，這些就是這個因陋就簡的氣象觀測站的全部設備，孤零零地矗立在市政府後院的斜坡邊緣，在珍珠灰單調滯礙天空下，彷彿是氣旋設下的陷阱，或是將遠方熱帶海洋的龍捲風引過來的誘餌，因為它本身就像是颶風肆虐後留下的殘骸。

有時候我覺得我看到的每樣東西都別有意涵，我接收到的訊息很難對別人說明，不易定義，也無法翻譯成話語，因此在我看來更顯得獨一無二。這些諭示或預言與我和世界有關，與我以外的事件無關，只與發生在我內在深層的一切有關；而世界指的是一切事物的普遍存在方式，而非某個特定事件。你們現在知道我為什麼說很難說明，只能意會了吧。

星期一。今天我看到一隻手伸出監獄鐵窗外，伸向大海。我習慣從港口防波堤散步走到舊碉堡後方。厚實斜牆建構成一個完全封閉的碉堡，窗上裝了兩或三層防禦用鐵窗，形同沒有開窗。我知道碉堡現在是囚犯服刑的監牢，但我總把它當作礦物世界裡的一種惰性元素。所以那隻手出現時嚇了我一跳，彷彿它是從岩石中冒出來的。那隻手的比例很不自然，我猜想窗戶應該開在牢房高處，而且嵌在石牆裡，那個囚犯應該有雜技本領，或是軟骨功，才能將手臂伸出層層鐵窗外，在空中招搖。那個囚犯不是對我做暗號，也不是對別人做暗號，總之，我沒有往那方面去想，應該說那個時候我心裡根本沒想到什麼囚犯，我只是覺得那隻手白白細細的，跟我的手沒什麼不同，不像我以為的囚犯的手那樣粗糙。對我來說比較像是石頭對我打了一個暗號，石頭想提醒我其實我們的本質是一樣的，所以構成我這個人的某樣東西會留下，不會因為世界末日來臨而消失不見。在沒有生命、在我的生命和所有記憶被剝奪的沙漠裡，依然可以進行溝通。我要說的是，唯有被記錄下來的最初印象才是最重要的。

今天我來到觀景臺，觀景臺下面有一小片沙灘，面向灰藍色的大海，沙灘上空無一人。柳條編織的高背椅造型像籃子，可以擋風，排成一個半圓形，彷彿在說人類從這個世界上消失後，唯一能說的便是人類的不存在。我覺得暈眩，彷彿從一個世界墜入另一個世界，而我每到一個世界的時間總是在世界末日發生之後。

半個小時後我再經過觀景臺，有條淡紫色的緞帶綁在一張背對我的藤椅上隨風飄揚。我踏著陡峭小徑往下走到岬角，一直走到一處平臺換一個角度看過去，果然不出我所料，坐在籃形擋風藤椅上、整個人被遮住的是紫薇達小姐，她頭上戴著一頂白色草帽，一本打開的素描簿放在膝蓋上，正在畫貝殼。我並不想見到她，今天早上見到的異象暗示我最好不要跟她交談。這二十多天來我在礁石和沙丘間散步的時候總會遇到她一個人，我很想開口跟她說話，事實上就是為了這個目的我每天才從旅館出來散步，可是每天都有狀況發生讓我打消這個念頭。

紫薇達小姐住在海百合旅館，我跟那裡的門房打聽過，或許被她知道了。這個季節來佩特廓度假的旅客很少，年輕人大概十根手指數得出來。常常跟我不期而遇的她說不定也等著我有一天開口跟她打招呼。阻撓我們相遇的原因不一而足。首先，紫薇達小姐收集貝殼，也畫貝殼。多年前，我在少年時期曾經有一套很棒的貝殼收藏，我做分類，記錄型態及不同品種的地理分布，但是後來我沒繼續做，就漸漸忘了。如果跟紫薇達小姐聊天，不可避免一定會聊到貝殼，我無法決定自己要用什麼態度去聊：假裝自己什麼都不懂，還是要把久遠且已經模糊的經驗當作聊天話題。貝殼這個話題逼我不得不思考我與我那充滿了有始無終、半吊子事情的人生之間的關係。因為不自在，讓我決定閃躲。

除此之外，紫薇達小姐如此專心致志於畫貝殼，說明她追求的完美，是世界可以而且必須完成的形式。我跟她相反，我認為完美不過是偶然發生的附帶結果，因此不值得關注，而萬物真正的自然狀態只有在腐壞的時候才會顯露出來。跟紫薇達小姐相處，我勢必得表達我對她畫作的讚賞（就我所能看到，確實非常細膩），所以至少在第一時間我得假裝我對我討厭的審美觀和道德理想是認同的。要不然我一開始就得擺明我的態度，那很可能會傷害她。

第三，我的健康情況自我遵從醫囑來海邊休養之後大幅改善，但是這一點決定我是否能出門，能否跟外人接觸。我依然不時會發作，討人厭的濕疹情況如果惡化，我就得遠離所有社交活動。

我偶爾會跟氣象專家考德磊先生聊幾句話，如果有在氣象觀測站遇到的話。考德磊先生固定在中午時分去那裡彙整數據紀錄。他個子高瘦，皮膚偏黑，有點像美洲印地安人。他都騎腳踏車來，眼睛盯著正前方，彷彿坐在座墊上的他能否保持平衡，取決於他的專注程度。他讓腳踏車倚著棚子，打開掛在腳踏車橫梁上的皮包，拿出一本薄薄的大開本紀錄冊，踏上托架的階梯把那些儀器的數據抄寫下來，有的是用鉛筆寫，有的則用鋼筆寫，專心態度不曾絲毫鬆懈。他穿著一條燈籠褲，搭配長風衣，衣服不是灰色就是黑白小格子，就連鴨舌帽也不例外。必須做完所有這些工作，他才會發現我在那裡看他，親切地跟我打招呼。

我發現考德磊先生的出現對我而言很重要：有人做事如此小心翼翼、有條不紊，儘管我清楚知道無濟於事，還是對我發揮了鎮定作用，或許是因為他這麼做跟我馬馬虎虎的生活方式互補，儘管得到這樣的結論，但我還是覺得有所虧欠。所以我會停下腳步看他做事，甚至跟他講話，雖然我對談話本身不感興趣。他跟我聊的自然是天氣，用的是專業數據，聊氣壓驟然變化對健康的影響，還有現在氣候如何不穩定，以我們當地生活瑣事或報紙上的消息為例。這個時候他展現的個性不像第一眼看起來那麼內向，甚至有些氣急敗壞，變得囉嗦，而且他不同意大多數人的做法跟想法，因為他是一個看什麼都不順眼的人。

今天考德磊先生跟我說他有事必須請假幾天，得找到人代替他記錄數據，可是找不到可以信賴的人。他想來想去決定來問我有沒有興趣學習如何解讀氣象觀測儀器的數據，如果有興趣的話他可以教我。我沒有告訴他我有沒有興趣，我沒打算給他明確答覆，不過我還是跟他一起站在階梯上，聽他跟我解釋如何確認最大值和最小值、氣壓變化、雨量和風速。簡而言之，在不知不覺中他把他接下來幾天該做的事交給我，從明天十二點開始。雖然我算是被迫接受他的委託，畢竟他沒有給我時間考慮，也沒來得及讓他知道我沒辦法輕易答應，不過這個任務我並不討厭。

星期二。今天早上我第一次跟紫薇達小姐說話。記錄氣象觀測數據這個任務，多少讓我克服了我的不安。我的意思是，這是我來佩特廓之後第一次有預先安排好的計畫不容我缺席，所以不管我們談話進行得如何，到了十一點四十五分我都得說：「啊，我忘了，我得趕去氣象觀測站，因為記錄數據的時間到了。」然後我向她道別，或許捨不得，或許鬆口氣，但是我很篤定我沒有其他選擇。我想昨天考德磊先生請我幫忙的時候，我已經隱約意識到這一點，接下這個任務能讓我鼓起勇氣跟紫薇達小姐說話。直到此刻我才想清楚，並且承認我對此心知肚明。

紫薇達小姐正在堤防上畫海膽，坐在一個摺疊小椅上。那顆海膽翻攤在礁石上，開膛破肚，扭動棘刺試圖翻身但不成功。她畫的是這個軟體動物柔軟的內腔，和它的伸展與收縮，以黑白呈現，外面豎立一圈密密麻麻的線條。我盤算跟她談貝殼的和諧形式會騙人，藏在硬殼下的是大自然的真實本質，現在都落空了。不管是海膽或是她的畫，都讓人覺得不舒服和殘酷，彷彿掏心剖腹任人觀看。我開口說最難畫的莫過於海膽，不管是俯瞰它棘刺密布的外殼，或是反轉後的柔軟內腔，儘管放射狀結構對稱，但是線條的表現空間有限。她回答我說她之所以想要畫它，是因為這個畫面反覆出現在她的夢境裡，她希望能擺脫它。道別時我問她第二天早上是否能在同一個地方相見，她說她第二天有事，但是後天還會出門畫畫，所以我要找她不難。

我在檢查氣壓數據的時候，有兩個人朝我走過來。我沒見過他們，這兩個人身穿大衣，全身黑色打扮，衣領豎起。他們問我考德磊先生在不在，他去了哪裡，是否知道他的住處，何時回來。我回答說我不知道，反問他們是誰，為什麼問我這些問題。

「沒事，沒事。」他們這麼說，隨即離開。

星期三。我帶了一束紫羅蘭到旅館去送給紫薇達小姐。門房說她早已出門。我轉了很久，希望能遇見她。探望囚犯的家屬在碉堡前廣場上排隊，今天監獄開放訪視。在那群戴著頭巾的女子和哭哭啼啼的小朋友之中，我看到了紫薇達小姐。帽沿垂下的黑色面紗遮住了她的臉，但是她的儀態舉止讓人一眼就能認出：昂首而立，頸背挺直宛如猛禽。

昨天來觀測站問我話的那兩個黑衣人站在廣場角落，彷彿在監控監獄門口的人龍。海膽、面紗、兩個陌生人，黑色持續出現在周圍讓我不得不注意，解讀這個訊息的意思應該是提醒我勿忘黑夜。我這才意識到長久以來我一直企圖減少生活中的黑暗。因為醫生禁止我在日落後出門，讓我長達數個月都活在白晝世界中。可是問題在於我就算身處日光中，被無所不在、慘白、幾乎不見陰影的燦爛光輝籠罩，卻依然能看見比黑夜更闇暗的黑。

星期三晚。每天晚上我都用書寫這些不知道會不會有人看的文字度過最初那幾個小時。庫德基瓦旅館房間裡的玻璃球形燈罩為我恐怕過度神經質的書寫提供照明，只怕未來讀者未必能看懂。或許這本日記在我死後許多許多年才會重見天日，那時候我們的語言不知道經過多少變革，而我現在用的某些詞彙和句法屆時聽起來全然陌生且意義不明。不過將來找到我這本日記的人比我占優勢：有可能從書寫文字整理出辭典和文法，將句子獨立出來，用另一個語言謄寫或意譯，而我現在只能努力判讀這個世界日復一日呈現在我面前與我有關的事物，我摸索前進，心中知道沒有任何辭典能夠將這些事物曖昧不明的沉重暗喻翻譯成話語。我希望所有這些預感和疑惑在未來能夠被讀我日記的人看見，那不是妨礙他理解我文字的絆腳石，而是我文字的本質。如果那些從思維習慣與我截然不同的人試圖追隨我的思想脈絡卻覺得難以捉摸，那麼只要他能領悟到我如何用盡全力想要讀懂事物未曾向我言明，但我應該懂得的也就夠了。

星期四。「多虧典獄長特別通融我。」紫薇達小姐對我解釋。「我才能在監獄開放訪視的日子帶著素描簿和炭筆坐在會客室裡。囚犯家屬的人性表現是我做實地研究很重要的課題。」

我沒有對她提出任何問題，但是她昨天看到我出現在廣場上，認為有必要說明她為什麼會在那裡。我寧願她什麼都不告訴我，因為我對人像畫毫無興趣，萬一她拿給我看我也不知道如何評論，幸好她沒有這麼做。我想或許那些人像畫收在另一個特別的檔案夾裡，每次畫完就留在監獄辦公室，因為我記得很清楚，昨天她手上並沒有平日隨身攜帶的素描簿及鉛筆盒。

「我要是會畫畫，我只願意研究靜物。」我語氣斷然不容置疑，既是因為我想改變話題，也是因為我的心情本來就比較容易受物之恆常混亂狀態的影響。

紫薇達小姐立刻表達認同，她說，她更樂意畫漁船用的那種四爪錨鉤，又叫「探海鉤」。我們經過停靠在岸邊的小船時，她指給我看，跟我解釋要用透視法呈現那四支錨鉤的不同斜度很難。我意識到四爪錨鉤有話對我說，我必須加以解讀：錨，勸我佇足，把自己抓牢，把錨拋出去，結束我的漂流和載浮載沉。但是這個詮釋恐怕並不讓人信服：也可能是讓你起錨，往遠方出發。探海鉤在拖行時被海底石頭消磨耗損的那四個扁爪、四支鐵柄，都在告誡我不管我做什麼決定不可能沒有拉扯和煎熬。令我感到慶幸的是，那並非深海專用的大錨，而是輕巧的小錨，所以沒有人要求我放棄青春年華，只須暫停片刻，思索，探查我自己的黑暗面。

「為了能夠自在地從各種角度畫這樣東西，」紫薇達說，「我必須擁有它放在身邊才能熟悉它。您覺得我可以從漁民那裡買一個嗎？」

「您可以問問看。」我說。

「您可以買一個嗎？我不敢問，從城裡來的小姐對漁民的簡陋工具感興趣恐怕會引發議論。」

我想像我帶著四爪錨鉤來送給她，彷彿那是一束鮮花的詭異畫面，既不和諧又充滿暴力。顯然這個畫面別有意涵但是我沒能領會，我告訴自己要冷靜下來慢慢想，同時答應她。

「我要有繫繩的四爪錨鉤，」紫薇達進一步要求。「我對著盤繞起來的繩索可以畫幾個小時都不覺得累，所以請您找繫繩長一點的，十公尺，還是十二公尺吧。」

星期四晚。醫生解除禁令同意我飲用少量酒精飲料。為了慶祝這個好消息，日落時我走進「瑞典之星」餐館點了一杯熱蘭姆茶。坐在吧檯這一區的有漁民、海關人員和搬運工。一個穿著獄卒制服的老先生聲音宏亮蓋過所有嘈雜聲，在大家聊天聲中可以聽見他醉醺醺的胡言亂語：「每個星期三那個香噴噴的小姐會給我一張一百克朗的紙鈔好讓她跟那個囚犯獨處。星期四那一百克朗就換成很多杯啤酒花掉了。訪視結束，那個小姐離開的時候那身漂亮衣服上都是監獄的臭味，囚犯回到牢房囚衣上反而都是女人香。我則是渾身酒臭。活著不過是一次又一次的氣味交換。」

「生和死都一樣。」另外一個醉鬼跟他說，我很快就知道醉鬼的職業是掘墓人。「我想用啤酒的味道掩蓋死亡的味道。可是只有死亡的味道能掩蓋啤酒的味道，我每次都給酒鬼挖墓穴。」

我把這段對話當成警告，引以為戒：這個世界正在瓦解，而且企圖把我拖下水。

星期五。那個漁民突然間變得疑神疑鬼：「您要那個幹嘛？您想要拿探海鉤做什麼？」這些問題很失禮。我本該回答：「畫畫」，但是我知道紫薇達小姐並不樂意在不懂得欣賞她的地方展現藝術才華。再說，對我而言正確答案應該是：「思考」，那個人會懂才怪。

「不關您的事。」我這麼回答。原先聊得很熱絡的我們是昨天晚上在餐館認識的，突然間就談不下去了。

「您還是去航海用品店買吧。」那個漁民說得很直接。「我的東西不賣。」

結果我跟老闆的對話也一樣。我才開口詢問，他就拉長了臉。「我們不能賣這些東西給外地人，」他說。「我們不想跟警察打交道。而且還要十二公尺長的繫繩……。不是我不相信您，但是不只一次有人用探海鉤往上拋破壞監獄鐵窗協助囚犯越獄……。」

「越獄」是我必須絞盡腦汁才聽懂的詞。原來我努力尋找錨的意思為了給我自己指出一條生路，或許是一種死而復生。我打了一個冷顫，不再思索監獄是我的肉身而越獄則是指靈魂與之分離，在另一個世界展開新生。

星期六。今天是我這麼多個月來第一次晚上出門，這讓我頗為焦慮，特別是在我感冒頭痛的情況下，所以我出門前戴了一頂登山帽，再加一頂毛帽，最外面還壓上羊毛氈帽。如此全副武裝還不夠，我戴了圍巾跟護腰，穿上羊毛厚外套、毛皮外套和皮革外套，套上襯棉靴子，應該可以安心出門。然後我才發現晚上溫度適中，而且很安靜。我還是不懂為什麼考德磊先生要跟我約晚上到墓園去，那張神祕紙條不知道怎麼送到我手中的。如果他回來了，我們為什麼不能約在白天見面呢？如果他還沒回來，那我去墓園赴誰的約呢？

幫我拉開墓園鐵門的是我在「瑞典之星」餐館認識的那個掘墓人。「我找考德磊先生。」我對他說。

他回答我說：「考德磊先生不在。不過墓園就是不在的人的家，所以請進。」

我們在墓碑間穿梭，一個窸窣作響的影子快速從我身邊掠過，那個人猛踩煞車跨下坐墊。「考德磊先生！」我驚呼一聲，沒想到會看見他在墓園裡騎腳踏車，連車燈都沒亮。

「噓！」他讓我別出聲。「您太莽撞了。我拜託你看管觀測站的時候沒想過您會打算協助越獄。您要知道我們反對個人的越獄行為，必須等待恰當時機。我們正在構思一個全面性計畫，需要更多時間。」

聽到他說「我們」的同時還對旁邊比了一個手勢，我以為他是為死者發聲。所以考德磊先生顯然是往生者的代言人，宣布不打算接受我加入他們的行列。我鬆了一口氣。

「因為您的緣故我不得不延長請假。」他接著往下說。「明天或後天會有警官傳喚您，詢問探海鉤的事。您要小心別把我捲進去，您要記得一件事，警察問的問題都是在想辦法讓你承認跟我有關的事。您對我一無所知，只知道我出門旅行沒說什麼時候回來。您還可以說是我拜託您替我這幾天去做氣象觀測紀錄，明天起您就不需要再跑觀測站了。」

「不行，這個我不答應！」我大喊一聲，突然感到很絕望，彷彿在那一刻，我才發現唯有檢查那些氣象觀測儀器才讓我有能力操控宇宙，承認宇宙自有其秩序。

星期日。我去氣象觀測站的第一天早晨，爬上托架階梯之後就站在那裡聽觀測儀滴答作響的聲音，彷彿天籟。風吹過早晨的天空帶來鬆軟的雲，雲又排列成捲雲和積雲。九點半左右，下了一場大雨，雨量計留下了數厘升雨水，之後出現了半截彩虹，停留時間不長，天色再度變黑，氣壓計的指針筆往下降畫出一條近乎垂直的線。雷聲隆隆，冰雹嘩啦啦落下。我站在那裡感覺晴天、暴風雨、閃電和霧霾都掌握在我手中。我沒覺得自己變身為神祇，沒有，別以為我瘋了，我不覺得自己是呼風喚雨的宙斯，反而更像是樂團指揮看著面前寫好的總譜，知道樂音揚起是為了呼應他負責守護和保管的那個藍圖。鐵皮屋頂在冰雹敲打下彷彿一面鼓，風速計飛旋，那個由撞擊和彈跳構成的世界可以被翻譯成數字寫進我的紀錄冊裡。平靜睥睨一切，凌駕於災難之上。

在那個和諧的圓滿時刻，吱嘎一聲讓我低下頭，看到一個大鬍子男人蜷縮在階梯下方和棚子支柱間，身穿一件粗糙的條紋外套，被大雨淋得濕透了。他淺色的眼珠望著我。

「我越獄了，」他說。「別出賣我。可以請您幫我去通知一個人嗎？她住在海百合旅館。」

我頓時覺得宇宙的完美秩序出現缺口，一道無法癒合的傷口。

第四章

聽人邊看書邊高聲朗讀，跟安安靜靜看書很不一樣。你自己看書的時候，可以隨時停下來，也可以跳過某些句子，由你決定閱讀的節奏。如果看書的是另外一個人，要跟上他閱讀的節奏就很不容易，總覺得他讀得太快或太慢。

遑論如果還得從另一個語言翻譯過來，他會在某些文字上猶豫再三，充滿不確定性和即興處理。如果閱讀的人是你，文本在那裡，你不得不與之碰撞交鋒，如果是別人翻譯讀給你聽，文本既存在也不存在，你觸摸不到。

更何況，烏茲—圖茲教授的口語翻譯在剛開始的時候，想讓字跟字連貫起來似乎力有未逮，每次遇到複合句都要再回頭重新整理句法，把句子揑爛、揉開、拆解得支離破碎，在每一個詞彙上停留說明慣用語及其意涵，一邊比手畫腳，彷彿請聽眾不要介意他使用相近的詞彙，又不時中斷翻譯以解釋文法規則、語源出處和借用了哪些典故。可是當你認定教授更醉心於語文學研究，展現博學多聞，不在乎小說故事的時候，卻又發現事實並非如此：他的學術包裝只是為了同時保護說出口的和沒說出口的故事，因為這本小說的內在氣韻一接觸到空氣就可能散逸，已逝知識的迴響又是半遮半露，欲語還休。

在若不加以詮釋便無法讓文本說清其多重含意，和明知每一個詮釋都是加諸於文本的暴力和專斷獨行之間掙扎的烏茲—圖茲教授，遇到比較複雜的段落難以讓你理解束手無策時，乾脆直接讀原文。那個用理論規則推演出來的陌生語言發音，讓人聽不出屬於個人的抑揚頓挫，日積月累留下的改變或形塑痕跡未能成為印記，孤絕的音不期待回應，就像瀕危品種的最後一隻鳥兒婉轉鳴唱，或剛發明的噴射機第一次試飛在空中發出轟隆巨響。

然後，漸漸地，在這些擾亂人心的讀音中有某個東西開始鬆動流淌。原本猶疑的聲音被故事鋪陳帶動，變得越來越流利、透明和連貫。烏茲—圖茲教授開始如魚得水，搭配手勢（他雙手張開彷彿魚鰭），嘴唇一開一闔（字句有如氣泡竄出），眼神也變了（他的目光滑過書頁彷彿魚眼注視海底，或水族館訪客盯著亮晃晃魚缸裡的魚兒游動）。

你所在的地方不再是學校研究室，周圍不再是書架，也沒有烏茲—圖茲教授，你已經進入小說裡，眼前是北方那片沙灘，你跟著那位嬌生慣養的男子步伐前進。你太過專注以至於沒有立刻察覺到有人出現在你身旁。你眼角餘光瞄到魯德米拉，她坐在一落對開本的書堆上，同樣聽得全神貫注。

她是剛剛才到，還是從頭聽起？是她沒有敲門，默不作聲走進來？還是她早就到了，躲在書架後面（伊涅里歐說過，她會跑來這裡躲起來。烏茲—圖茲教授則說，他們會來做一些不方便說的事）？又或者她是被教授巫師話語中夾帶的咒語召喚而來？

烏茲—圖茲教授繼續朗讀，對於有新的聽眾加入未做任何反應，彷彿她一直在那裡。也沒有因為其中一次停頓時間較久被她催促：「然後呢？」而感到詫異。

教授突然闔上書。「沒有然後了。《人在斷崖》寫到這裡就停了。作者烏可．阿赫提飽受憂鬱症困擾，在短短幾年內三次自殺未遂，最後一次成功了。這本未完成的小說跟其他未發表作品都收錄在一本合集裡，包括詩、私人日記和討論佛陀化身論文的筆記。可惜沒能找到阿赫提這本小說的寫作計畫或草稿，無從得知故事會如何發展。不過，儘管文稿殘缺不全，也或許正是因為如此，《人在斷崖》是辛梅里亞文學最具代表性的作品，既是因為它所呈現的，也是因為它所隱藏、迴避、沒說出口的、消失不見的……。」

他越說越小聲，你伸長脖子、越過阻擋你視線的那排書架，好確認他還在那裡，結果你沒找到他，或許他鑽進了成排的學術著作和年鑑期刊堆中，把自己變得很薄很薄，然後鑽進滿是灰塵的縫隙間，或是被他研究對象注定消失的命運擊潰，或是被小說突然中斷的空曠深淵吞沒。站在深淵旁的你企圖奮力一搏，或撐住魯德米拉，或緊緊抓住她不放，你伸出手想要抓住她的手……。

「別問我這本書的後續！」一個高亢刺耳的聲音從書架某處傳來。「所有書的後續都在另一邊……。」教授的聲音忽大忽小，他到底在哪裡？或許在書桌下打滾，或許爬到了天花板吊燈上。

「他說後續在哪裡？」你們在墜落的瞬間這麼問。「在什麼另一邊？」

「書是門檻前的階梯……。所有辛梅里亞的作家都跨過了那道門檻……。最先出現的是沒有詞彙的亡者語言，說著只有亡者語言能說的事。辛梅里亞語是最後一個活人的語言……是初始的語言！你們在這邊豎起耳朵對著另一邊……。聆聽……。」

其實你們兩個已不再聆聽，因為你們也消失不見了，縮在一個角落裡，緊緊相依。這就是你們的答案？你們難道想證明也有活人語言是沒有詞彙的，無人能用它寫書，只能活著，一秒一秒地活著，不記錄也不記憶？剛開始出現的是屬於活人軀體的沒有詞彙的語言，這是你們想要提醒烏茲—圖茲教授的嗎？然後才出現用來寫書、試圖翻譯第一個語言但未能成功的詞彙，再之後……。

「所有辛梅里亞的書都沒有寫完……，」教授嘆了一口氣。「全都在另一邊繼續……，用另一種語言繼續，那是我們以為自己在閱讀的所有書本詞彙所指向的靜默語言……。」

「我們以為……為什麼是我們以為？我喜歡閱讀，也真的在閱讀……」魯德米拉才會這麼說話，充滿自信和熱情。她坐在教授對面，一身淺色打扮簡單優雅。她身在這個世界上，對世界能夠給予她的充滿興味，她避開了無疾而終、最後自我沉溺的那本小說裡自我中心的深淵……。你在她的聲音裡尋找她對於你總想要抓住身邊東西、閱讀表面文字、驅趕抓不住的幽靈等等需求的認同。（你必須承認，即使你們的擁抱只出現在你的想像裡，但是那個擁抱隨時有可能成真……。）

但是魯德米拉始終走在你前面至少一步。「我想知道還有沒有書是我可以看的……。」她這麼說，心裡很篤定一定有她或許不熟悉，但事實上存在的實物符合她的要求。你怎麼可能把東西藏起來不給她？她看著眼前那本書，已經準備好要看下一本書，一本還沒有出現，但是既然她想要，就不可能沒有的書。

教授坐在書桌後面，在桌燈圓錐形光束中，他的手在那本闔起來的書上或懸空或輕觸，彷彿悲傷撫摸。

「閱讀，」他說。「是這樣的：有一個東西在那裡，是文字寫成的，是一個固體的實物，不能改變，透過這個東西可以跟另一個不存在的東西對照比較，另一個東西屬於非物質世界，看不到，因為它只能思考，只能想像，也或許是因為它曾經存在而如今已經不在，過時了、遺失了、觸摸不到，只存在於亡者國度……。」

「……或者它不存在是因為它還沒出現，它被渴望、被敬而遠之，可能存在或不可能存在，」魯德米拉說，「閱讀是尋找某樣快要出現，但是還沒有人知道它會出現的東西……」（你知道此刻這位女性讀者已經將頭探出白紙黑字印刷的書頁之外，觀察出現在地平線上那些載滿救援者或偷渡者的船隻，還有暴風雨……）「我現在想要閱讀的書是讓你能感覺到故事即將發生的書，像隱隱約約的雷聲，讓你感覺到歷史故事與人類命運交錯，彷彿正在經歷一場尚無以名之、還未具體成形的巨變的一本小說……。」

「說得好，我的妹妹，看得出來你有長足進步！」有一個女子從書架後面走出來，她脖子很長，尖嘴窄臉，是眼神堅定的四眼田雞，捲髮披散，穿著一件寬鬆的罩衫搭配窄管褲。「我是來跟你說我找到你在找的那本小說，正好是我們在女性革命研討會上要談的書，如果你想聽我們分析討論那本書，歡迎你參加。」

「羅塔莉亞，」魯德米拉詫異道，「你該不會也在看辛梅里亞作家烏可．阿赫提未完成的《人在斷崖》吧！」

「魯德米拉，你消息太不靈通了，小說書名沒錯，但已經寫完了，而且作者不是辛梅里亞人，而是辛布里人，後來書名改成《不畏強風和暈眩》，作者改用筆名沃茲．維利安蒂。」

「那是假的！」烏茲—圖茲教授大吼一聲。「這個冒名案例眾所周知！那是辛布里民族主義分子在第一次世界大戰末期反辛梅里亞宣傳戰中散播的偽文獻！」

羅塔莉亞身後有一群少女組成的前哨軍，她們眼睛澄明而平靜，或許正是因為太過澄明平靜反而讓人覺得不安。一個膚色蒼白的大鬍子男人從她們之中走出來，眼神輕蔑，嘴唇抿出了然線條。

「很遺憾我必須反駁一位傑出同事說的話，」那個男人說，「不過這本書的真實性在找到辛梅里亞人藏起來的手稿之後已經得到證實。」

「葛利格尼，你真讓我意外，」烏茲—圖茲教授咬牙切齒。「你忝為艾魯洛—阿塔伊克語和文學權威，竟然替這種粗製濫造的騙局背書！更何況這件事牽涉到領土糾紛，跟文學一點關係都沒有！」

「烏茲—圖茲，拜託，」葛利格尼教授回嗆。「別拉低爭議問題的層級。你明知道我對辛布里民族主義興趣不大，我想你對辛梅里亞的沙文主義應該也是。比較這兩種文學精神之後，我要問的是：哪一個在對價值觀的否定上表現更突出？」

魯德米拉對辛布里和辛梅里亞的爭議無動於衷，她滿腦子只有一個想法：那本未完的小說是否真的有後續。「羅塔莉亞說的會是真的嗎？」她低聲問你。「我這次倒是希望她是對的，剛才教授讀給我們聽的那個開頭還有後續發展，至於是什麼語言寫的不重要……。」

「魯德米拉，」羅塔莉亞說。「我們要去做讀書會了，你如果想聽我們討論維利安蒂的小說就過來。也可以帶你朋友一起來，如果他感興趣的話。」

於是你加入羅塔莉亞旗下。讀書會小組在一個大廳就定位，大家圍著一張桌子坐。你跟魯德米拉想要盡可能靠近羅塔莉亞擺在面前的那個文件夾，裡面可能就是她之前說的那本小說。

「我們得感謝研究辛布里文學的葛利格尼教授，」羅塔莉亞開口說。「願意提供我們《不畏強風和暈眩》的珍本，並且親自出席我們的讀書會。我要強調的是相較於其他類似學科教授的不解，這樣開放的態度更顯得彌足珍貴……。」羅塔莉亞瞄了魯德米拉一眼，以免她妹妹沒聽懂她對烏茲—圖茲的影射。

為了瞭解文本脈絡，葛利格尼教授應大家要求先說明歷史背景。「我只想提醒大家，」他說，「辛梅里亞在第二次世界大戰之後被劃入辛布里人民共和國。辛梅里亞人面對交接過渡期不知所措，後來辛布里在整理文獻資料的時候重新評估沃茲・維利安蒂這個作家的複雜性，他寫作既用辛梅里亞語也用辛布里語，辛梅里亞只出版了他用辛梅里亞語創作的作品，本來作品也不多。無論從質或量而言，維利安蒂比較重要的作品都是用辛布里語完成，但是被辛梅里亞人藏起來，像你們手中《不畏強風和暈眩》那本小說就是，剛開始可能是用辛梅里亞語寫的初稿，而且用了筆名烏可・阿赫提。但是毫無疑問的是，在他最終選擇用辛布里語創作之後，這部小說才找到了真正的靈感……。」

「你們都知道，」葛利格尼教授接著說。「在辛布里人民共和國出版的這本書則十分成功。剛出版就獲得高度評價，被翻譯成德文後，在國外廣為流傳（我們也是用這個譯本），後來因為意識形態之爭被拿來大作文章，所以全面撤出通路，甚至連圖書館藏書也被下架。但是我們認為這本書的革命性內容是走在時代前面的……」

你們失去了耐性，你和魯德米拉都急著想看見這本書從灰燼中重生，但是你們必須等待讀書會年輕的男男女女分配工作，在閱讀過程中得有人負責分析創作方法，有人負責解釋物化過程，有人負責說明如何從窒礙中得以昇華，有人得整理關於性的語意學符號，還有人要解析主體的元語言，以及從政治和個人角度剖析書中角色的違逆。

羅塔莉亞打開她的文件夾，開始朗讀。之前帶刺的樹籬漸漸化為一張蜘蛛網，所有人屏息聆聽，你們也不例外。

你們立刻察覺現在聽到的跟之前看的《人在斷崖》和《馬爾堡鎮外》沒有任何交集，跟《如果在冬夜，一個旅人》也無關。你跟魯德米拉對看一眼，不，對看了兩眼：第一眼是疑惑，第二眼是默契。不管怎麼說，這是一本一旦開始，就欲罷不能的小說。

不畏強風和暈眩

清晨五點，軍用運輸車駛過城市。身材瘦小的婦女帶著油燈在食品店鋪前面排隊。牆上的油漆還沒乾，那是臨時政府不同派系的小組成員前一晚寫上去的標語。

當樂手將樂器放回盒子裡離開地下室的時候，空氣中還飄散青草香。「新泰坦尼亞」的客人三三兩兩跟在樂手後面走在街道上，似乎不想要破壞前一晚大家出於習慣或巧合共處一室建立起來的默契，他們持續往前走沒有分散，男士們豎起大衣衣領貌似喪屍，或是沉睡了四千年的木乃伊從棺木跑出來隨時都有可能化為塵土，女士們則如一陣旋風湧出，人人各唱各的調，低胸晚禮服外的斗篷敞開，長長的裙襬跟著隨意踏出的舞步掠過水坑，因為酒醉讓新的高昂情緒覆蓋、消磨了之前的亢奮，似乎他們所有人唯一的希望就是狂歡還未結束，樂手走著走著就會停在馬路中央，打開樂器盒再度把薩克斯風和低音提琴拿出來。

走到手握長刺刀、帽子上別著徽章的民兵巡邏隊駐守的前列文森銀行對面，這群徹夜未歸的人彷彿約好似的立刻散開各走各的路，連一聲再見都沒有說。剩下我們三個在一起，瓦勒里亞諾和我各站一邊架著伊莉娜，我總是在她的右邊，因為我需要留空間給腰帶上那把沉甸甸手槍的槍套，瓦勒里亞諾一身便服打扮，他的身分是重工業委員會專員，他如果帶槍（我想他一定有），肯定是那種小小一把可以塞在口袋裡。這個時候伊莉娜變得很安靜，或陰鬱，讓我們心感疑懼（這是我的感覺，但我相信瓦勒里亞諾應該跟我有相同感受，雖然我們從來沒有談過這件事），因為在那個時刻我們覺得她真可以掌控我們，或許聽起來很瘋狂，但是她遲早會把我們帶入她的魔術圈將我們囚禁起來，恐怕沒有任何東西能跟她腦袋裡正在編織的幻想相抗衡，在感官探索、精神提升或冷酷無情上，她永遠不會因為踰越而喊停。其實我們都非常年輕，就我們正在經歷的事情來說太過年輕。我說的是我們男人，伊莉娜在她那種類型的女生裡面算是比較早熟，雖然年紀是我們三個之中最小的，卻能讓我們聽她指揮。

伊莉娜吹著無聲的口哨，眼睛滿是笑意似乎正在琢磨她想到的某個主意。之後她的口哨變成有聲的，是當時流行的短歌劇中一首詼諧進行曲，我們總是多少有些擔心她準備怎麼整我們，連忙用口哨聲追隨她，踏著令人難以抗拒的軍樂步伐，覺得自己既是俘虜也是凱旋者。

我們經過被挪作霍亂隔離醫院用的聖阿波羅尼亞教堂前，一具具棺木放置在戶外，每一個腳架外圍都撒了一大圈石灰避免人群靠近，等候靈車載去墓園。一位老婦人跪在教堂前方祈禱，我們煞有其事鬧哄哄的行軍步伐差點踩到她。她站起來衝著我們揮出一拳，小小的拳頭枯黃乾扁滿是皺紋，好像一顆栗子，另一個拳頭抵在石板路上，大喊：「你們這些該死的資產階級！」其實她喊的是：「該死的！資產階級！」像是分成兩句話罵人，而且強度漸增，叫我們資產階級是認為我們雙重該死，之後又用方言補了一句，意思是「下流之輩」，還有「遲早……」，但是話沒說完，她注意到我身穿制服，便低下頭。

我之所以鉅細靡遺描述這個過程是因為後來，不是立刻，這件事被視為所有必然發生的前兆，也是因為這些畫面會如穿越城市的軍用運輸車一樣貫穿那個時代的書寫（雖然軍用運輸車這個詞引發的聯想有失精確，但是一定程度的籠統模糊氛圍並無不妥，正符合那個時代的混亂），也像懸掛在建築物間呼籲民眾貸款給國家的布條，或是因為申請方是敵對的不同工會以至於遊行路線各行其是的勞工人潮，一方走上街頭是為了堅定支持考德磊軍工廠罷工到底，另一方的訴求是停止罷工以支援武裝民軍對抗正在逐漸包圍城市的反革命軍隊。所有這些縱橫交錯的線條畫出了我、瓦勒里亞諾和伊莉娜的活動空間，讓我們的故事得以浮上水面，找到一個起點、一個方向、一個輪廓。

我是在防線撤退到距離東城門不到十二公里的那天與伊莉娜結識。由敵後區域十八歲以下青少年和老年人組成的市民武裝組織在牛隻屠宰場低矮建築群周圍設下防線，屠宰場這個名稱聽起來不大吉利，不過很難說是對誰而言不吉利。綿延人潮渡過鐵橋撤退到城裡。農民頭上頂著籃子，籃子裡裝著鵝，嘶叫的豬隻在大家腳邊逃竄，幾個小孩高聲嚷嚷在後面追趕（為了避開敵軍搜刮，農家盡可能讓子女和家畜分散開來，讓他們自己碰運氣），有步行或騎馬士兵不是跟自己部隊走散，就是想要去分散各地的主力部隊報到，有昂首闊步走在一群僕人和行李前面的年邁貴婦，還有躺在擔架上的傷患、剛出院的病人、小販、公務員、僧侶、遊民、穿著為高官家眷特設女子學校郊遊制服的千金小姐，所有人在鐵橋上朝同一方向前進，彷彿被冰冷潮濕的風拖曳著走，那風像是從地圖破口，或撕開前線和邊界的裂縫中吹送而出。他們之中有人擔心暴亂和掠劫情勢惡化，有人是基於個人理由不想遇到重建部隊，有人想尋求合法性還不夠穩固的臨時政府庇護，有人只想趁亂混水摸魚幹點違法勾當，不在乎違反的是新法或舊法。人人覺得自身命在旦夕，所以這時候談團結非常不合時宜，重要的是不擇手段為自己打開一條血路，卻又必須為此建立某種共識和默契，因此遇到困難時大家會集結力量，不須多言就能彼此了解。

或許是因為這個的緣故，也或許是在全面動盪中青春正盛且樂在其中。那天早晨走在人群中渡過鐵橋讓我覺得很開心，整個人輕飄飄的，感覺我跟其他人、跟我自己和這個世界都能和諧共處，我已經很久沒有這種感受。（我不想說錯話，還是重說一遍吧：我覺得我跟其他人、跟我自己和這個世界的不和諧都能和諧共處。）那時候我已經走到橋尾，那裡有幾級階梯通往河邊，人潮放慢了行進速度出現壅塞，不得不往後退以免推擠那些慢慢往下走的人：少了一條腿的人得先把重心放在一邊拐杖上，再換一邊，騎馬的勒緊馬韁讓馬斜著走以免馬蹄鐵踏在階梯邊的鐵條上滑倒，加裝了邊車的摩托車得整個抬起來（有不少人斥罵車主，說這種車應該走車道橋，不過那得多繞至少一公里的路），這時候我發現一名女子下車站在我身旁。

她身上穿的斗篷下襬和袖口處有皮草滾邊，圓頂帽有面紗垂下，帽緣還有一朵玫瑰花。她很優雅，同時我注意到她年輕又可愛。我正盯著她的側面看，看見她瞪大眼睛，帶著手套的手舉起來摀住發出尖叫的嘴巴之後整個人向後倒。要不是我動作快拉住她的手臂，她恐怕會摔倒在地，然後被象群一樣往前衝的人潮踩踏。

「你有沒有怎樣？」我對她說。「靠著我走，不會有事的。」

她渾身緊繃，一步都邁不出去。

「空的，空的，下面是空的。」她說。「救我，我好暈……。」

放眼望去沒有什麼讓人頭暈的狀況，但是她的確嚇壞了。

「別往下看，抓住我的手跟著大家走。我們已經走到橋尾了。」我這麼說，希望能夠成功安撫她。

她說：「我覺得這些所有人再走下一級階梯就會踏空，掉下去，全部一起掉下去……。」她堅持不肯往前進。

我從鐵梯縫隙往下看那色調單一的河川奔流，水面上載浮載沉的冰彷彿白色雲朵。我有短暫片刻心緒不安，彷彿感受到她所感受：每一個空無都在另一個空無中延續，每一個懸崖不分大小下面都是另一個懸崖，每一個深淵都被無盡深淵吞噬。我伸手摟著她的肩膀，試著抵擋那些想要下橋、對我們斥罵的人的推擠：「欸，別擋路啊！要摟摟抱抱到旁邊去，真不要臉！」可是不被人流覆蓋的唯一方法是大步跨向空中，飛起來……。於是，我覺得自己彷彿也站在懸崖邊……。

或許這段故事就是架在空洞之上的一座橋，一邊進行一邊丟出各種消息、感受和情緒，形塑出以集體和個人變動為主的背景，讓大家在對諸多歷史和地理一無所知的情況下走出一條路。我沒有對填補空洞的細節做過多描述，因為我不想知道，只想奮力向前，但是她卻在推擠人群中立在階梯前不動，我幾乎把她整個人抱起來，一級一級往下走，直到我們站在河邊的石板路上。

她恢復冷靜，神情驕傲地看著前方，邁開堅定步伐頭也不回地往磨坊路方向前進，我差點跟不上她。

故事也卯足了勁才能跟上我們，記錄我們空洞的對話，一句接著一句。對故事而言那座橋還沒走完，每一句話下面都空洞無物。

「沒事了嗎？」我問她。

「那沒什麼，我常莫名暈眩，即使並沒有立即性的危險……。跟高處和低處無關……。只要我在夜晚仰望天空，思考星星的距離……。或是白天……，我如果躺在這裡，眼睛往上看，就會覺得頭暈……。」她指著被風推送飛快飄過的雲朵說，彷彿頭暈是有某種吸引力的誘惑。

她一句道謝的話都沒說讓我有點失望。我說：「這個地方不適合躺下來看天空，不管是白天或晚上。你聽我的，我多少有一點經驗。」

跟鐵橋階梯一樣，我們的對話在一句和另一句之間也留有空隙。

「你有看天空的經驗？為什麼？你研究天文學？」

「不，我負責另外一種天象觀測。」我指向別在我制服領口的炮兵領章。

「轟炸的時候我得觀察榴霰彈怎麼飛。」

她的目光從領章挪移到不存在的肩章那個位置，再移到袖口不顯眼的軍銜袖章上。「中尉，你從前線下來的？」

「亞歷士．茲諾博爾，」我自我介紹。「我不知道自己算不算中尉，我所屬的軍團廢除了軍銜級別，人員配置一直在變。只能說目前我是袖章兩槓的軍人。」

「我叫伊莉娜．琵佩林，我也是革命新人。至於未來，我不知道。我做織品設計，但是布料物資缺乏，所以我只能設計空氣。」

「因為革命，有人改變大到讓人認不出來，有人卻覺得比以前更能夠做自己這表示他們準備好迎接新時代了，是嗎？」

她沒有回答。我接著說：「至少他們不是因為斷然拒絕改變所以才沒有改變。你也是這樣嗎？」

「我……你先說，你覺得你變得多不多。」

「不太多。我發現我保留了舊時代的榮譽感，舉例來說，看到女士摔跤我會去扶她，即使現在已經沒有人會說謝謝了。」

「我們每個人都可能有脆弱的時候，不分男女，所以說，中尉，將來說不定換我拉你一把。」她語氣酸溜溜的，似乎忿忿不平。

把注意力都放在自己身上、幾乎將城裡陷入混亂局勢拋諸腦後的這段對話，到此差不多可以結束了。要不是因為軍用運輸車駛過廣場和書頁，把我們分開；要不就是在食品店鋪前排隊的婦女，或舉著標語的抗議勞工人潮，將我們分開。總而言之，伊莉娜走遠了，她那頂有面紗的玫瑰圓頂帽在一望無際的灰色鴨舌帽、鋼盔和頭巾間漂浮，我想追上她，但她沒有回頭。

接下來是好幾行密密麻麻的將軍和議員姓名、前線砲擊和撤退、聯合臨時政府不同黨派的分裂與合擊，中間還穿插了幾個氣象觀察描述：傾盆大雨、結霜、多雲、北風吹來暴風雪。不過這些都只是我可見的心情樣貌：此刻一頭熱栽進蜂擁而至的事件中，下一刻縮回來只專注於自己的執念，彷彿發生在身邊的一切都只是為了讓我當作掩護，讓我躲避，就像處處可見用沙包堆砌而成的防禦工事（城裡似乎做好了巷戰的準備），或是每晚都被不同派系貼滿海報卻隨即被雨水打濕，墨水暈開紙張泡爛，再也看不清的木樁欄柵。

每一次我經過重工業委員會辦公大樓，我都會跟自己說：「我要去找我的朋友瓦勒里亞諾。」我從來到這裡那一天起就反覆告訴自己，瓦勒里亞諾是我在城裡最親近的朋友，可是每一次都因為趕著執行某件重要任務而計畫告吹。說起來我作為現役軍人倒是享有十分難得的自由，我沒有明確的職務分配，在不同主力部隊間來來去去，我很少出現在軍營裡，彷彿我不屬於任何支隊組織，卻也不見我坐在任何一張辦公桌後面執行文書工作。

我跟瓦勒里亞諾不同，他根本離不開辦公桌。我上樓去找他那天，他也坐在那裡，不過做的事情看起來跟政府職務無關，他正在清理一把左輪手槍的彈巢。他看到我，隨意修剪的大鬍子下面發出一聲冷笑，他說：「所以，你跟我們一樣，也來自投羅網。」

「應該說是來設陷阱讓別人自投羅網。」我回答道。

「陷阱是一個套一個，同步啟動的。」他似乎在暗示我什麼。

重工業委員會辦公室所在的這棟大樓原本是發戰爭財致富的一個家族宅第，革命期間被徵收。部分保留下來的俗艷奢華室內裝潢跟古板陰鬱的公部門家具形成混搭，瓦勒里亞諾的辦公室到處可見屬於東方閨閣的擺飾品：龍圖騰花瓶、漆木飾品盒，還有絲綢屏風。

「你想在這個寶塔裡設陷阱逮住誰？東方豔后？」

一名女子從屏風後面走出來，一頭短髮，身穿灰色絲質洋裝，搭配乳白色褲襪。

「男人的幻想還真是一成不變，連革命都難以撼動。」聽到她具攻擊性的挖苦語氣，就知道她是我在鐵橋上遇到的那個人。

「看到沒有？隔牆有耳……。」瓦勒里亞諾笑著對我說。

「革命管不到夢境，伊莉娜．琵佩林。」我回答道。

「也無法讓我們擺脫惡夢。」她頂了一句。

瓦勒里亞諾打岔。「我不知道你們認識。」

「我們在夢裡遇到的。」我說。「我們差點從一座橋上掉下去。」

她說：「不對，每個人的夢都不一樣。」

「有人碰巧在很安全的地方醒來，例如這裡，就可以避免暈眩發作……。」我沒打算認輸。

「要暈的話什麼地方都能暈。」她拿起瓦勒里亞諾組裝好的那把手槍，打開彈巢，眼睛看著槍管檢查是否清理乾淨，轉動彈巢，裝一顆子彈，拉起擊錘，讓手槍對著眼睛再次轉動彈巢。「看起來很像一口無底井。可以聽見空無的呼喚，墜落的誘惑，跌入那發出呼喚的幽暗之中……。」

「欸，不要拿武器開玩笑！」我才伸出手，她就轉過來把槍對準我。

「為什麼？」她說。「女人不能拿槍，你們就可以？女人手中也有武器的時候才是真革命。」

「讓男人無槍可用？你覺得合理嗎，同志？女人配槍要做什麼？」

「取代你們的位置啊。我們發號施令，你們服從。讓你們體會一下當女人是什麼感覺。走啊，動作快，到另一邊去，站在你朋友旁邊。」她手中的槍始終對著我，下達指令。

「伊莉娜打定主意就不會改。」瓦勒里亞諾提醒我。「反駁她沒用。」

「所以呢？」我看著瓦勒里亞諾，等他開口介入，結束這個玩笑。

瓦勒里亞諾看著伊莉娜，問題是他的眼神茫然，彷彿恍惚出神、放棄投降，像是唯有服從她的意志才能得到快樂的人。

軍事指揮部的信差送來一份文件，門打開的時候躲起來的伊莉娜順勢消失不見。瓦勒里亞諾若無其事處理手邊公文。

「你說……，」我一逮到機會立刻開口問他。「你覺得開這種玩笑好嗎？」

「伊莉娜從不開玩笑。」他頭都不抬，繼續盯著那些公文。「你以後就知道了。」

從那一刻起時間的結構改變了，夜晚自我膨脹，在我們無法分割的三人行踏過的城市裡，那無數個夜晚化為一個夜晚，僅只一晚，在伊莉娜房間裡達到高潮，那個畫面應該是私密的，同時是高調炫耀而挑釁的，在那個獻祭的祕密儀式中伊莉娜是祭司也是神祇，是褻瀆者也是受害者。故事從中斷的地方繼續，現在故事的行動空間超載，密度過高，沒有任何空隙可以容納她對空無的畏懼，那些幾何圖案的窗簾和靠墊間處處充斥著我們裸體的氣息，伊莉娜小小胸廓上胸脯微微隆起，淡褐色的乳暈就比例而言，適合更豐滿的乳房，形狀尖窄的陰部像等邊三角形（「等邊」這個詞跟伊莉娜的陰部有了連結之後，讓我覺得特別情色以至於每次說出口都會咬到舌頭）。越靠近畫面中央，那些線條就越扭曲，有如被誤傳為鴉片館，因此遭到正派人士報復砸毀的亞美尼亞雜貨店內倖免於難的香粉燃燒後輕煙裊裊，蜿蜒纏繞，那些線條有如看不見的繩子將我們綁住，三個人綑綁在一起，我們越掙扎試圖脫困，繩結就越緊縮勒住我們的肌膚。在這個糾纏不清中，在我們這個祕密三人小組的悲劇故事中，我心裡懷著另一個祕密，而且我不能對任何人說，就連伊莉娜和瓦勒里亞諾也不能說，我肩負一個祕密任務，要把滲入革命委員會密謀將城市拱手送給白軍的間諜找出來。

在強風堪比北方暴風雪吹過首都街道的那個冬天，有另外一場祕密革命在革命中誕生，很可能會改變身體與性的權力關係：伊莉娜以為她成功讓擁有政治經濟學學位、以印度苦行僧和瑞士神智學為尊、對所有可以想得到的學說都有宿命使命感的地方法官之子瓦勒里亞諾相信她；還有我，我讀的學校更冷酷無情，我知道未來取決於不久後革命軍法庭和白軍軍事法庭之間的角力結果，兩邊各自的行刑隊伍已經持長槍立定站好等待號令。

我試圖往中間蠕動以便逃離隨著伊莉娜手腳不安掙扎痙攣如蛇滑行一般纏裹成螺旋狀的那些線條，她緩慢的身體舞動不是為了展現節奏，而是為了讓蛇形線條成結再解開。伊莉娜一手抓著一個蛇頭，遭到緊掐的蛇因而激化出直線的穿透力，而她卻一心想要施展出與爬蟲動物為了纏住她對摺扭曲成各種角度的延展力看齊的內在力量。

這是伊莉娜為她個人崇拜所建立的第一條教義：我們必須放棄對直立和直線的堅持，然而我們雖已接受對一名女子臣服，而且不得爭風吃醋，或有任何霸凌行為，但是那僅存的不知何處安放的男性自尊依然如影隨形。「下去！」伊莉娜伸手按壓瓦勒里亞諾的後腦勺，手指穿過這位經濟學青年才俊茂密的暗紅色髮絲，讓他的臉對著她的小腹無法抬起頭來。「再低一點！」同時她亮晶晶的眼睛看著我，她要我看，她要我們的眼神也以蜿蜒的蛇行線條交錯。我感覺到她的眼神一直跟著我沒有片刻離開，我還感覺到另一道眼神也無時無刻無論何地始終跟著我，那個眼神來自某個看不見的力量，只等待我完成一件事：死亡，至於是我的死亡或是我讓其他人死亡不重要。

等到伊莉娜的眼神不再直勾勾地盯著我，瞇起眼睛，我就爬進陰影裡，爬到靠墊沙發和暖爐後面，瓦勒里亞諾脫下來的衣服一如平日折疊得整整齊齊，我爬進伊莉娜低垂睫毛下方的陰影裡，一個個口袋翻找，我躲在她緊閉眼睛的幽暗裡、她喉嚨發出的壓抑叫聲裡，從瓦勒里亞諾的皮夾中找出對摺兩次的那張紙，上面用鋼筆寫著我的名字，因叛國罪判處死刑，官印下面有簽名和副署。

第五章

接下來大家開始進行討論。事件、人物、背景、感受全都被放在一邊，大家把討論焦點集中在一般概念。

「追求反常—多態性……」

「談的是市場經濟學法則……」

「關於重要結構的同質性……」

「論述偏差與體制……」

「是閹割……」

只有你愣在那裡，你跟魯德米拉。其他人都沒想要繼續往下閱讀。

你靠近羅塔莉亞，往她面前那疊紙張伸長了手，開口問她：「可以借看嗎？」你想把那本小說占為己有。其實那不是一本書，只有從書上撕下來的二十多頁，其他部分在哪裡？

「不好意思，我還需要後面的部分。」你說。

「後面？……光是這些就可以討論一個月了，這樣還不夠？」

「書不是拿來討論的，是拿來閱讀的。」你回答她。

「讀書會分好幾個小組，艾魯洛—阿塔伊克語系圖書館只有一本藏書，所以我們把書拆了，分書的時候遇到一點阻撓，結果書全散了，但我想我應該搶到了最精彩的部分。」

你和魯德米拉坐在一間咖啡館裡，根據現況做沙盤推演。「我們重新整理一下：《不畏強風和暈眩》不是《人在斷崖》，《人在斷崖》不是《馬爾堡鎮外》，《馬爾堡鎮外》跟《如果在冬夜，一個旅人》完全是兩回事。我們只能循線索驥回到源頭去釐清亂象。」

「對，都是出版社害我們希望一再落空，所以出版社應該要彌補我們。我們得去找他們問清楚。」

「如果阿赫提跟維利安蒂真的是同一個人呢？」

「首先我們要讓出版社給我們一本完整的《如果在冬夜，一個旅人》，還有一本完整的《馬爾堡鎮外》。我的意思是，我們得先要到我們以為書名是那個，而且已經開始看的兩本書。如果書名跟作者搞錯了，出版社得跟我們說，並解釋到底為什麼某些書的書頁會跑到另一本書裡面去。」

「如此一來，」你接著說。「或許我們還能發現《人在斷崖》的線索，到底是沒寫完還是已經寫完了……。」

「我得承認，」魯德米拉說，「聽到那本書有完整版，我還真的信了。」

「不過我現在急著想往下看的是《不畏強風和暈眩》……。」

「我也是，雖然那並不是我最喜歡的小說類型……。」

哎，又來了。每次你以為走對路，就立刻因為道路中斷或彎道卡在半路。包括閱讀、尋找下落不明的書，或是猜測魯德米拉的好惡。

「此時此刻我最想看的小說，」魯德米拉解釋道。「應該要以說故事的欲望為驅動力，累積一個又一個故事，不需要追求世界觀，只要能讓你看見自己的成長，像植物一樣，枝椏和樹葉越來越茂密……。」

你毫不猶豫同意她的觀點，把那些被學術分析弄得支離破碎的文字、重新找回自然、單純、原始閱讀條件的期許都拋在腦後……。

「得把我們被打亂的主軸找回來，」你說。「我們現在就去出版社。」

魯德米拉說：「不需要我們兩個都去。你去就好，再跟我說結果。」

你很失落。你之所以熱衷於找書就是因為可以跟她一起行動，因為你們可以一起經歷找書的過程，而且一邊找書一邊議論。你好不容易覺得彼此建立了一種默契，一種信任感，不只是因為你們現在不再用敬語「您」，也是因為你們覺得對方在這件事情上是夥伴，其他人或許難以理解。

「你為什麼不一起來？」

「原則問題。」

「什麼意思？」

「有一條界線，一邊是做出版的人，另一邊是看書的人。我想要留在看書的人這邊，所以我很留意絕不跨過那條線。否則閱讀的無私樂趣就沒了，或者會變成另外一個東西，不再是我要的。那條線很模糊，隨時可能不見。跟專業出版人有關的世界總是人滿為患，那個世界企圖跟讀者的世界畫上等號。當然，讀者人數也越來越多，但是我們得說，那些拿書來製作其他書的人數比單純愛看書的人數成長更快。我知道如果我越過那條線，即便是無心的，出於偶然，我還是會有跟那些人混為一談的風險。所以我拒絕踏入任何一家出版社，就算只有短短幾分鐘也不行。」

「那我呢？」我提出質疑。

「我又不是你，你得自己決定。每個人的行為模式不同。」

要讓她改變主意毫無可能。你只能自己完成這個任務。於是傍晚六點鐘，你又回到這間咖啡館。

「您要問稿子的事？我們正在看，不對，我說錯了，是已經看完了，我們很感興趣，我當然記得！語言表現非常出色，字字血淚，您沒收到我們的信？先跟您說聲抱歉，我們在信裡面解釋了事情的來龍去脈，那封信我們早就寄了，現在郵件老是晚到，但是您一定會收到。我們的出版計畫排得太緊湊，銜接上有點問題，啊您收到了？怎麼說呢？謝謝您寄稿子來給我們看，我們會儘早歸還，您說您要來拿回手稿？這個沒辦法，因為我們還沒找到，您要再等等，一定會找到的，您別擔心，東西不可能丟，我們才剛發現找了十年的幾份手稿，喔，不會讓您等十年，您的稿子我們一定不會拖那麼久，我們是這麼希望啦，我們收到的稿子實在太多，疊起來有這麼高，我們可以帶您去看，當然您要的是您自己那份，不要別人的，這是當然，我的意思是我們有這麼多不怎麼樣的手稿都沒丟，您的稿子我們如此重視，怎麼可能會丟掉，不是，重視的意思不是說要出版，而是要還給您。」

說話的是一個乾癟的駝背小老頭，而且每一次有人叫他，或拉他的袖子，或丟一個問題給他，或把一疊稿子交給他，他似乎都會變得更乾癟，背駝得更嚴重。「卡維達尼亞先生！」「麻煩您了，卡維達尼亞先生！」「我們聽聽卡維達尼亞先生怎麼說！」他每次都專注聆聽對方的問題，眼神堅定，下巴微顫，緊繃的脖子顯示出他清楚還有其他問題尚未解決，有人過度緊張缺乏耐心，有人則因為太過有耐心而變得超級神經質。

你踏入出版社辦公室的時候，跟接待人員說明你有幾本書出現裝訂瑕疵你想換書，他們跟你說應該找業務部，但是你解釋說不只牽涉到換書，你希望得到對這個事件的說明，他們又讓你去找印務部，當你進一步解釋你在乎的是看到一半就中斷的小說後續，他們才得出這個結論：「這個您得跟卡維達尼亞先生談，請在會客室稍候，還有其他人在等，得依序排隊。」

於是，你加入其他訪客的行列，聽著卡維達尼亞先生重複多次找不到手稿的說詞，每一次對象都不一樣，包括你在內，每一次都在他發現自己誤會之前就被訪客或其他編輯、職員打斷。你馬上明白卡維達尼亞先生是每一個公司組織內部不可或缺的那種人，所有同事都會不自覺地把複雜難解的棘手問題丟給他。你正準備開口說話就出現一個人把未來五年的工作計畫送來給他審核，或是得更換頁碼的人名索引，或是杜斯妥也夫斯基作品的新版得從頭到尾重新整理，因為所有瑪麗亞Maria都要改成Mar'ja，所有彼得Pjotr都得更正為Pëtr。他對每個人都說好，可是想到跟另一個有求於他的人話說到一半被打斷又感到很懊惱，一找到機會就會安撫那些最耐不住性子的人向他們保證自己沒有忘記他們，他們提出的問題他都知道：「我們對這本書營造的幻想氛圍評價很高……」（「什麼？」討論紐西蘭托洛斯基主義路線分裂的歷史學家跳起來）「或許您應該減少淫穢場景的篇幅……」（「您說什麼！」從宏觀經濟學角度研究賣方市場的學者出言抗議）

卡維達尼亞先生忽然不見蹤影。出版社走廊上處處是陷阱：有精神病院的戲劇團體、致力於推動小組精神分析的團體，還有女性主義激進團體。卡維達尼亞先生隨時可能被逮住、被包圍、被吞噬。

你見證了圍繞出版社打轉的不再是詩人或小說家新秀、準備嶄露頭角的女詩人或女作家的歷史時刻，（在西方文化發展史上的）這一刻透過文字試圖自我實現的團體多過於單打獨鬥的個人，有讀書會、勞工團體和研發團隊，彷彿獨自一人面對知識性工作是很悲慘的一件事。作者的樣貌變得很多元，逐漸傾向以團體為主，因為沒有任何人可以代表其他人：四個更生人出書，其中一個越獄成功，三個受傷住院，手稿出自醫院護士之手。不然就是兩人合著，未必一定是夫妻，但是夫妻合著越來越多，彷彿婚姻生活中最好的慰藉就是合作書寫。

這些所有人都要求跟某個部門主管或某類學科負責人談話，結果最後全部都由卡維達尼亞先生接見。一波又一波的討論中，各種具排他性的專業學科和思維學派詞彙湧向你才看一眼就用「乾癟駝背小老頭」來形容的那位年邁編輯，不是因為他比其他人個子更小、更乾癟或駝背更嚴重，也不是因為他的表達方式跟「乾癟駝背小老頭」這句話如出一轍，而是因為他似乎來自一個世界是……不，應該說他像是來自一本書……，嗯，似乎是來自一個還能看到書中有「乾癟駝背小老頭」出沒的世界。

他沒有被擊潰，他讓那些問題在他的腦袋裡轉一轉，搖搖頭，試圖從務實角度去解決問題：「不好意思，有沒有可能在全書頁尾加注，把內文縮排一點點，或許，您看看可不可行，在頁尾加注？」

「我是一名讀者，只是讀者，不是作者，」你急著聲明，彷彿眼看有人即將犯規趕去救援的隊友。

「喔，這樣啊？很好，非常好，我很開心！」他看你的那一眼的確充滿善意和感激。「我很榮幸，我現在跟讀者面對面的機會越來越少……。」

他突然有種想要交心的衝動，索性放任自己，把其他工作拋在腦後，把你叫到一邊：「我在這家出版社工作多年……經手過很多本書……可是我能說我是一個看書的人嗎？我不覺得這叫做看書……

我老家只有寥寥幾本書，但是我當年那樣才叫看書，真的看書……。我總是想說等我退休之後要回老家去，跟以前一樣好好看書，有時候我會特別留下一本書，跟自己說，等我退休的時候再來看這本書，但是我又想，等到那個時候事情都不一樣了……。昨天晚上我做了一個夢，我在老家，在我家雞舍裡，我在找東西，在雞舍裡母雞孵蛋的籃子裡找東西，我找到了什麼？一本書，是我小時候看的一本書，平裝，書頁全都破破爛爛的，黑白版畫插圖被我用粉彩筆塗上了顏色……。您知道嗎？我小時候都躲在雞舍看書……。」

你正準備開口跟他解釋你造訪的原因，他心領神會，根本不讓你繼續往下說：「您也是，您也是，十六開本裝訂錯誤，我們都知道，好幾本書開了頭卻沒有後續，我們最新出版的書全部亂七八糟，您有看出問題出在哪裡嗎？我們已經搞不清楚了。」

他臂彎裡夾著一疊稿子，小心翼翼放下來的時候，彷彿只要一點晃動就會把那些印刷文字的順序弄亂。「出版社其實是很脆弱的機構，可敬的先生，」他說。「只要任何一個地方任何一個東西出差錯，失序就會持續擴大，在我們腳下蔓延開來。真的很抱歉，您知道嗎？我們光想就覺得暈眩。」他摀住眼睛，彷彿被數十億書頁、文字、詞彙匯集而成的微塵幻影糾纏不休。

「哎，打起精神來，卡維達尼亞先生，別這麼沮喪！」結果輪到你安慰他。「這單純出於讀者的好奇心……您如果不方便跟我說……」

「我很樂意把我知道的告訴您。」卡維達尼亞先生說。「事情是這樣的。有一個年輕人到出版社來毛遂自薦，說他翻譯了一本書，叫什麼……」

「是波蘭文？」

「不是，不是波蘭文！很難的一個語言，知道的人應該不多……。」

「辛梅里亞文？」

「也不是辛梅里亞文，更怪，叫什麼文？那個年輕人說自己懂得多國語言，沒有哪一種語言是他不會的，就連那個，辛布里文，對了，辛布里文他也懂。他帶了一本用那個語言寫的書，很厚的一本小說，叫什麼《旅人》，不對，《旅人》是另外一個人寫的，什麼《鎮外》……」

「作者是塔茲歐．巴札克巴爾？」

「不是，不是巴札克巴爾，他是《斷崖》的作者。那本書作者是……」

「阿赫提？」

「沒錯，就是他，烏可．阿赫提。」

「不好意思，可是阿赫提不是辛梅里亞作家嗎？」

「喔，好像阿赫提原本是辛梅里亞人，後來您也知道怎麼回事，先是打仗，打完仗疆土邊界調整，形同鐵幕，所以現在情況是原本的辛梅里亞變成了辛布里，而辛梅里亞的領土範圍有所變動。以至於辛梅里亞文學被辛布里人占為己有，當作戰敗國賠償……。」

「這是葛利格尼教授的論點，但是烏茲—圖茲教授並不認同……。」

「拜託，在大學裡面，不同學院互看不順眼，不同教職互相競爭，教授和教授之間王不見王，烏茲—圖茲教授當然不可能承認他教的那個語言的文學巨著得用同事教的語言閱讀……。」

「問題是，」我繼續堅持。「《人在斷崖》那本小說沒有完成，或者應該說剛起了個頭……我看過原稿……」

「《斷崖》……您把我搞糊塗了，那本書的書名是有點類似，但是不一樣，應該跟《暈眩》有關，我想到了，是維利安蒂的《暈眩》。」

「《不畏強風和暈眩》？那麼這本書翻譯了嗎？你們出版了嗎？」

「等一下。那位名叫赫耳墨斯・馬拉那的譯者好像把所有東西都準備好了，他給了我們部分譯稿，我們把這本書納入出版計畫，他定期把譯稿交給我們，一次一百頁，領取預付的翻譯酬勞，我們提前把譯稿交給印刷廠開始排版，以免耽誤時間……。但是我們在校稿的時候發現了幾個地方不大對勁，怪怪的……我們打電話給馬拉那，提出質疑，他打迷糊仗，牛頭不對馬嘴……。我們沒有放過他，把原文攤開給他看，請他口頭翻譯一段……他才承認他根本不懂辛布里文。」

「那他交給你們的譯稿呢？」

「只有名字用的是辛布里文，不對，辛梅里亞文，欸我也不知道，而他交給我們的是另一部小說的譯稿……。」

「哪一部小說？」

「哪一部小說？我們也問他，他說是波蘭小說（波蘭總算出現了！），作者是塔茲歐・巴札克巴爾……。」

「《馬爾堡鎮外》……」

「沒錯。但是等一下，這是他說的，我們當時相信他的說詞，但是書已經送印了。我們喊停，換扉頁，換封面，對我們而言損失太大，無論如何，不管書名是這個或那個，作者是這個或那個，小說還是小說，已經翻譯好、排版好、印刷好了……。我們還沒計算讓印刷廠和裝訂廠把最早一批印製完成、錯誤的十六開扉頁替換成新的要增加多少成本，總而言之，當時一陣大亂，還影響到所有正在進行的新書作業，整批印好的書都得送去廢紙廠，已經配送的書得從各家書店回收……」

「有件事我沒搞懂：現在您說的是哪本小說？是故事背景在火車站的？年輕人準備離開農莊的？還是……」

「別急。我剛才說的那些還不算什麼，因為可想而知，我們不再相信那個年輕人，我們想搞清楚，所以拿譯稿跟原文比對，結果怎樣您知道嗎？他翻譯的也不是巴札克巴爾的小說，原著是一本法文小說，作者是比利時人，貝特朗．范德維爾德，沒什麼人知道他，書名是……等一下，我找給您看。」

卡維達尼亞先生離開後再回來，把一份影印檔案交給你。「書名叫做《俯視暗影幢幢》。我們手邊有法文版前幾頁。您自己看，您說這是不是個騙局！赫耳墨斯．馬拉那翻譯這本不值錢的爛小說，逐字逐句照翻，然後騙我們說是辛梅里亞文、辛布里文和波蘭文……。」

你翻開影印檔案第一頁就知道貝特朗．范德維爾德的《俯視暗影幢幢》跟你之前被迫中斷的四本小說都沒有關係。你正準備告知卡維達尼亞先生的時候，他從檔案夾中抽出一張紙非要讓你看：「您看，我們對馬拉那魚目混珠之舉提出抗議，他回覆的時候語氣多囂張。這是他的回信……」卡維達尼亞先生指著其中一段讓你看。

「書封上的作者名字重要嗎？我們想想三千年後。誰知道我們這個時代有哪些書能夠倖存，又有哪些作家的名字會有人記得。或許有些書很有名，卻無人知曉作者是誰，跟古代文學作品《吉爾伽美什史詩》一樣。有些作者的姓名永垂不朽，可是他們的作品卻一本都沒留下來，跟蘇格拉底一樣。也或許將來有一天所有留存下來的書都會被冠上同一個神祕作者的名字，跟荷馬一樣。」

「您看他多會講話？」卡維達尼亞先生感嘆完畢後接著說：「說不定他說的是對的，這一點才好玩……。」

他搖搖頭，看似心事重重，像是冷笑又像是嘆氣。他在想什麼，或許看著他的讀者你不難解讀。這麼多年來卡維達尼亞先生盯著書一點一滴、一本一本完成，他每天看著書的誕生和死亡，然而對他來說其他書才是真正的書，以前那些書，彷彿來自其他世界的訊息，才是真正的書。作者也是一樣，他每天都要跟作者打交道，知道他們的執念、優柔寡斷、敏感衝動，還有他們的自我中心，對他來說真正的作者是以前出現在書封上的一個名字，是書名的一部分，那些跟筆下人物擁有相同現實經驗、去過書中那些地方的作者既存在也不存在，跟書裡面的人物和鄉鎮一樣。以前作者是書隱而不見的出處，是幽靈走過不留下痕跡，是透過他兒時雞舍跟其他世界連結的地下通道……。

有人在叫他。他在拿回影印檔案或留給你之間猶豫不決。「這份檔案很重要，不能帶出去，這是犯罪證據，之後有可能打抄襲剽竊官司。如果您想看仔細得麻煩您留在這裡，就在這張辦公桌上看，之後請記得還給我，我怕我會忘記，如果搞丟就糟了……。」

你可以告訴他不需要，這不是你在找的那本小說，但或許是因為他的提議你不排斥，也是因為越來越憂心的卡維達尼亞先生再度被編輯事務纏身，你只好坐下來閱讀這本《俯視暗影幢幢》。

塑膠袋口往上拉得很緊繃，正好卡住尤猷的脖子露出腦袋瓜。另一個方法是裝袋的時候讓他頭朝下，但是這麼做並不能解決我的問題，因為他的腳會露在外面。最好的辦法是讓他膝蓋彎曲，可是無論我為了幫他怎麼用力踹他，他已經僵直的雙腳都沒有反應，最後我終於成功將他的腿和塑膠袋一併摺起來，結果搬運更加困難，他的腦袋瓜反而比之前暴露更多在外面。

「我什麼時候才能真的擺脫你，尤猷？」我對他說。我每次挪動他就看到他那張呆滯的臉、帥哥路線的小鬍子和抹了髮蠟的硬挺頭髮，領帶的結露在塑膠袋口像是套了一件圓領毛衣在外面。我說的圓領毛衣是他持續追求時尚那幾年流行的那種毛衣。尤猷其實沒有跟上那幾年的流行，他從年輕時候就特別羨慕某種類型的衣服跟髮型，從髮蠟到鞋舌有黑色絨面的漆皮皮鞋，他認為那是有錢人的打扮，只是那種流行早已過時，等他獲得幸運之神眷顧後又太過專注於他的成功，不再小心翼翼，以至於沒有發現以前被他努力仿效的人早已不做那樣的打扮了。

髮蠟的支撐力很強，即便我按壓他的腦門想把他塞進塑膠袋裡，他的髮型依然渾圓挺立，只是裂開成幾束硬梆梆的頭髮拱出一道道弧線。領帶結有點歪，我不自覺伸手去幫他調正，彷彿戴著歪領帶的屍體會比一切規整的屍體更惹人注意。

「得再弄一個袋子來把他的頭塞進去。」貝娜德特說，你不得不再一次承認那個女孩的智商遠遠超過她的現實條件所允許。

問題出在我們找不到另一個大塑膠袋，只有一個廚房垃圾桶專用的小型橘色塑膠袋，固然可以把他的頭遮起來，但是遮擋不住大塑膠袋內是一具人體，而小塑膠袋內是一顆頭顱的事實。

雪上加霜的是，我們不能繼續在那個地下室耽擱時間，得趕在天亮之前把尤猷處理掉。我們假裝他還活著，把他當成是我的敞篷車上第三位乘客，帶他兜風兩個小時，已經吸引太多人注意了。就像那兩個默不作聲騎著腳踏車離我們愈來愈近的警察，在我們準備把尤猷拋進河裡的時候，停下來盯著我們看（明明前一刻博西橋上看起來空無一人），我跟貝娜德特立刻伸手拍打他的後背，我還語帶感嘆地跟垂著頭、雙手卡在橋欄杆上晃蕩的尤猷說：「吐吧，老友，把靈魂也吐出來腦袋就清楚了！」我們兩個人撐著他，他的手臂搭在我們肩膀上，被我們帶回車上。讓屍體腹部腫脹的氣體就在那個時候大聲排放出來，那兩名警察笑到彎下腰。我心想尤猷死了之後跟活著的時候個性差滿多的，像這些小細節，而且他也不會如此慷慨對殺害他、可能要被送上斷頭臺的兩個朋友伸出援手。

於是我們開始認真找塑膠袋和汽油桶，然後就是要找一個地方。但是在巴黎這種大都會感覺不大容易，要找到一個適合焚屍的地方恐怕得花上好幾個小時。「在楓丹白露那裡不是有一座森林？」我一邊發動引擎一邊說，貝娜德特坐回我旁邊的副駕駛座。「跟我說怎麼走，你比較熟。」我想或許在天色濛濛灰的時候，我們就能跟著運送蔬果的卡車排隊返回市區，尤猷只剩下燒焦的殘渣，連同我的過去，一起在歐洲鵝耳櫪林中空地上腐化。「然後我終於可以說服自己所有往事都被燃燒殆盡被遺忘，彷彿從來沒有發生過。」

我發現我的過往開始成為我的負擔，有太多人以為他們是我沒有債務上限的債主，實質的或精神上的債主，像「玉花園」那些女孩的父母就是，我以他們為例是因為世上沒有比中國親戚更糟糕、更讓人避之唯恐不及的債主，我招募那些女孩的時候，跟她們本人及家人都把條件說得很清楚，而且支付現金，就是為了不用老看見他們在我眼前晃來晃去，那些瘦小的父親母親，腳上穿著白襪，帶著魚腥味很重的竹籃，一臉從鄉下地方來的茫然表情，但其實他們全都住在港口區。總而言之，不知道多少次，即便過往把我壓得喘不過氣，我也沒想過要跟過往徹底切割乾淨：換工作、換老婆、換城市、換一個陸塊（換完一個再換一個，直到完成環遊世界）、改變習慣、換掉朋友、改行、換掉客戶。我錯了，等我發現的時候已經晚了。

也是因為我這個態度，使得往事一件件堆疊後壓在我肩上，不斷增生，如果說我自己的人生已經活得舉步維艱、夾雜不清、難以為繼，怎麼顧得上其他人生，更何況每一個人生都有其過去，而且又和其他人生的過去彼此糾纏。每次我都白費力氣。而今總算可以鬆一口氣。我把里程數歸零，用抹布擦拭儀表板。明天早上等我抵達新的地方這個零會變成很多位數字連儀表板都無法顯示，那些數字記錄了人、地、善、惡和失誤。就像我們找地方想把尤猷毀屍滅跡的那個晚上，靠車燈照明在林木和岩石間搜尋，而貝娜德特指著儀表板說：「欸，你該不會告訴我說我們快沒油了吧。」真的。我腦袋裡事情太多忘記把油箱加滿，結果現在我們很可能遠離人煙而車子拋錨，一小時車程內的加油站都已經打烊。幸好我們還沒有點火焚燒尤猷，想想看，萬一我們離開焚屍地點沒多遠就動彈不得，還不能棄車步行離開，因為那輛車登記在我名下。總而言之，我們只好把汽油桶裡的汽油加進油箱裡，但原先的計畫是要把身穿整套藍色西裝和繡了姓名字首絲質襯衫的尤猷浸泡在那桶油裡面，現在得盡快趕回市區再想其他辦法擺脫他。

我知道我說了也是白說。但是我惹的所有麻煩都是我的錯，不管是好事或壞事。往事就像盤踞在我身體裡的一條蛔蟲，不管我在坐式馬桶、蹲式馬桶、獄中便桶、醫院便盆、營區糞坑或一邊提心吊膽怕遇到蛇（像委內瑞拉那次）一邊蹲在矮樹叢裡費盡力氣想把蛔蟲拉出來都沒能成功。你無法改變往事就跟你無法改變姓名一樣，不管我有過多少本護照，換過多少名字我根本記不得，但是大家仍然叫我瑞士佬魯艾迪。不管我去哪裡，不管我如何介紹我自己，總會有人知道我是誰，我做了什麼，即便過了這些年我的外貌改變甚多，特別是我頭頂毛髮稀疏又跟葡萄柚一樣黃澄澄的，那是當年斑疹傷寒在恆星號上爆發的後遺症，因為船上載運貨物特殊的關係我們不能靠岸，也不能透過無線電求助。

由所有這些故事可以得到的結論是，一個人經歷過的人生只有一個，唯一一個，而且像毛氈毯一樣均質且緊實，無法將編織的線拆解開來。所以如果我突然回想任何一天的任何一個細節，例如某個僧伽羅人來訪，想要把一窩裝在金屬盆裡剛孵出來的小鱷魚賣給我，我很確定的是在這個微不足道的小插曲中隱含了我所有經歷，所有過往，我徒勞地想要拋諸腦後的不斷增生的往事，那些最後融合成一個人生的所有人生。我的人生在我決定不再離開的這個地方繼續，我在這個位於巴黎郊區帶有中庭花園的小房子裡挖了一個熱帶魚池，這是一場不動聲色的交易，逼得我不得不安頓下來，因為照料這些魚的工作一天都不能馬虎，而且那些女人到了我這個年紀也該享有不再被捲入紛爭的權利。

貝娜德特的故事跟我的截然不同。我敢說我對她沒有犯過錯，我一知道尤猷返回巴黎打聽我的事，我便毫不遲疑地反過頭來打聽他的事，於是我發現了貝娜德特，想辦法把她拉到我這邊，我們聯手出擊，而他完全沒有起疑。等時機成熟，我拉開窗簾，第一眼看見的（相隔多年未見）是他肥胖多毛的臀部被夾在她白皙的膝蓋之間，然後是他後腦勺梳得一絲不亂的頭髮，他的側面，緊貼著她有些蒼白、轉了九十度方便我下手的臉頰。過程乾淨俐落，他連回頭認出我、發現誰壞了他好事的時間都沒有，或許也沒來得及意識自己從活人地獄踏入了死人地獄。

這樣也好，再看到他的臉時已經是個死人了。「比賽結束了，老王八蛋。」我近乎親暱地這麼對他說，貝娜德特幫他穿戴整齊，包括那雙有黑色絨面鞋舌的漆皮皮鞋，因為我們要假裝他喝醉了連站都站不住，好把他帶出去。我想起我們多年前在芝加哥第一次見面，是在擺滿了蘇格拉底半身像的米柯尼克斯老太太店鋪後面，當時我發現我縱火騙來的保險賠償金全都被轉投資到他那些生鏽的吃角子老虎機器上，而且他跟那個患有性愛成癮症的癱瘓老太婆把我玩弄於股掌之間。前一天我還坐在沙丘上看著結冰的湖泊，享受多年未曾擁有的自由，結果二十四小時不到我周圍的一切再度關閉，這都是夾在希臘社區和波蘭社區之間那幾棟臭哄哄房子裡的人決定的。像這樣的急轉直下我一生遇到過十來次，各式各樣，也就是從那時候開始我一直想辦法報仇，從那時候開始，我的損失清單越來越長。即便是現在，他惡質的古龍香水味開始混雜一絲屍臭味，但我知道我跟他之間的比賽還沒有結束，斷了氣的尤獻有可能再一次整到我，就像他活著的時候已經整過我好多次。

我一口氣說那麼多故事是因為我希望我的敘述裡能有滿滿的故事可說，或許之後說，或許已經在其他場合說過，一個被各種故事填滿的空間便是我的人生時間，在那樣的人生中可以往任何方向移動，一如在空間中移動，而且總會找到某些故事是必須先以其他的人生故事為鋪陳才有辦法說的，因此無論從哪一個時刻或地點出發都會遇到同樣飽滿的故事題材。其實若從全景角度觀看被我留在敘事主軸之外的一切，我看到的是因枝葉過於茂密，以至於光線照不進去的一座森林向四面八方延展，也就是說那些題材遠比我這次選擇放入主要計畫中的題材更為豐富，所以不能排除聽我說故事的人會覺得有點受騙上當，因為他看著河水分流成許多小溪，可是流到他那裡的時候，只剩下原初事實的殘響，同樣不能排除的還有怎麼說的效果，說不定那原本就是我想要的，意思是說我正在尋找一種說故事的權宜之計，克制自己說出口的少於可以說的一種謹慎準則。

如果你仔細看就能明白那種無窮盡，真正的不虞匱乏，意思是我如果只有一個故事可說，我會不遺餘力毫無節制地用力說，而且為了讓它發揮應有的價值，不惜讓它燃燒殆盡，但是如果我有不可數的故事題材做後盾，我就要不急不徐輕鬆以對，就算流露出焦躁情緒也無妨，甚至還可以離題去描述次要場景和沒有意義的細節。

每次（我在花園底端整理盆栽的時候）聽到柵門吱嘎作響，我便自問會是哪一段往事裡的人找我找到這個地方，說不定這段往事就發生在昨天我住的這個郊區，那個矮小的阿拉伯裔清道夫十月就會開始挨家挨戶送新年賀卡收取小費，他說十二月的小費會被他的同事占為已有，他一毛錢都拿不到。也有可能找我的人來自久遠的往事，他們追著老魯艾迪，然後發現了位於死巷弄裡的那扇柵門，可能是瑞士瓦萊州的走私集團、剛果卡坦加省傭兵，或是古巴軍事強人富爾亨西奧．巴蒂斯塔執政時期巴拉德羅賭場的荷官。

貝娜德特跟我的過往沒有任何糾葛，尤猷跟我的陳年恩怨逼我不得不以那種方式除掉他，她毫不知情，說不定她以為我這麼做是為了她，為了她告訴我尤猷強迫她過的那種生活。當然也是為了錢，而且不少錢，雖然錢還沒有進我口袋。那是促成我們聯手的共同利益所在。貝娜德特這個女孩立刻看清現在的情勢，我們要是不能一起從這個僵局脫身，恐怕就要一起完蛋。不過顯然她腦袋裡另有想法，像她這樣的女孩要想在這個世界活下去，必須懂得信賴知道她底細的人，她既然叫我去幫她擺脫尤猷就表示她把我當成自己人。這種事我以前經歷過太多，而且每次都是我吃虧，所以我才會退出圈子再也沒回去。

我們準備展開夜間行動。尤猷穿戴整齊坐在敞篷車後座，她坐在我旁邊伸出一隻手往後撐著死者以免他亂晃，而我正要啟動引擎的時候，她抬起左腿跨過手排檔壓住我的右腿。「貝娜德特！」我驚呼一聲。「你幹嘛？這時候合適嗎？」她跟我解釋說我闖入房間動手時打斷了她不能被打斷的事，不管對象是誰，她必須從被打斷的地方繼續做到結束才行。然後她一隻手撐著屍體另一隻手開始解我的釦子，我們在聖安托萬市郊路上公共停車場那個狹小的車子裡三個人擠成一團。我們雙腿交纏（而且十分合拍），她跨坐在我膝蓋上，她的胸脯彷彿土石流差點讓我窒息。尤猷一直往我身上倒，幸好她總能及時推開他，她的臉距離那張死人臉只有短短幾公分，他瞪著不瞑目的眼白看著她。至於我，我措手不及，而且不受控的生理反應顯然顧不得我的詫異心情，十分樂意聽令於她，我連動都不需要動，因為她一手包辦，好吧，我知道那一刻我們在做的事是她賦予特殊意義的一種儀式，當著死人的面，我感覺到那軟綿柔韌的收縮緊咬而我無處可逃。

我想跟她說：「女孩，你錯了，那個死人之所以會死是因為另一個故事，不是因為你的故事，那個故事還沒落幕呢。」我想告訴她在那個還沒落幕的故事裡，有另一個女人在我和尤猷之間，如果我不斷從一個故事跳到另一個故事，是因為我一直在那個故事和逃跑之間打轉，就像我得知那個女人和尤猷為了毀掉我攜手共謀，而我逃跑的第一天。那個故事我遲早會做結束才能把它說出來，不過它只會是所有故事中的一個，不會比其他故事更重要，除了說故事和回憶的樂趣不需要額外添加熱情，因為回憶不開心也可以是一種樂趣，只要那個不開心夾帶了其他東西，未必得是什麼好事，只要是多樣的、可變的、律動的，總而言之，只要夾帶了我可以稱之為開心的事，就有了遠觀和當成往事拿出來說的樂趣。

「等我們搞定這件事情後會是一則精彩的故事。」帶著塑膠袋裡的尤猷一起搭電梯上樓的時候，我對貝娜德特這麼說。我們的計畫是把他從頂樓陽臺往下面的小型中庭丟，等第二天被人發現會以為他自殺或企圖闖空門的時候不小心摔下來。要是有人從中間樓層進電梯上樓看到我們帶著這個塑膠袋怎麼辦？我可以說我們要帶垃圾下樓沒想到電梯原本是準備上樓的。反正馬上就要天亮了。

「你都預先設想各種可能的情況。」貝娜德特說。不然我怎麼可能撐到現在？我想告訴她的是，這麼多年來，我都得提防散布在各個交通繁忙市區的尤猷幫派裡的人找上門，但是如此一來我就得跟她解釋尤猷跟那個女人背後做的所有事情，他們從來沒有放棄過找回那批東西，而且他們宣稱東西弄丟是我的錯，還一直奢望能重新用鐵鍊拴住我的脖子，逼得我想要處理掉這個裝在塑膠袋裡的老朋友，卻一整晚不得其法。

那個僧伽羅人也讓我覺得事有蹊蹺。「年輕人，我不買鱷魚。」我對他說。「去找動物園吧。其他水族生意我做，我供貨給大型商場裡的店面，也賣家用水族箱、外來魚種或烏龜。有時候有人會來我這裡找鬣蜥，但是我沒有，那種動物太難養了。」

那個年輕人大概十八歲上下，站在那裡不走，小鬍子和眉毛彷彿黏在他黃褐色臉上的黑羽毛。

「我實在很好奇，是誰派你來找我？」我問他，因為我對東南亞向來頗有戒心，我有我的理由。

「西比莉小姐。」他如是回答。

「我女兒跟鱷魚有什麼關係？」我大吼一聲，雖然她早已獨立，但是我每次聽到她的消息都忍不住焦慮。不知道為什麼，我只要想到我的子女就感到內疚。

我這才知道西比莉在克里希宮夜總會做的工作是跟鱷魚一起表演，當下我感覺太糟糕沒有追問其他細節。我知道她在不同夜店工作，但是跟鱷魚一起在觀眾面前表演，我覺得是一個父親最沒辦法接受家裡唯一的女兒做的事情。更何況我還是受新教教育長大的。

「這個夜總會叫什麼？」我氣得發抖。「我得去看看怎麼回事。」

那個年輕人遞給我一張廣告傳單，我背後立刻冷汗直流，因為「新泰坦尼亞」這個名字我很熟，我太熟了，儘管那個記憶屬於世界另一端。

「老闆是誰？」我問他。「夜總會經理，老闆叫什麼名字？」

「塔塔雷斯庫女士，您該不會……」年輕人抱起金屬盆把那窩小鱷魚帶走了。

我盯著牠們的綠色鱗片、腳爪、尾巴和張開的大口，感覺像是後腦勺挨了一棍，耳朵裡嗡嗡作響，彷彿冥界號角轟隆隆吹響。我當初一聽到那個有巨大影響力的女人的名字，我就帶著西比莉飛越兩大洋抹去我們的蹤跡，為我女兒跟我建立了一個平靜且安靜的生活。可惜一切白費工夫。弗拉達找到她女兒，然後透過西比莉再度將我掌控在手心，因為只有她有能力喚醒我心中最強烈的敵意和最深沉的吸引力。她傳了一個簡訊給我讓我知道是她：她對爬蟲動物的狂熱讓我想起，對她而言邪惡不過是一種重要元素，這個世界宛如一口爬滿鱷魚的井，讓我無法逃脫。

我探頭看著下方那個中庭，如同看著那口鱷魚井。天色漸漸亮起，而下面依舊漆黑一片，我只勉強認出那個不規則的斑點變成了尤獻，是在空中翻滾的他，西裝下襬掀起來彷彿一對翅膀，然後全身骨頭著地脆裂砰一聲像是槍響。

塑膠袋在我手中。我們本來可以把塑膠袋留在頂樓，可是貝娜德特擔心有人找到之後重建現場，所以最好帶走消滅證物。

電梯下到一樓，門打開看到三個男人手插在口袋裡。

「嗨，貝娜德特。」

她說：「嗨。」

她認識他們我不意外。從他們的打扮可以看出，雖然比尤猷更跟得上流行，但是我覺得他們的風格相去不遠。

「塑膠袋裝的是什麼？拿出來看看。」三個裡面最高壯的那個傢伙說。

「看吧，是空的。」我很冷靜。

有隻手伸進去。「這是什麼？」他掏出一隻黑色絨面鞋舌漆皮皮鞋。

第六章

影印稿到這裡就沒有了，我心裡只有一個念頭，那就是繼續往下看。應該可以找到完整書稿才對，你的目光環繞四周搜尋一圈之後立刻覺得很洩氣。在這間辦公室裡，紙張粗糙的書看起來像是替換零件，也像是待拆卸和待組裝的齒輪。你現在明白為什麼魯德米拉不肯跟你一起來，你擔心自己也會變成「另一邊」的人，失去讀者跟書之間的獨特關係：將白紙黑字的書寫視為已經結束、底定的某種東西，無法再增加或刪減。讓你感到欣慰的是卡維達尼亞先生即便身處在這樣的環境裡，依然持續滋養單純閱讀的可能性。這位年邁編輯又出現在玻璃門外，你抓住他的袖子，告訴他你想要看完整的《俯視暗影幢幢》。

「啊，不知道在哪裡……。跟馬拉那有關的文件都不見了。他的打字稿、原文書，不管是辛布里文、波蘭文或法文書都不見了。連他也不見了，突然有一天，全部消失。」

「再也沒有他的消息？」

「喔，他有寫信來……我們收到很多封信……。但是他說的故事根本荒謬至極，一派胡言……。

我這麼說不是因為我看不懂他寫了什麼，而是得花好幾個小時才能把所有來信看完。」

「方便讓我看嗎？」

見你堅持想了解事情始末，卡維達尼亞先生同意讓你從檔案室把「赫耳墨斯・馬拉那」檔案拿出來。

「您有空是嗎？好，那就坐下來慢慢看吧。您再跟我說您有什麼想法，說不定您真能看出點名堂。」

馬拉那之所以寫信給卡維達尼亞先生，都有他實際的理由：解釋自己為什麼遲交譯稿，催促預付款項，告知國外新書出版消息千萬不能錯過。但是在這些工作信函的正常話題外，他還欲言又止提及各種騙局、陰謀和未解之謎，為了解釋他為什麼做此暗示，或為了解釋他為什麼不能多說，馬拉那最終陷入了愈來愈瘋狂和紊亂的胡言瘋語。

他在信中標注的地點遍布五大洲，但是看起來他從未透過正規郵政系統寄信，而是委由隨機找到的信差從其他地方投郵，因此信封上的郵票跟寄送國家不一致。包括寄信時間也不清楚，有些信談及前面寄出的幾封信，可是那幾封信是後來才寫的。還有一些信說之後會進一步說明，然而說明內容卻出現在一個星期前寫的那封信裡面。

「塞羅內格羅」，這個地名應該是位於南美洲的某個偏遠村落，出現在最後幾封信裡，但是這個村落的實際位置是在安地斯山脈上，還是在奧利諾科森林裡，從他自相矛盾的扼要景色描述完全看不出來。擺在你眼前的這封信看起來屬於正常的公務信函，問題是為什麼出版辛梅里亞文作品的出版社會設在那個地方？讓人不明所以的還有，如果說這個出版社是專門為住在北美和中南美洲的辛梅里亞移民這個小眾市場服務，不是可以出版他們擁有全球獨家版權、包括原文在內的國際知名作家最新作品的辛梅里亞譯本嗎？而且馬拉那好像還以這家出版社的經紀人身分，向卡維達尼亞先生推薦知名愛爾蘭作家席拉斯·弗蘭納里備受期待的最新小說《在團團纏繞的網中》。

另外一封信，也是從塞羅內格羅寄出，則以深受啟發的口吻敘述一則當地傳說（應該是吧），他說有一個印地安人瑞被稱為「故事之父」，年齡已不可考，他眼盲又不識字，卻能不間斷地說故事，故事發生的年代和地點都不是他能知道的。有研究人類學和超自然現象的團體聞風而來，經過查證後發現很多知名作家的小說內容都跟這位患有粘膜炎的「故事之父」在小說出版前幾年說過的故事隻字不差。有人認為這位印地安老人是全世界敘事素材的出處，說他是讓每一個作家個人表現力爆發的原生岩漿；也有人認為他是預言家，因為他吃了會引發幻覺的菌類，所以能夠跟那些強烈的視覺藝術內在世界溝通並捕捉心靈波動。還有人認為他是古希臘詩人荷馬、《一千零一夜》作者、馬雅文明聖典

《波波爾・烏》作者、大仲馬和詹姆斯・喬伊斯轉世再生。有人抗議說荷馬才不需要輪迴，因為他根本沒死，活了數千年的他一直持續在寫作：除了公認出自於他的兩首詩，他也是絕大多數大家耳熟能詳敘事文學作品的作者。而馬拉那把一臺錄音機放在印地安老人隱居山洞的洞口……。

不過他前一封信，從紐約寄出的那封，說到他推薦的新書版權歸屬時，說詞又大不相同：「如您從信紙抬頭所見，OEPHLW位於華爾街上一個老社區裡。自從商業炒作遺棄了這些貌似教堂實則仿自英國銀行的莊嚴建築後，這個社區變得很陰森。我按下對講機說：『我是赫耳墨斯・馬拉那，我帶了弗蘭納里小說的部分手稿過來。』出版社的人應該在等我，因為在我說服這位年邁的驚悚小說作家將他開了頭卻後繼無力的小說初稿交給我之後，我就從瑞士拍了一封電報過來，反正我們可以用電腦輕易幫他完成這部作品，只要設定好如何忠實延續作者風格及概念，將文本裡所有元素發展下去就行。」

把那些稿子帶去紐約並不容易，如果你相信馬拉那說他天生就愛冒險犯難，所以寫這封信的時候他人是在黑色非洲大陸某個國家首都的話：

「……我們被包圍了，飛機被濃密的捲雲包圍，我則是一頭栽進了席拉斯・弗蘭納里未出版新作

《在團團纏繞的網中》裡，這部彌足珍貴的手稿備受國際出版界矚目，我卻不幸因緣巧合從作者手中取得，而換來一管短獵槍槍口抵著我的太陽穴。

「一組青年武裝突擊隊占領整架飛機，大家汗流浹背的氣味令人十分難受。我很快意識到他們的主要目標是劫走我手中的書稿。想當然耳，他們都是分離主義信徒，但是新崛起的激進組織我一個都不認識。他們毛茸茸的臉上神情肅穆，自負態度又沒有鮮明到讓我可以辨明他們屬於兩個革命陣營的哪一邊。

「……我就不跟您一一描述我們這班飛機因為沒有一個機場願意讓我們降落、一個塔臺接一個塔臺要求我們改變航道而惶惶然在空中兜圈的細節，總而言之，最後是布塔瑪塔利總統這位受到人文主義薰陶的獨裁者同意油料快要耗盡的客機，降落在他位於叢林深處一望無際機場的顛簸跑道上，而且他還在極端分子武裝突擊隊和目瞪口呆的各國強權政府之間，扮演了仲裁協調的角色。對我們人質而言，在塵土飛揚的沙漠裡待在鐵皮棚子下的日子綿長而疲軟。近乎藍色的禿鷹狠啄地面拖出一條條蚯蚓。」

馬拉那跟劫機的武裝突擊隊之間有某種關聯，從他們面對面時他居然開口訓斥對方便可得知：「『你們這幾個小鬼還是趕快回家吧，跟你們首領講，讓他下一次派更厲害的偵查員來，如果他想要更新他的藏書目錄的話……』他們彷彿被逮個正著的現行犯，用睡眠不足又得了感冒的表情看著我。這個以膜拜和搜尋祕密圖書為成立宗旨的組織落入這群少年手中，而他們連對自己執行的任務都不是很有概念。『你到底是誰？』他們問我，結果一聽到我的名字全都嚇呆了。組織裡這批新人從沒見過我本人，關於我，他們只知道各種我被逐出組織的詆毀汙衊說詞：說我是雙面間諜，或三面、四面間諜，為不知道是誰也不知道動機為何的幕後主使效力。沒有人知道由我創辦的這個**偽權組織**，在我的繼位者被某個不知何方神聖的上師蠱惑下日漸式微之前，自有其深遠寓意。『你老實說，你以為我們是**光翼**的人對不對……』他們對我說。『根據你訂定的規章，我們屬於**影翼**，我們不會被你騙的！』我想知道的就是這個。我聳聳肩膀露出微笑。**光翼**也好，**影翼**也罷，我都是應該被剷除的背叛者，但是他們在這裡不能對我動手，因為布塔瑪塔利總統既然保證他們享有庇護權，也就形同把我納入他的保護範圍……。」

至於那些劫機的武裝突擊隊員為什麼要搶走那份書稿？我翻閱信件尋找一個解釋，倒是看到馬拉那花不少篇幅吹噓他如何施展外交手腕促使大家達成協議，根據協議內容，布塔瑪塔利總統解除突擊隊的武裝，拿走弗蘭納里的稿子，保證會將書稿還給作者，條件是作者要以他統治的王朝為背景寫一本小說，為他登基稱王及併吞鄰國土地的企圖合理化。

「草擬協議內容並主導協商的人是我。從我介紹自己是專職文學及哲學作品廣告宣傳事務的**水星與謬思**行銷公關公司負責人之後，所有事情都進行得很順利。我贏得了那位非洲獨裁者的信任，重新獲得那位凱爾特後裔作家的信賴（因為看了他的手稿，讓我得以避開不同祕密組織安排的劫書計畫），不費吹灰之力便說服雙方簽署對兩造皆有利的合約……」

稍早之前從列支敦斯登寄出的那封信，讓人得以重建弗蘭納里和馬拉那之間關係的起點：「不能輕易相信流言，雖然謠傳擁有那位多產暢銷書作家版權的匿名經紀公司，將行政及稅務部門設址在阿爾卑斯山上這個公國裡，但是不知道作者在哪裡，也不知道究竟有沒有這個人……。剛開始祕書叫我找代理人，代理人叫我找經紀人的時候，似乎坐實關於他的傳言……那個靠剝削年邁作者大量產出驚悚、犯罪和性愛文字的匿名經紀公司結構勘比高效率商業銀行，但是公司氣氛很焦慮，讓人坐立難安，彷彿即將解散……

「我之所以很快就有所察覺，是因為弗蘭納里這幾個月情緒很不穩定，他再也寫不出東西來，好多本小說他開了頭，收到了全世界不同國家的出版社預支的稿費，甚至還涉及跨國銀行金融運作，書中人物喝的烈酒品牌、去的觀光景點、穿的名牌服飾款式、用的家具和擺設全都透過專業廣告代理商談定後寫在合約裡，結果這些小說因為無法解釋、突如其來的精神危機全都停擺。有一組影子寫手可以維妙維肖模仿大師的細膩表現和風格，蓄勢待發隨時可以上陣堵住缺口，完成那些半成品後予以最後加工，不讓任何一個讀者看出這裡是某個人寫的，那裡是另一個人寫的……（而且這些寫手對我們最新出版那本書的貢獻應該也不小）。可是現在弗蘭納里告訴大家得在等等，把截稿日期往後延，說計畫有所改變，承諾會儘快重新開工，拒絕任何協助。據悲觀人士透露，他很可能會寫日記，隨筆札記之類的東西，沒有任何高潮迭起，只記錄他的心情變化和他從陽臺透過望遠鏡一看就是好幾個小時的風景描述……」

數日後，馬拉那從瑞士寄來的那封信中提供的訊息讓人鬆了一口氣：「別忘了，其他人做不到的事，赫耳墨斯・馬拉那能做到！我親自跟弗蘭納里本人談過了，他就在他的小屋陽臺上給白日菊盆栽澆水。他是一個中規中矩、個性安靜的小老頭，人很親切，只要不觸動到他的敏感神經……。關於他的事還有很多可以說，對你們的出版業務來說十分珍貴，等我收到你們感興趣的表示之後就會與你們分享，提供我的電匯資料如後，銀行代碼及帳號，戶名是我本人……」

是什麼原因促使馬拉那去拜訪那位年邁的小說家，從那些信件內容看不出來：他應該一方面是以紐約OEPHLW（同類文學作品電子化生產組織）代表身分出現，表明願意提供對方技術協助以完成那部小說（「弗蘭納里臉色發白，全身顫抖，把他的稿子緊緊抱在胸前。『不行，我不答應，』他說。『我永遠不會這麼做……』」）；另一方面則可能是為了比利時作家貝特朗・范德維爾德遭弗蘭納里剽竊一事去爭取權益……。但是根據馬拉那之前要求卡維達尼亞先生想辦法讓自己與那位高不可攀的作家聯繫上的那封信來看，他去拜訪弗蘭納里應該是為了建議他將《在團團纏繞的網中》故事高潮的背景設定在印度洋一座小島上，「那裡赭色沙灘與海天一色的藍互相映襯」。這是米蘭一間不動產公司的提案，他們準備將小島上的土地分區出售，島上有一個村落全都是低矮平房，可以透過郵件通訊分期付款購買。

馬拉那在這間公司負責的職務應該是「關注發展中國家在革命團體奪得政權之前及之後的發展，以期利用政權交替更迭取得營建執照之相關公共關係事務」。他以這個身分執行的第一個任務是在波斯灣的蘇丹國屬地，處理一棟摩天大樓的營建工程承包案。這個機會是個意外，跟他的翻譯工作有關，讓他得以進入向來對歐洲人緊閉的大門……。「蘇丹最新一任妻子是我們同鄉，個性多愁善感，因為遠離家鄉覺得孤單，不適應當地風俗民情，受皇室身分約束，全賴她對閱讀的熊熊熱情支撐……。」

因為《俯視暗影幢幢》出版過程出現問題導致她閱讀中斷，這位年輕的蘇丹妻子寫信給譯者抗議。馬拉那立刻奔赴阿拉伯半島。「……一位帶著面紗眼有白翳的老婦人比劃手勢讓我跟她走。我們來到一座室內花園，我在香柑、琴鳥和噴泉間與她相見，她身披靛藍色斗篷，臉上帶著綠色絲綢綴白金圓點半罩面具，額頭上有一串海藍寶石鍊……」

你希望對這位蘇丹妻子有更多了解，焦急地快速瀏覽那一張張透薄的航空信紙彷彿期待她的身影會隨時從字裡行間出現……。而寫了一封又一封信箋的馬拉那似乎也跟你一樣急切，緊緊追隨著躲躲藏藏的她……。每一封信敘述的故事都比前一封更離奇：他「從沙漠盡頭一棟豪宅」寫信給卡維達尼亞先生，解釋自己為什麼突然消聲匿跡的時候，說他被蘇丹特務以武力脅迫（或被誘人合約說服？）帶到那個地方繼續他之前的工作等等。絕對不可以剝奪蘇丹妻子看書的樂趣，婚前協議有這麼一條條款，是女方答應嫁給身分尊貴求婚者的條件之一……度過平靜無波的蜜月後，年輕的女主人收到西方主流文學界各種新書，她能閱讀原文無礙，只是情況變得越來越棘手……蘇丹擔心革命暗流蠢蠢欲動，而且這個擔心事出有因。他的情報組織發現謀反勢力持續透過西方圖書接收加密訊息，於是頒布圖書進口禁令並沒收國內所有來自西方的書籍，蘇丹妻子的私人圖書館也中止供應新書。蘇丹天性多疑（這一點有明確跡象顯示），開始懷疑自己的妻子是否成為革命分子幫凶。但是如果不履行婚前協議那條條款很可能會導致他統治的王朝分崩離析，這是警衛從蘇丹妻子手中搶走她正在看的小說，她盛怒之下忍不住出言威脅時說的話，而那本小說的作者正是貝特朗．范德維爾德……。

就在那個時候，蘇丹情報組織得知馬拉那正在把一本小說翻譯成她的母語，便以令人信服的各種論點誘使他移居阿拉伯半島。於是蘇丹每天晚上都會收到符合約定數量的小說稿，但不再是原文，而是出自譯者之手的打字稿。就算在原文詞彙或文字間藏有密碼，也不可能再復原……。

「蘇丹派人把我找去，問我還有多少頁才能翻譯完那本書。我知道對配偶的政治忠誠度起疑的他最擔心的是小說結束後緊繃情緒放鬆的那一刻，在開始閱讀另一本小說前，他的妻子恐怕會再度對無書可看的情況怒不可遏。蘇丹知道只要他妻子一個動作，謀反勢力就會點燃引信，而她下令不准任何人在她閱讀的時候打擾她，即便是皇宮即將被炸毀也不行……。我也有我的理由擔心那一刻到來，那表示我在宮廷享有的所有特權都到此為止……。」

因此馬拉那向蘇丹提議採用東方文學的一個傳統手法：在小說最高潮的地方中斷翻譯，轉而翻譯另外一本小說，用簡單的轉折把第二本小說的內容夾帶進第一本小說裡，例如讓第一本小說中的某個人物打開一本書開始閱讀……第二本小說中斷後帶入第三本小說，不用太久就可以換第四本小說，以此類推……。

你翻看那些信箋，心中五味雜陳。你透過第三人預見了你想要往下看的書會再度不了了之……。你覺得赫耳墨斯．馬拉那像是一條蛇，在閱讀的天堂裡悄悄展現他的惡……。取代那個說出全世界所有小說故事的老印地安預言家，現在是別有居心的譯者用巧思把一本本未完待續的小說串成一部小說來騙人……未完待續的還有那場起義，謀反勢力癡癡等待那位地位顯赫的共犯一聲令下，然而時間滯留在阿拉伯半島平坦的海岸上裹足不前……。你是在閱讀還是在幻想？多產作家長篇累牘的故事讓你越陷越深難以自拔？你也會夢見那位富可敵國的蘇丹妻子嗎？你羨慕那位在阿拉伯皇宮裡把一本本小說串起來的人嗎？你恨不得取代他，建立兩個人在同一時間閱讀同一本書達到內在節奏一致的排他性關係嗎（你覺得你跟魯德米拉的關係就是那樣）？你忍不住把你認識的那位女性讀者的樣貌套用在馬拉那描述的那位沒有臉孔的女性讀者身上，你彷彿看見魯德米拉斜倚在紗帳裡，捲髮垂落在書頁上，在令人疲倦的季風季節裡，當皇宮內謀反勢力靜悄悄地磨著他們的刀，她心無旁騖投入閱讀之流，彷彿那是在乾燥沙礫覆蓋油狀瀝青、隨時可能因為國家安全或瓜分能源而有喪命風險的世界裡活著唯一可以做的事……。

你繼續翻看信箋試圖找出蘇丹妻子後來的訊息……卻看見其他女子身影浮現又消失：

在印度洋這座小島上，有一名在海邊戲水的女子「戴著一副大墨鏡，身上抹了一層核桃油，擋在炙熱陽光和她之間的小小盾牌是一本很受歡迎的紐約雜誌」。她正在看的這一期率先刊登席拉斯·弗蘭納里最新驚悚小說的第一章給大家試閱。馬拉那跟她說在雜誌上刊登第一章表示這位愛爾蘭作家準備好接受有興趣的廠商做置入性行銷，包括威士忌或香檳、汽車車款和觀光景點。「看起來他接到越多廣告商贊助，就越能激發他的想像力。」那名女子很失望，她是席拉斯·弗蘭納里的書迷。「我最喜歡的小說，」她說。「是從第一頁開始就讓人感覺侷促不安的小說……」

瑞士小屋陽臺上，席拉斯．弗蘭納里從架在三角架上的望遠鏡看著下方兩百公尺另一個陽臺上的女子，她坐在躺椅上專心閱讀一本書。「她每天都在那裡，」弗蘭納里說。「每一次我準備去書桌那裡就忍不住想先去看看她，不知道她在讀哪本書。我知道不是我寫的書，不自覺地感到難過，覺得嫉妒，覺得我的書也想要被像她那樣的人閱讀。我怎麼看她都看不厭，她彷彿住在另一個時空的地球上。我坐在書桌前，然而我虛構的故事沒有一個說出我心裡想說的。」馬拉那問他是否因為這個緣故所以再也沒辦法寫作。「喔，不是，我現在這樣才叫做寫作，」他回答說。「唯有現在，自從我開始看她之後。我日復一日、時時刻刻都看著那名女子閱讀，我看著她的臉解讀她想讀什麼，然後忠實地寫下來……。」「太忠實了，」馬拉那冷冰冰地打斷他的話。「我以《俯視暗影幢幢》作者貝特朗．范德維爾德的譯者和代理人身分，警告您不得再繼續抄襲他！」弗蘭納里臉色發白，可是他似乎只擔心一件事：「所以您的意思是，那位女性讀者孜孜不倦看了一本又一本的書，都是范德維爾德的小說？我簡直無法相信……」

在那座非洲機場裡，改道飛機上的人質懶洋洋地躺在地上吹風，入夜後氣溫驟降就蜷縮在空中小姐發的薄毯下。馬拉那很佩服一位年輕女士，她泰然自若單獨蹲坐在一旁，雙臂環抱著長裙下雙腿縮起來後突出的膝蓋，長髮垂落在書頁上遮住了她的臉，動作輕柔翻著書頁，彷彿所有重大決定都將在下一章揭曉。「我們每個人的外貌和舉止因為長期囚禁而頹唐自棄的時候，這名女子彷彿被保護、被隔離、被層層包裹，如同在遙遠的月亮上……」馬拉那心想：我得讓那群劫機的武裝突擊隊員明白，值得他們出這趟高風險任務的不是他們從我手中搶走的書稿，而是她正在閱讀的那本書……

紐約，在檢控室裡，坐在扶手椅上的女性讀者手腕被綁住，身上有壓力測量儀和聽診帶，她的頭上緊緊箍著一頂腦電圖掃描儀蜿蜒細線組成的頭冠，說明她接受的刺激強度和頻率。「我們所有工作都取決於我們對控制測試的敏感度，接受測試者必須有良好的視力和神經耐受力，才能進行由數據處理機生產的小說及小說變體的不間斷閱讀測試。如果閱讀專注力能夠持續達到某個數值，就可以在市場上推出這個產品。但是如果專注力漸漸趨緩或起伏不定，這個裝置就會被淘汰，所有零件被拆解後可回收用在其他地方。穿著白襯衫的男人像撕月曆一樣撕下一張又一張腦電圖紀錄。『越來越糟。』他說。『生產出來的小說沒有一本像樣的。如果不是程式設計有問題必須調整，就是讀者已經不堪使用。』我看著她精緻的臉龐被頂罩、馬眼罩、耳塞和卡在喉嚨處的下顎托架固定，完全不能動彈。不知她的命運會是如何？」

語氣近乎冷淡的馬拉那丟出這個問句後，你沒有找到任何答案。你提心吊膽看著女性讀者從一封信到另一封信的種種轉變，彷彿她始終是同一個人……。就算她們是不同人，你也會把魯德米拉的樣貌套在每一個女性讀者身上……。她不是主張只能期許小說喚醒深埋在心底的焦慮，因為那是將量化產品從它無法逃避的命運解救出來的最後一道現實防線嗎？對你而言，躺在赤道豔陽下一絲不掛的她比起躲在面紗後面的蘇丹妻子更值得信賴，但也有可能她是另一個雙面女間諜瑪塔・哈莉，改在歐洲以外的地方，致力於阻撓革命發生，好為某家水泥公司的推土機打開一條路……。你將這個畫面從腦中驅散，接收阿爾卑斯山清新空氣傳來的躺椅畫面。你已經準備好放下一切，出發去尋找弗蘭納里的隱居小屋，就為了能用那副望遠鏡看看躺椅上看書的那名女子，或找出面臨寫作危機的那位作家的日記……（或許你心裡真正打的主意是能夠接著往下看《俯視暗影幢幢》，即便它換一個書名或換一個作者？）但是現在馬拉那傳回來的訊息讓人越來越不安：又是劫機人質，又是受困在曼哈頓蕭條老區裡不能動彈……被綑綁在虐待刑具上的她後來怎麼樣了？她原本就樂於閱讀，為什麼要強迫她閱讀彷彿那是一種折磨？背後到底有什麼陰謀讓她、馬拉那和搶書稿的神祕組織之間持續交錯而過？

你從這些信件字裡行間隱約看出**偽權組織**因為內鬥加上創始人赫耳墨斯・馬拉那失去掌控權，組織分裂成兩派：一派成為深受**光明總領天使會**啟發的追隨者，另一派則成為**影之執政官組織**虛無主義的信徒。前者相信應該在世界上濫竽充數的偽書之中找出那少數載明非人類或外星人真理的真書。後者則認為唯有刻意的偽造、矇騙及謊言才能呈現一本書的絕對價值，未受主流偽真實汙染的真實。

「我以為電梯裡只有我一個人，」人還在紐約的馬拉那寫道。「沒想到有一個人出現在我身旁：那個年輕人頂著一頭如樹冠般橫生的亂髮，窩在角落，套在身上的衣服布料粗糙。那個電梯是貌似鐵籠的貨梯，是伸縮式柵門。每到一層樓就出現空蕩蕩的樓層全貌，斑駁牆面上有家具搬走和管道拆除後殘留的痕跡，空無一物的地面和發霉的天花板。年輕人伸出紅色人種腕部偏長的手按下按鈕，讓電梯停在兩層樓之間。

「『把稿子給我。你帶稿子來本來就是要交給我們，不是交給別人的。雖然你以為不是這樣。儘管這個作者寫了很多偽書，但是這本是真書。所以應該給我們。』

「他一個柔道動作就讓我攤平在地上，搶走稿子。我知道在那一刻這個偏執的年輕人以為自己拿到的是席拉斯．弗蘭納里記錄心靈危機的日記，而不是慣常的驚悚小說草稿。祕密組織厲害的地方就在於隨時收集各種情報資訊，不管真假，只要跟他們的目標有關。弗蘭納里陷入危機這件事讓**偽權組織**裡面兩個敵對派系蠢蠢欲動，他們各有盤算，派出自己的人馬到小說家木屋所在的山谷打探。**影翼**的人得知這位產出系列小說的偉大寫手不再相信自己的技巧，認定他的下一本小說會從相對貧乏的惡意躍升到實質絕對的惡意，是跟知識一樣虛假的一本曠世鉅作，也是他們一直以來在尋找的那本書。而**光翼**的人則認為像他這樣擅於說謊的專業人士遭逢危機一定會反映在真實上有大轉變，因此他們認為他會在日記裡暢所欲言……。弗蘭納里放出風聲說我偷走了他一份很重要的手稿，雙方都認定那就是他們要找的目標因此追查我的去向，**影翼**劫機，**光翼**則在電梯裡出手……。

「那個樹冠頭青年把手稿藏進外套裡，爬到電梯外後，當著我的面關上柵門，按鈕讓電梯往下，在我從他眼前消失之前開口威脅我：『這場比賽還沒結束，神祕特工！我們會把被困在那個造假機器上的姊妹救回來！』慢慢往下降的我笑了。『根本沒有什麼機器，小夥子！是故事之父在對我們口述書裡的故事！』

「他又讓電梯往上升。『你說故事之父？』他臉色發白。他們這群人跑遍五大洲到處尋找那位年邁盲者，關於他的傳說有不同版本在各地流傳。

「『對，快跟光明總領天使會回報！告訴他們我找到了故事之父！他在我手上，為我工作！根本沒有什麼機器！』這一次換我按下降鈕。」

這時候你心裡同時有三個想法。你想立刻出發，越過海洋，在南十字星的引導下找到馬拉那最後的藏身處好逼他說實話，或至少從他那裡問出中斷小說的後半到底寫了什麼。同一時間你也可以問卡維達尼亞先生能否立刻拿出筆名（或本名？）弗蘭納里寫的《在團團纏繞的網中》給你看，說不定跟筆名（或本名？）范德維爾德寫的《俯視暗影幢幢》一樣。你恨不得飛奔去那間跟魯德米拉約好的咖啡館，告訴她你調查後得到的混亂結果，同時在看到她的時候說服你自己，她跟那個胡謅的譯者遇到的那些女性讀者沒有半點雷同之處。

最後這兩個願望很容易實現，而且互不排斥。我坐在咖啡館裡等待魯德米拉的時候，開始閱讀馬拉那寄回來的那本書。

在團團纏繞的網中

或許這本書給人的第一個感覺跟我聽到電話鈴聲響起的感覺一樣，我說或許是因為我總是懷疑書寫文字傳遞的想法有可能流於片面：光是表態拒絕、逃避這樣具侵略性和威脅性的召喚沒有用，還有一種難以抗拒、具強制性的危急感，讓我明知道會覺得難受和不自在，卻不得不服從鈴聲的催促，跑去把電話接起來。我也不認為用隱喻會比直接描述這種心情更好，舉例來說，彷彿一支箭射進我腰側的椎心撕裂灼熱感，不是因為無法用想像感受來呈現具體感受，雖然沒有人知道被箭射中是什麼感覺，但是我們大家都能想像那是怎麼回事（不知從何處冒出來的某個東西直逼我們面前的無助感和赤裸感，電話鈴聲響起的感覺也差不多），而是因為箭既不留情面也不留轉圜餘地，排除了我看不見的那個聲音裡面可能內含的所有意圖、不言而喻和猶豫不決，在那個聲音說話之前，我或許猜不到他會說什麼，但是至少能預見我對他即將說的話會有什麼反應。最理想的情況，是這本書一開頭就讓人感覺空間完完全全被我占據，因為周圍只有靜物，包括電話在內，彷彿那個空間除了我之外什麼都裝不下，被我的內在時間隔離，時間的延續性不再，那個空間不再是先前的那個空間，因為被電話鈴聲霸占，我的存在也與先前不同，受到了鈴鈴作響的電話意志所制約。這本書若只在剛開始做到這樣不行，應該要在破壞空間和時間和意志延續性的鈴聲中，彷彿在空間和時間裡播種一樣維持不墜。

或許錯在剛開始只有我和電話在那個特定空間裡，也就是我家裡，而我想要表達的是我跟許多鈴聲大響的電話之間的關係，有些電話或許找的不是我，跟我沒有任何關係，但是既然可以用一個電話找到我，就表示所有電話都有可能找到我，或至少這個想法是可行的。舉例來說，當鄰居家的電話鈴聲響起，我在那一瞬間會懷疑是否響的是我家的電話，這種懷疑立刻不攻自破，但是仍然有一絲疑慮殘留想著會不會那通電話實際上找的就是我，因為撥錯號碼或線路錯接才撥去鄰居家，因為鄰居家沒有人接電話而電話一直響個不停，於是我以鈴聲催促下自然會出現的非理性邏輯思考的結果是：或許那通電話真的是打來找我的，或許鄰居在家但他不接電話是因為他知道這點，或許打電話來的人知道他撥的號碼是錯的，但他故意這麼做好讓我維持在這樣的情緒中，因為他知道我沒有辦法接電話，可是我知道我其實應該把這通電話接起來。

或是我剛出門就聽到電話鈴聲響起而心生焦慮，那鈴聲可能來自我家也可能來自另一間公寓，我匆匆往回趕，因為跑上樓氣喘吁吁進了家門，發現電話靜悄悄的，我永遠不會知道剛才那通電話是否打來找我。

或是當我走在路上，聽見陌生人家裡電話鈴聲響起，甚至是當我身處異地，在一個沒有人知道我來了的地方，即便是在那個時候，只要聽到電話鈴聲響起，每一次我在那電光火石瞬間的第一個念頭都認定那通電話是打來找我的，但我隨即鬆一口氣，因為知道在那一刻沒有一通電話能找到我，我得救了，但是我也只放鬆了那麼電光火石的瞬間，因為我立刻想到的是正在鈴鈴作響的不只是那個陌生的電話，相隔數十萬公里外，我家中的電話鈴聲在那同一時刻肯定也在無人房間中迴盪，於是再度因為必須接卻無法接電話而感到煎熬。

每天早上我在上課前都會去慢跑一小時，換上運動服出門跑步，一方面是因為我覺得需要動，因為醫生要求我戰勝困擾我的肥胖問題，也是為了發洩緊繃情緒。在這個地方白天的時候若不去校園，不去圖書館，不去聽同事們的課，或不待在大學咖啡館裡，就不知道還能去哪裡。所以唯一能做的就是到山上跑步，可遠可久，在楓樹和柳樹之間跑步，很多學生跟老師也都這麼做。我們在落葉遍地窸窣作響的小徑上相遇，有時候我們會打個招呼說「嗨」，有時候不打招呼因為喘不過氣來。這也是跑步比其他運動好的地方，每個人做自己想做的不需要照顧其他人。

這座山丘上有住家，跑步的時候旁邊就是兩層樓帶花園的木造小洋房，每一棟都不一樣卻又很相似，偶爾我會聽見電話鈴響。這讓我覺得緊張，會不由自主放慢步伐，豎起耳朵聽是否有人去接電話，如果電話鈴聲響不停會讓我失去耐性。我繼續往前跑，經過另一棟洋房的時候，如果有另一個電話鈴聲響起，我就會想：「有一通電話在跟蹤我，有人用電話簿把栗子巷所有住家的電話號碼都查出來，一戶接著一戶打，好知道能不能追上我。」

有時候那些屋子裡安安靜靜不見人影，松鼠順著樹幹跑來跑去，喜鵲飛下來啄食木碗裡為牠們準備的麥粒。我一邊跑步一邊覺得有點不對勁，耳朵還沒捕捉到電話鈴聲之前，大腦已經察覺到電話鈴聲響起的可能性，彷彿寂靜在呼喚它，渴望它，就在這個時候從一戶人家傳來電話鈴聲，剛開始很柔和，之後越來越響亮，或許我身體裡面的天線早在耳朵聽到之前已經接收到振動，於是我陷入荒謬的焦躁不安中，我被那個在屋子裡鈴聲大作的電話為中心畫的一個圓困住，我一直跑卻跑不開，我雖遲疑但並未縮小步伐。

「如果直到現在都沒有人接起電話表示沒有人在家……既然如此為什麼不掛掉呢？打電話的人想要什麼？還是說住在裡面的人耳背，所以得堅持下去希望他聽見？或許住在裡面的人癱瘓，需要給他足夠時間才能慢慢拖行到電話旁邊……。要不然就是住在裡面的人有自殺傾向，只要電話一直響就有可能阻止他採取激烈手段……。」我在想或許我應該介入，伸出援手，去幫助那個聽障、癱瘓、可能自殺的人……。同時我也在想（以我荒謬的邏輯思維）：「如此一來，我就可以核實究竟哪些電話是不是打來找我的……」

我維持跑步速度推開柵門，跑進花園，繞著那棟屋子轉了一圈，檢查後院，繞到車庫、儲藏室和狗屋後方。全都是空的，什麼都沒有。我從屋子背面一扇打開的窗戶看進去，看見一間亂糟糟的房間，電話就在桌上響個沒完。百葉窗拍打牆面，玻璃窗框被破布般的窗簾纏住。

我繞著那棟屋子轉了三圈，始終維持慢跑姿勢，抬高手肘和腳跟，呼吸節奏跟跑步節奏一致以表明我闖入打探不是為了偷東西，不然如果這個時候有人撞見我，我很難解釋我是因為聽到電話鈴響才闖進來的。有狗吠叫，不是這裡，是看不見的某一戶人家養的狗。但是在那一刻「狗吠叫」比「電話鈴響」這個訊號更強烈，足以讓我在困住我的那個圓上打開一個出口，我重新跑回林蔭街道，將越來越微弱的電話鈴聲拋諸腦後。

我跑到再也沒有住家的地方。我在一片草地上停下來喘氣，做伸展操，活動筋骨，按摩腿部肌肉以免冷卻。我遲到了，如果不想讓學生等我，就應該立刻折返。如果讓人傳出去說我在應該上課的時候，卻在樹林裡跑步就糟糕了……。我不顧一切在路上狂奔，反正我根本認不出剛才那棟屋子，經過也不會發現。再說那棟屋子跟其他屋子一模一樣，唯一差別就是那個持續作響的電話，簡直不可思議……

我一邊往山下跑，腦袋裡一邊想，越想越覺得又聽見那個電話鈴聲，而且越來越清楚響亮，果然我又看見那棟電話一直在響的屋子。我跑進花園，轉到房子後面，跑到那扇窗戶前，只要我伸手就能把電話掛斷。我氣喘吁吁地說：「這裡沒有……」聽筒那頭傳來有點不耐煩的聲音，很輕微的不耐煩，讓人印象比較深刻的是對方語氣中的冰冷和冷靜。他說：

「給我聽好。瑪爾尤莉葉在我手裡，她就快醒了，但是被綁住不能逃跑。你把地址抄下來：山坡路一一五號。如果你能來接她最好，如果不能來，地窖這裡有一桶煤油，上面綁著塑膠炸彈和計時器。半小時之後這個房子就會付之一炬。」

「但我不是……」我才開口說話，對方已經掛斷電話。

現在我該怎麼辦？我可以用這個電話叫警察、叫消防隊，但是我要如何解釋、為自己辯白，我既然跟這件事無關，為什麼進到這棟屋子裡？我回頭繼續跑，又繞了這棟屋子一圈，然後跑回街道上。我為瑪爾尤莉葉感到遺憾，但是如果介入這場紛爭，將來恐怕會牽扯出不知道什麼故事，我如果出面救她，沒有人會相信我不認識她，接下來就會變成醜聞，我其實在另一所大學任教，應邀來此擔任客座教授，如此兩所大學的名聲恐怕也會受到影響……

但是有人處在生死交關，這些顧慮應該都是次要的……我放慢速度。我可以隨便找一戶人家借電話打給警察，先表明清楚我不認識這個瑪爾尤莉葉，也不認識任何一個瑪爾尤莉葉……

老實說在這所大學裡就有一名女學生叫瑪爾尤莉葉，全名是瑪爾尤莉葉·斯塔布斯。在所有上我課的女學生中我很快就注意到她。可以說我還蠻喜歡這個女孩的，只可惜那次我說要借書給她邀她到家裡來讓事情變得很尷尬。邀她來家裡是錯的，我才剛來教書，大家不知道我是怎樣的人，她很可能誤解我的意思，結果的確產生誤會，讓人很不舒服的誤會，直到今天依然很難化解，因為她老是用嘲弄的表情看著我，我每次跟她說話都會結巴，就連其他女學生看著我的時候也都露出譏誚笑容……

我不希望因為瑪爾尤莉葉這個名字引發的不自在阻止我介入救援另一個有生命危險的瑪爾尤莉葉……除非這兩個瑪爾尤莉葉是同一個人……除非那通電話就是打來找我的……。一群勢力龐大的幫派分子盯上我，知道我每天早上都會在這條街道上慢跑，說不定他們有人在山上用望遠鏡監看我，等我靠近那棟沒人住的屋子就撥通電話，他們要找的人就是我，因為他們知道我那天在家裡，在瑪爾尤莉葉面前很丟臉，所以打電話來勒索我……。

我不知不覺就跑到了校門口，我一直跑，我穿著運動服和運動鞋沒有回家換衣服拿書，我現在該怎麼辦？我在校園裡繼續跑，遇到三三兩兩穿過草坪的女孩，都是我的學生正準備去上我的課，她們冷笑看我讓我難以忍受。

我維持跑步姿勢攔下洛娜．克利福德，問她：「瑪爾尤莉葉．斯塔布斯呢？」

她眨了眨眼睛：「瑪爾尤莉葉？這兩天都沒看到她……怎麼了？」

我拔腳狂奔，跑出校園，先走格羅夫納大街，然後轉進雪松街，再轉楓樹路。我上氣不接下氣，我跑是因為腳下踩不到地，也感覺不到肺在哪裡。山坡路到了。十一號、十五號、二十七號、五十一號。幸好門牌號碼一跳就是十多號。一一五號到了。門是開著的，我跑上樓梯，進到一間昏暗不明的房間。瑪爾尤莉葉被綁在一張扶手椅上，嘴巴被塞住了。我解開她的繩子，她吐出口中的東西，輕蔑地看著我。

「你真的很混蛋。」她對我說。

第七章

你坐在咖啡館裡，一邊閱讀卡維達尼亞先生借給你的席拉斯．弗蘭納里小說，一邊等待魯德米拉。你的腦袋同時被兩個期待占據：期待閱讀內容，期待魯德米拉到來，你們約定時間但她遲到。你集中注意力閱讀，試圖把你對她的期待轉移到書上，恨不能看見她從書上向你走來。可惜你看不下去，因為小說卡在你眼前這一頁，彷彿唯有魯德米拉到來才能重新啟動那環環相扣的一連串事件。

有人在叫你。是咖啡館服務生穿梭在客人間重複喊你的名字。有人打電話來找你，快起來。是魯德米拉嗎？是她：「我之後再跟你解釋，我現在沒辦法赴約。」

「我跟你說，我拿到書了！不，不是那本，也不是先前任何一本，這本是新的……。你聽我說……」你該不會想在電話上跟她描述那本書吧？聽聽她怎麼說，她有什麼話要對你說。

「你過來吧，」魯德米拉說。「對，來我家。我現在不在家，但我很快就會回去。你如果先到就直接進去不用等我。鑰匙在門口腳踏墊下面。」

這種生活態度簡單又自在，鑰匙在腳踏墊下面，表示很信任別人，當然也意味著沒有東西好偷。

你急忙趕往她給你的地址。你按電鈴，果然沒人應答，正如先前電話裡所說她不在家。你找到鑰匙，走進百葉窗低垂光線昏暗的室內。

一個單身女子的家，魯德米拉的家：她一個人住。這是你想要查核的第一件事？如果有另一個男人的生活痕跡呢？還是你想越晚知道越好，寧願不知道，沒把握？顯然有什麼事讓你忍住，沒有任意窺探（你把百葉窗往上拉了一點，只有一點）。或許是基於謹慎，不想利用她對人的信任搞私家偵探那套。也或許是因為單身女子的家是怎麼回事，你覺得自己早已熟稔於心，不用看都能列出這間屋子裡的用品清單。我們活在一個制式化文明裡，有明確的文化框架：家具、擺設、床罩被褥和唱盤都只在既定的可能範圍內選擇。這些東西怎麼能讓你看出她究竟是怎樣的人？

女性讀者，你是怎樣的人？現在這本以第二人稱觀點敘事的書不再只對籠統的男性「你」（或許是某個偽善自我的兄弟或替身）說故事，也直接對從第二章開始以不可或缺的第三人稱加入的你說故事，既是為了讓小說像小說，也是為了讓男性第二人稱和女性第三人稱之間能夠發生一些事，讓這些事隨著人與人的關係進展或某些思維模式漸漸具體成形，成功或失敗都可以。這些思維模式能夠賦予並感受人與人關係的不同意義。

直到目前為止，這本書始終很留意讓閱讀的那位男性讀者擁有進入書中男性讀者角色的可能性，所以才沒有給他取名字，否則會讓他自動轉為第三人稱，等同於角色（至於你，因為是第三人稱，所以必須給你一個名字：魯德米拉），對他維持用代名詞這個抽象條件，適於各種特質及各種行動。我們接下來要看的是，對於女性讀者你，這本書是否能勾勒出一個真實樣貌，從框架出發慢慢縮小範圍，再進一步底定你這個人的輪廓。

你第一次出現在男性讀者面前是在一家書店裡，有一整面書架作為你現身的背景，彷彿因為有那麼多書，所以需要一位女性讀者。你的家，是你閱讀的場所，可以讓我們明白書在你人生中的位置，是你用來跟外在世界保持距離的屏障，是宛如毒品讓你沉迷的夢境，還是你向外搭建的橋梁，迎向你感興趣的那個世界，甚而願意透過書讓那個世界進一步擴大繁衍。為了釐清這一點，男性讀者知道他該做的第一件事是去參觀廚房。

廚房是這個家最能讓人認識你的地方：你自己下廚（應該算是，即便不是每天，但下廚頻率不低）還是外食，你為自己下廚還是也做給其他人吃（你大多是為了自己一個人下廚，但是就跟做給別人吃一樣從不馬虎，有時候你也會為了別人下廚，但從容自在跟做給自己吃一樣），你傾向精簡飽足就好，還是講究美食（從你採購的食材和廚房設備看來，你會選擇精緻但不循常理的食譜，至少有這樣的意圖，倒不是說你是個貪嘴的人，不過煎兩顆蛋當晚餐會讓你心情低落），你覺得下廚是不得不然的麻煩事還是快樂事（小小廚房的用具和空間配置讓你操作順手不費力，不需要花太多時間但是待在廚房裡的時候心情愉悅）。所有家電用品在自己位置上各司其職不會被遺忘，但也不會受到膜拜。在所有用具中有一套東西的美學格外引人注目（一組尺寸由大到小的碎切半月刀，明明一把就夠用），不過一般來說所有裝飾品也都是有用的工具，少數幾樣造型可愛。調味料最能說明你的好惡：一整排香料罐，有些使用中，其他可能只是讓收藏完整的擺飾；芥末醬也是如此；最特別的是那一串串掛起來、隨手可摘取的大蒜，表示她跟食物的關係不是可有可無或泛泛之交。看一眼冰箱可以收集到其他寶貴的資訊：蛋架上只剩下一粒蛋，檸檬只有半顆，另外半顆已經乾癟。簡而言之，在基本食材方面有點漫不經心。可是又看到栗子醬、黑橄欖，還有一罐西洋牛蒡或婆羅門參。顯然你採購的時候會被展示在你面前的商品吸引，未必優先考慮家裡缺什麼。

觀察你的廚房可以歸納出你應該是一名外向且頭腦清楚、感性但做事有條不紊的女子，用務實精神為幻想服務。會不會有人光看到你的廚房就愛上你？誰知道呢，說不定男性讀者會，他本來就有此傾向也做好了準備。

男性讀者在你給他鑰匙讓他進去的你家裡繼續偵查。那裡有很多東西是你一點一滴累積起來的：扇子、明信片、各種小瓶子，還有掛在牆上的項鍊。每一樣東西近看都很特別，這點倒是出人意料之外。你跟這些東西的關係很親密，而且有所堅持，只有你覺得像是屬於你的東西才會變成你的，這是跟實體物品建立起來的一種關係，無法用知性理念或感性概念取代視覺所見及觸覺所感。一旦這些東西被你得到，被標記是你所擁有，出現在你家裡就不再是偶然，它們就像是論述中的段落自有其意義，或像是由標誌和圖騰組成的一段記憶。你有占有欲嗎？或許還沒有足夠證據讓人下定論，現在只能說你對自己有，你喜歡跟你能夠達到某種程度一致的東西，又害怕因此迷失自己。

牆壁一角有很多張裱框照片，掛得很密。是誰的照片？不同年紀的你，還有很多別人的照片，有男有女，還有很多老照片像是從家庭相簿裡拿出來的，這些所有照片放在一起與其說是為了能夠想起某些人，不如說是為了建立一種有生命層次的蒙太奇。每個相框都不一樣，彷彿十九世紀的花飾風格，材質有銀、銅、陶瓷、玳瑁、珍珠和木頭，可以當做是有意提升這些生命片段的價值，也可以看做是展示相框收藏，照片不過是為了填補空白，因為其中幾個相框裝的是從報紙上剪下來的圖片，有一個裱裝的是字跡模糊的陳年信箋，另外一個相框裡面什麼都沒有。

那面牆沒有掛其他東西，也沒有放任何家具。這個家基本上都是這樣：有幾面牆空空如也，另外幾面牆卻是滿的，彷彿需要將符號集中在一起變成一種密集書寫，而周圍留白是為了能夠休息和喘息。

就連家具和擺設的安排也不是對稱的。你想要的秩序（你擁有的空間有限，但是看得出來你研究過如何善用空間讓室內看起來更開闊）不是一種公式的堆疊，而是既存物與物之間的和諧。

所以說，你是屬於井井有條的人還是雜亂無章的人？遇到這種獨斷的問題，你的屋子沒回答是也沒回答不是。你的想法當然很重視秩序，也很嚴謹，實際操作卻未必能做到井然有序。看得出來你對這個家的投入斷斷續續，有時候手頭拮据，心情也有高有低。

你是壓抑的人還是開朗的人？你應該是在心情愉悅的時候精心布置了這個家，準備好迎接你壓抑難過的時刻。

你是真的熱情好客，還是你讓認識的人進來其實表示你不在乎？男性讀者正在找一個舒服的位置好坐下看書，不打算侵犯那些顯然是你保留給自己的空間：他隱約意識到客人在你家只要懂得遵守你的規矩就可以很放鬆。

還有什麼？盆栽看起來好幾天沒澆水了，或許你刻意選擇那些不需要過於呵護照顧的植物。還有，屋子裡看起來不像有養狗、養貓或養鳥，所以你是一個不喜歡加重自己義務負擔的女子。這有可能表示你比較自我，也比較傾向於關注非外在因素，或是你不需要這些替代符碼作為自然驅動力讓你去關心其他人，參與其他人的故事，不管是生活上，或是書本裡的……。

我們來看看你的書。讓人一眼就注意到的，或至少從你放在比較顯眼位置的書來看，書的功能對你來說就是即時閱讀，不是研究或參考工具，也不是按照某種秩序排列的藏書。或許你試過幾次想讓你的書架看起來更有秩序，但是每次嘗試分類，很快就會因為五花八門的準則不知所措。書本排列的主要準則除了高或矮的開本問題，還有書來到這裡的先後順序。無論如何你都能找到你要的書，一方面是因為書不算太多（其他書應該被你留在其他屋子裡，留在你人生中的不同階段裡），一方面或許也是因為很少需要找一本你已經看過的書。

總之，你不像是會重複閱讀的女性讀者。你看過的書你都記得很清楚（這是你最早讓別人知道的你），或許每本書的辨識方法對你而言，跟你在哪個特定時刻完成閱讀有關，一體適用。你既在記憶中守護每一本書，也喜歡保存實體書，把那些書留在身邊。

你這些書固然無法建構一座圖書館，依然可以看出有一部分的書已經死了，或處於休眠狀態，也就是那些被收起來，已經看過應該不會再看或是你沒看過、以後也不會看但依然被留下來（撣去灰塵）的書。另一部分的書是活的，也就是你正在看，或你打算要看，或你還沒能放下，或你還想要觸碰到、希望隨時都能在手邊的書。跟廚房裡的調味料不同，書是活的，隨時可用，更能夠代表你。有好幾本書散放在各處，有的書是攤開的，有的書則隨手拿東西當成書籤或把頁角摺起來。看得出來你習慣同時閱讀不同書，一天之中不同時間在這個並不寬敞的家裡不同地方選擇不同的書來閱讀。有的書適合放在床頭櫃入睡前讀，有的書則適合坐在扶手椅上、在廚房或在浴室裡閱讀。

這很可能是一條重要線索得以依此描繪出你的畫像：你的頭腦裡有幾道內壁把時間切開來，可以選擇停留或前進，或輪換著在那些平行軌道上集中注意力。這樣足以說明你渴望同時體驗不同人生嗎？還是你真的擁有不同人生？你把你和某個人生活或你居住的某個地方，跟你和其他人生活或居住的另一個地方切開？你在每一個人生體驗中可想而知得不到滿足的缺憾，唯有在所有不滿足加總起來之後才能得到彌補？

男性讀者，豎起你的耳朵聽好。你心生懷疑，滋養了你不願意承認的嫉妒焦慮。集多本書中女性讀者角色於一身的魯德米拉，為了避免單一故事可能讓她失望而措手不及，她傾向同時進行好幾個故事……

（別以為你不會再出現在書裡，男性讀者。「你」這個人稱之前讓給了女性讀者，但是不知道下一句會不會又回到你身上。你始終是「你」可能的人選。誰敢用失去「你」的罪名來指責你？這跟失去「我」的嚴重性不相上下。因為把第二人稱的論述變成小說至少需要兩個不同的你並存，跟一窩蜂的他、她和他們做出區別。）

不管怎麼說，看到魯德米拉家裡這些書讓你頗感寬心。閱讀意味孤獨。在你看來魯德米拉受到像是牡蠣殼那樣一本本攤開的書的保護。另一個男人的身影，如果有的話，不，肯定有，如果沒有被刪除，那就是被放逐到頁緣了。即便是兩個人一起看書，感覺也只有自己一個。既然如此，你在這裡找什麼呢？你想潛進她的蚌殼內，滲入她正在閱讀的書頁中？或者男性讀者和女性讀者的關係依然是兩個分開的蚌殼，只能透過兩個人獨特經驗的局部對照彼此交流？

你手上有之前在咖啡館閱讀的那本書，你急著繼續往下看，好把這本書留給她，繼續透過他人話語挖掘的渠道與她聯繫，正因為說話的是陌生的聲音，是用墨水和排版間隙說話的無人寂靜之聲，因此也可以變成你們的，你們之間的語彙和代碼，讓你們當作打暗號的工具，認出對方。

鑰匙在鑰匙孔裡轉動。你不出聲彷彿要給她一個驚喜，也像是為了向你自己和她證明你在那裡是再自然不過的事。不過聽腳步聲不是她。慢慢走進玄關的是一個男人，窗簾後面的你看著這個人影，他身穿皮夾克，看起來對這個屋子很熟悉，但是步履猶豫似乎在找東西。你認出他了。是伊涅里歐。

你得馬上決定用什麼態度面對他。看到他就這麼走進來把這裡當成自己家，心中不快更勝於你貌似躲起來的不自在。但是你明知道魯德米拉的家對朋友不設防，鑰匙就放在門口腳踏墊下。從你進來到現在總覺得身邊有不見臉孔的人影走動。至少伊涅里歐是你認得的幽靈。你對他而言也是。

「啊，你在這裡。」他先發現你，而且並不意外。這份從容是你先前想要的，現在一點都高興不起來。

「魯德米拉不在家。」你這麼說是想要突顯你比別人早知道，或許還有搶地盤的意味。

「我知道。」他無所謂，繼續東翻西找，把書挪來挪去。

「需要我幫忙嗎？」你繼續追問，語帶挑釁。

「我在找一本書。」伊涅里歐說。

「我以為你不看書。」你回了一句。

「不是為了看，是為了做。我用書做東西，做裝置藝術，把書當作雕像和畫一樣的藝術作品，也可以這麼說。我開過一個展覽。把書用樹脂封存起來，就定型了。有的書打開，有的闔起來，我也會給書做造形，用書來雕刻，或在書裡面打洞。書是很棒的材質，可以加工，可以做成好多東西。」

「魯德米拉同意你這麼做？」

「她很喜歡我的作品。她會給我建議。評論說我的創作很重要，他們現在要幫我出作品集，他們讓我跟卡維達尼亞先生談過，把我所有的書一一拍照後出書。等這本書出版後我可以拿來做新作品，做很多作品，然後可以再出書。」

「我的意思是魯德米拉是否同意你把書拿走……」

「她有那麼多書……。有時候是她準備書讓我拿去創作，都是她不準備再看的書。不是隨便什麼書我都要，我要有感覺才有辦法做作品。有些書會能立刻激發我的靈感知道可以做什麼，有的什麼感覺都沒有。有時候我有想法，但是如果找不到對的書就沒辦法做。」他站在一面書架前翻來翻去，抽出一本書，看看書脊和切口，然後放回去。「有的書看起來順眼，有的書我看了就難受，偏偏我每次都拿到這種書。」

你原本希望用書築起的長城能保護魯德米拉不受這個野蠻人入侵，結果對他而言卻是輕而易舉就能拆解的玩具。我撇嘴笑著說：「看來魯德米拉的藏書你熟記在心……。」

「反正都差不多……不過看到書全部放在一起的感覺很好。我愛書……。」

「我不明白你的意思。」

「喔，我喜歡身邊有書。所以魯德米拉家給人的感覺很舒服，你不覺得嗎？」

書寫文字一頁頁堆疊，彷彿密林中厚厚的乾樹葉將空間包覆起來，不對，應該說像是一片片頁岩、板岩和片岩。你試著用伊涅里歐的眼睛看向應該作為魯德米拉鮮活身影出場背景的那面書架。你如果能贏得伊涅里歐的信任，他會把讓你心裡糾結的祕密，也就是這位非男性讀者和那些女性讀者過從甚密的關係說給你聽。快啊，快開口問他，隨便問什麼都好。「那個，」你只想到這個問題。「她看書的時候，你做什麼？」

「我不喜歡看著她看書。」伊涅里歐說。「但是總得要有人看書，對吧？只要不是我得看書我就無所謂。」

男性讀者，你沒什麼好高興的。他讓你知道的祕密是，他們之所以親近，在於兩種生命節奏彼此互補。伊涅里歐只在乎活在當下，藝術對他而言是消耗生命能量，而不是留下來的作品，跟魯德米拉在書本裡面尋找的生命積累不同。但是那種能量累積他也懂，不需要閱讀，他覺得需要讓她返回軌道上，便用魯德米拉的書當成作品素材好讓自己至少能夠注入當下的能量。

「這本我喜歡。」伊涅里歐準備把一本書塞進夾克裡。

「這本不行，這本我正在看，而且書也不是我的，我得還給卡維達尼亞先生。你另外選一本。你看這本，長得還滿像的……。」

你另外拿的這本書有紅色書腰：「席拉斯．弗蘭納里最新力作」，難怪像，因為弗蘭納里系列小說的書皮封面設計都一樣。不過像的不只是平面設計，封面上的書名是《在團團……》，根本是同一本書！這點出乎你意料之外。「這太奇怪了！沒想到魯德米拉已經……」

伊涅里歐搖搖手。「這本不是魯德米拉的書。我一點都不想碰那些東西，我以為都已經清乾淨了。」

「為什麼？那到底這本書是誰的？你這麼說又是什麼意思？」

伊涅里歐用兩根指頭夾起那本書，走向一扇小門，打開門，把書丟進去。你跟在他後面，探頭去看那間黑漆漆的儲藏室，看見一張桌子上有一臺打字機、一臺卡帶式錄音機、幾本字典和一本厚厚的檔案夾。你拿起檔案夾裡文件的第一頁，在燈光下看見上面寫著：「赫耳墨斯．馬拉那翻譯」。

你愣住了。看馬拉那寫的那些信，你總覺得處處可見魯德米拉的身影……。所以你沒辦法不想到她，你原本是這麼解釋給自己聽的，彷彿那是你墜入愛河的證據。現在，你在魯德米拉家裡，居然無意中撞見馬拉那的痕跡。是你放不下執念？不是，從一開始你就有預感他們之間存在某種關係……。嫉妒，原本是你跟自己玩的一種遊戲，現在卻讓你無路可退。也不只是嫉妒，還有懷疑、不信任，覺得你對任何人任何事都沒有把握……尋找看到一半中斷的書之所以讓你感覺特別興奮，是因為有女性讀者與你同行，對你來說就像是追尋不斷用各種祕密、欺騙和喬裝打扮來逃避你的她……。

「這……跟馬拉那有什麼關係？」你發問。「他住在這裡？」

伊涅里歐搖搖頭。「以前是。但那已經是過去的事，他不會再回來了。他說的故事都真假參半，所以不管別人說他什麼都不能信。但是這件事他的確很成功。他帶來的書看起來跟其他書，跟那些在外面買的書沒什麼不一樣，但是我遠遠地看一眼就能識破。照理說他的文件都收在那間儲藏室裡，不應該出現在外面，但偶爾還是會有他的東西在家裡冒出來。有時候我都懷疑是他放的，他趁沒人在的時候過來，繼續偷偷摸摸地換書……。」

「換什麼書？」

「我也不知道……魯德米拉說凡是他摸過的書，如果本來不是假的也會變成假的。我只知道我要是用他那些書來創作，我的作品也會是假的，即便看起來跟我平常做的一模一樣……。」

「為什麼魯德米拉要把他的東西收在儲藏室裡？等他回來嗎？」

「以前他在這裡的時候，魯德米拉很快樂……，不再看書……。後來她跑了……。是她先離開的……，後來他也走了……」

陰影退散。你深呼吸。過去已經過去。「如果他又回來呢？」

「她會再離開……」

「去哪裡？」

「嗯……瑞士吧……我也不知道……」

「瑞士那裡有另外一個人？」你憑直覺聯想到那個用望遠鏡看人的作家。

「是有另外一個人，但那是另外一個故事了……一個寫偵探小說的老先生……」

「席拉斯・弗蘭納里？」

「她說馬拉那說服她相信真與假之別不過是我們的偏見，她覺得有需要親眼看見有人寫書是像南瓜苗結出南瓜那樣，她是這麼說的……。」

大門突然打開，魯德米拉走進來，把斗篷和大包小包都甩在一張扶手椅上。「啊，真好！這麼多朋友！我現在才回來真不好意思！」

你跟她坐在一起喝茶。應該還有伊涅里歐才對，不過他那張椅子是空的。

「他剛才還在，現在怎麼不見了？」

「喔，大概走了。他要來要走從來不打招呼的。」

「這是你家，他就這樣來去自如？」

「不行嗎？不然你是怎麼進來的？」

「我怎麼能跟其他人比！」

「怎麼了？嫉妒啊？」

「我哪有權利嫉妒？」

「難道以後你會有這個權利？如果這樣，最好別開始。」

「開始什麼？」

你把茶杯放到小桌上，從你的扶手椅起身走向她坐的沙發。

（開始。這是你說的，女性讀者。要如何知道一個故事是從哪一個確切時刻開始的？一切早已開始，在每一本小說的第一頁第一行之前，有些事在書本外就發生了。也說不定真正的故事開始於第十頁或第一百頁，先前那些都是開場序言。人類的個體生活構成一個有延續性的情節，若想試著將某個有意義的人生片段從中切割出來，例如對兩人而言可能都很關鍵的一次相遇，必須考慮到雙方各自所書脈絡裡其他的人事地，那次相遇很可能會衍生出其他故事，又會再次從兩人共同的故事中切割出來。）

男性讀者和女性讀者，你們一起躺在床上。終於迎來用第二人稱複數稱呼你們的時刻，這很不容易，因為等於將你們視為一體。我說你們，是因為凌亂床單下兩個人糾纏在一起難以分辨。或許你們之後會分道揚鑣，那麼故事只好重新來回奔波在女性你和男性你之間切換。不過此刻既然你們的身體努力在肌膚和肌膚之間找到最大幅度、緊密貼合的感覺、顫動和起伏的傳送與接收、虛空與充滿，既然心理層面的默契也達到了最佳狀態，應該可以把你們當成一個雙頭連體人對你們展開連續發問吧。首先要確認的是你們建構的這個二元一體的行動範圍或行為模式。你們的結合會如何發展？你們之間的變化和變調的中心題旨是什麼？重點在保留自身實力，延長反應狀態，利用對方欲望的積累讓自己更有爆發力？還是要順勢沉迷，探索所有可撫摸及可相互撫摸的浩瀚空間，融化在表面有無數觸感的一汪湖泊中？你們在這兩種情況中必然要各司其職，不過，為了能夠有所發揮，你們各自的「我」不但不該消解，還應該毫不猶豫地填滿精神空間裡的空白，全心全意投入，直到耗盡所有。總而言之，你們正在做的事很美，但是從語法角度來看什麼都沒有改變。你們越以合體姿態出現，就越是兩個分開的你，比合體之前更顯而易見。

（現在已經是如此，在你們心裡還只有對方、看不到別人的時候，更別說不久之後你們心裡開始各自胡思亂想沒有交集，而你們有交集的身體開始接受習慣的檢驗。）

女性讀者，此刻你躺在床上。你的身體處在他人以觸覺、視覺和嗅覺這些資訊管道系統解讀的狀態，不時還有舌乳突介入。聽覺也沒有缺席，聽著他的急促呼吸和你的婉轉呻吟。被閱讀的不只是你的身體，身體是各種複雜元素加起來之總合的一部分，而這些元素未必都能被看見也未必都會出現，但是會在看得見的即時反應中展現：你的淚眼矇矓、你的笑、你說的話、你攏起頭髮又散開的方式、你的主動和你的退縮，所有那些在你和習慣、風俗民情、記憶、史前史和時尚之間搖擺的符碼、所有代號、所有貧瘠的文字，有時候一個人會以為自己是透過這些在閱讀另外一個人。

男性讀者，其實你也是閱讀對象：女性讀者有時候像瀏覽章節目次那樣檢視你的身體，有時候像是因為一時興起但其來有自的好奇，所以拿你的身體作為參考，有時候她遲疑發問等來一個沉默回答也無妨，似乎她對全面偵查的興趣遠高於逐次局部勘查。有時候她會執著於某些無關緊要的細節，而且是跟風格有關的小缺點，例如突出的喉結，或是你把頭靠在她肩頸上的方式，她會藉此拉開一點距離，或批評或親暱嬉鬧。但是有時候不經意發現的某個細節會被過度放大，例如你下巴的線條，或你在她肩膀上留下的齒痕，她會滔滔不絕，發表（你們一起發表）一頁又一頁從頁首到頁尾連標點符號也不放過的長篇大論。然而，在你從她閱讀你的方式、你的實體客觀性在被逐字逐句引述中得到滿足的同時，也不禁懷疑：會不會她在閱讀的不是你這個獨一無二的個體整體，而是利用你，利用從文本中抽離出來的片段的你，在她晦暗不明的潛意識裡建構一個幻想的、只有她知道的搭檔，所以她試圖解碼的對象是在她夢境中那個偽訪客，不是你。

閱讀書寫文字和閱讀情人身體（主要是情人上床時需要用到身心部分）之間的差別在於後者不是線性閱讀。隨意抓住任何一點、跳過、重複、折返、堅持，遇到同時出現的分歧訊息時跟著分心，之後重整注意力，消化不適感，翻頁，找回主軸，沉迷。在這之中可以找出一個方向，期待以高潮結束的方向，在此前提下做有節奏的推進，抑揚頓挫，母題反覆出現。可是結尾一定是高潮嗎？還是在往那個結尾前進的過程中會受到另一個推力阻礙反其道而行，重溫每一個片刻，延長時間呢？

如果想要用圖像來呈現合體，每個片段都需要做一個3D立體模型，或是4D立體模型，沒有模型，所有經驗都無法再現。性愛和閱讀最相像的地方是，在它們內在展開的時間與空間不同於可測量的時間與空間。

早在第一次不期而遇的窘困中就能預見日後同居的可能。今天你們是彼此的閱讀對象，在對方身上看到他還未寫成的故事。男性讀者和女性讀者，如果明天你們還在一起，如果你們還像是一對正常的情侶躺在同一張床上，會各自打開床頭燈沉浸在自己的書本中，在兩個平行進行的閱讀的陪伴下漸漸有了睡意，先是你然後是你關了燈，從兩個分開的世界歸來，在抹去所有距離的黑暗中匆匆聚首，然後被各自的夢境拉走，你往一邊去而你往另一邊去。不要嘲笑這種夫妻間的和諧關係，你們難道還能想出比這個更美好的畫面嗎？

你跟魯德米拉說起你在等她的時候看的小說：「那是你會喜歡的那種書，從第一頁開始就讓人感覺侷促不安……。」

她眼中閃過一個問號。你也心生懷疑：或許侷促不安這個說法你不是聽她說的，而是你在某個地方看到的……說不定魯德米拉已不再認為焦慮是最後一道現實防線……或許有人讓她明白焦慮是一種機制，而最容易造假的莫過於無意識……。

「我呢，」她說。「我喜歡像象棋棋手那樣能用計算精準、不遮遮掩掩的冷靜頭腦面對所有祕密和焦慮的書。」

「喔，那本書的故事是說有一個人每次聽到電話鈴聲就會變得很神經質。有一天他正在慢跑……」

「別跟我說，讓我看書。」

「我也沒看多少，我現在就去拿書給你。」

你起床，到另一個房間去找書，你跟魯德米拉的關係在那裡發生了戲劇性轉折讓原本正常進行的事情中斷。

你沒找到書。

（後來你在一個藝術展找到了那本書，變成了伊涅里歐最新完成的雕塑作品。你折角做記號的那一頁立在一個堅實的平行六面體基座上，用膠固定，還塗了一層透明樹脂。淡淡的燒焦痕跡彷彿火焰從書裡釋放出來，在書頁表面起伏，像樹皮上的結節層層展開。）

「我沒找到，但是沒關係，」我跟她說。「我看到你有另外一本，我還以為你已經看過了……。」你沒跟她說就走進儲藏室，把有紅色書腰的那本弗蘭納里小說拿出來。

「就是這本。」

魯德米拉翻開書，那裡有一句題辭：「給魯德米拉……席拉斯．弗蘭納里」。她說：「沒錯，這本是我的……。」

「你認識弗蘭納里？」你語帶詫異，假裝自己什麼都不知道。

「嗯……是他送我這本書的……但我以為書被偷了，還沒來得及看……。」

「……偷走的人是伊涅里歐？」

「哎……」

你該揭開底牌了。

「不是伊涅里歐，你很清楚。他看到這本書的時候立刻把它丟到那個黑漆漆的小房間裡，你在那裡還有……」

「誰讓你亂翻的？」

「伊涅里歐說以前就有人偷你的書，現在還會偷偷跑回來用假書換走真書……」

「伊涅里歐什麼都不知道。」

「我知道，卡維達尼亞先生讓我看了赫耳墨斯・馬拉那的信。」

「赫耳墨斯說的都是騙人的。」

「但是有一件事是真的，那個人還想著你，他編的那些故事裡到處都看得到你，他對你看書的畫面有一種執念……。」

「偏偏你最受不了的也是這個。」

你之後會慢慢了解馬拉那之所以要動那些手腳是基於什麼原因：他啟動種種安排是因為他嫉妒持續介入他跟魯德米拉之間的那個看不見的情敵，也就是透過書本對她說話的寂靜之聲，那幽靈既有千變萬化的臉孔也沒有臉孔，捉摸不著，對魯德米拉來說那些書的作者永遠不會化為有血有肉的人，只存在於出版書頁中，或生或死都永遠在那裡準備好隨時可以跟她說話，讓她目瞪口呆，誘惑她，而魯德米拉也準備好隨時可以跟他們走，因為跟無實體之人可以建立的關係就是如此輕盈無常。如果要打敗的不是作者而是作者的功能，因為在每一本書背後都有某個人確保那無中生有幻影世界的真實性，他在那裡灌注了自己心中的真實，與話語建構的種種合而為一，該怎麼做？一直以來，馬拉那的品味和才華本來就讓他有那樣的傾向，再加上他跟魯德米拉的關係陷入僵局，於是他開始天馬行空創作偽文學，作者身分張冠李戴，內容模仿、捏造、真假參半。如果他這個嘗試成功，如果對寫作者身分有所懷疑成為常態會導致讀者閱讀時信心不足（讀者需要相信的不只是他聽到的，還有說給他聽的那個寂靜之聲），或許那座文學大廈外觀看起來沒有改變……但是大廈下面的地基，也就是讀者和文本建立關係的地方，會有某些東西永遠不一樣。然後馬拉那就有可能不再覺得自己被浸淫於閱讀中的魯德米拉拋棄，因為在書和她之間恐怕永遠都會有蒙蔽的陰影存在，而他與每一次蒙蔽成為一體的同時也證明了他的存在。

你的目光落在那本書的開頭。「這不是我之前看的那本……。書名一樣，封面一樣，全部都一樣……。但這是另外一本書！這兩本其中一本是假的！」

「當然是假的。」魯德米拉低聲說。

「你說假的是因為馬拉那經手過？可是我之前在看的那本是他寄給卡維達尼亞先生的！難道兩本都是假的？」

「只有一個人能告訴我們真相，那就是作者。」

「你可以問他，你不是他的朋友嗎？」

「以前是。」

「你想避開馬拉那的時候不是跑去找他嗎？」

「你知道的可真多！」她語帶嘲諷，讓你更惱火。

男性讀者，你決定了，你要去找那位作者。於此同時，你轉身背對魯德米拉，開始閱讀封面一模一樣的這本新書。

（不完全一模一樣。書腰「席拉斯．弗蘭納里最新力作」遮住了書名中間兩個字，你只要把書腰拿掉就會發現這本書的書名不是《在團團纏繞的網中》，而是《在團團交織的網中》。）

在團團交織的網中

思索，映照：每一次想事情我都得照鏡子。新柏拉圖派哲學家普羅提諾（Plotinus）認為靈魂是一面鏡子，映照崇高理念的同時能創造實物。或許是因為這個緣故，我需要鏡子才能思考，如果沒有鏡像我就無法集中心神，彷彿我的靈魂每次啟動思考功能都需要一個可以模仿的典範。（思索這個詞其實有多重含意，而我正好集所有意義於一身：我是一個思考的人，是生意人，同時也是光學儀器收藏家。）

我只要一看萬花筒，就感覺我的心靈立刻隨著那些色彩斑斕、線條整齊劃一的小碎片聚合重組找到方向：在指甲輕敲萬花筒管身的瞬間，一個嚴謹精確、乾淨俐落的圖案短暫現形後崩解，取而代之的是相同元素匯集而成的另外一個截然不同的圖案。

我還是青少年的時候就發現，每當我凝視在鏡管底部旋轉的繽紛花園，就能激發我做出務實決定和大膽預測，於是我開始收集萬花筒。相對來說，萬花筒的歷史很短（蘇格蘭物理學家大衛·布魯斯特爵士於一八一七年為萬花筒取得專利，還在《新哲學儀器》期刊上發表了一篇論文），因此我的收藏品年分範圍受到很大限制。沒過多久我就把收藏目標轉向更高階、更吸引人的骨董品：十七世紀的反射鏡箱，那是一種小型劇場，什麼形狀都有，只要改變鏡面角度就會看到一個圖案倍增複製。我的想法是重建耶穌會士珂雪[1]當年成立的博物館，他著有《偉大的光影藝術》（*Ars magna lucis et umbrae*，一六四六年），發明了「多面向劇場」，在一個大箱子裡鑲嵌六十多面小鏡子，可以把一根樹枝變成一座森林，把一個小錫兵變成一支軍隊，把一本小書變成一座圖書館。

在跟生意夥伴開會之前，我會邀請他們先參觀我的收藏，他們都會用膚淺的好奇眼光向這些古怪裝置行注目禮。他們不知道我是應用萬花筒和反射鏡箱相同原理打造我的金融帝國，跟鏡像遊戲一樣，我無須資本就能讓企業規模不斷擴張，放大信用，讓一塌糊塗的虧損問題消失在騙人的透視死角裡。在這個股市危機崩盤破產層出不窮的年代，我的祕訣，我在金融界百戰百勝的祕訣始終如一：我從來不直接思考如何賺錢、獲利、做生意，只想著不同傾斜度鏡面之間形成的折射角。

其實我想要複製的是我自己的影像，不是因為自戀，或因為大家以為的狂妄自大，正好相反，我是為了隱藏，把真正的我藏在那諸多因我而生、因我而動的虛幻魅影間。要不是擔心被誤會，我會毫不遲疑在家裡按照珂雪的設計圖把一個房間全部鋪滿鏡子，如此一來我就能看見我自己頭朝下走在天花板上，看見站在地板上的我騰空飛起。

我正在寫的這些文字也應該傳遞出屬於鏡面廊道的冰冷光芒，數目有限的影像在這個廊道裡折射、上下顛倒、複製。我的影像向四面八方擴散，在每一個轉角一分為二，是為了讓那些試圖跟蹤我的人打消念頭。我樹敵無數所以我必須不斷逃亡。以為可以追上我的他們出手擊中的只會是出現在鏡面上的我，而這個倒影隨即便消失在我的諸多分身之中。我也是一個對眾多敵人緊追不捨的人，脅迫他們，步步進逼毫不留情，斬斷他們所有退路。在一個影像反射的世界裡，敵人很可能誤認為他們正從四面八方將我團團圍住，而我是唯一知道鏡子配置的人，可以讓他們抓不到我，反而撞成一團抓住自己人。

我想用金融操作的種種細節、董事會會議上的戲劇性變化、驚慌失措的證券營業員打來的電話，還有支離破碎的城市地圖、保單、羅爾娜說出那句話的嘴型、艾爾芙烈達專注計算時的眼神，層層疊疊的影像，畫滿叉叉和箭頭的城市地圖座標、漸漸遠離後消失在鏡子邊緣的那些機車及緊貼著我的賓士的那些機車來陳述我的故事。

自從我得知想要綁架我的除了特定非法幫派，還有我最重要的幾個合夥人及金融界的競爭對手後，我就知道唯有在我出門、回家及所有可能伏擊的時機複製我自己，複製我這個人、我的分身，才能避免自己落入敵人手中。於是我另外買了五輛一模一樣的賓士，每天每個整點從我戒備森嚴的別墅開出駛入，旁邊有我的保鑣騎著機車沿途護衛，車子裡面坐著一個全身遮得嚴嚴實實的黑衣人，可能是我，也可能是替身。我擔任董事長的空殼公司旗下幾間分公司都設址在空無一物的辦公大廳裡，所以每次都可以在不同地點開公司會議，而且為了安全起見，我總在最後一刻鐘下令更換地點。比較麻煩的是我的婚外情，我跟一位二十九歲的離婚女子羅爾娜來往，我們每週約會兩次，有時候三次，每次兩小時四十五分鐘。為了保護她，自然不能暴露她的位置，我採取的因應之道是大肆炫耀我同時間擁有多名情人，這樣一來就無法分辨誰是假的誰是真的。每天我跟我的替身都會在遍布全城不同地點、住著外貌迷人的女子的小豪宅稍作停留。這個假情人網絡讓我得以跟羅爾娜約會不被人發現，包括我的妻子艾爾芙烈達在內，我跟她說我安排這個假動作是為了安全考量。至於艾爾芙烈達，我則建議她的行程可以盡量高調，讓人以為她跟我關係不睦藉此誤導醞釀中的犯罪計畫。艾爾芙烈達很想躲起來，她對我收藏的那些鏡子避之唯恐不及，彷彿擔心她的影像會被打碎毀壞，這個態度跟我大相逕庭，背後有什麼深層動機我也無從知悉。

我希望我寫下這些所有細節有助於說明高度精密的裝置運作是怎麼回事，同時也說明難免會有視線範圍以外的某個東西露出破綻。所以我不能掉以輕心，偶爾得在事情進行到最緊鑼密鼓的時候引用幾句古文，例如文藝復興時期義大利學者吉安巴蒂斯塔．德拉．波爾塔的《論自然魔法》[2]，他在書中說魔法師是「大自然代理人」，理應知道「眼睛為何會被欺騙，在水中如何視物，不同形式鏡中影像有時高懸空中之鏡無法見，還有如何看清遠方之物。」（我引用的是一六七七年的義大利文譯本，譯者彭培歐．薩爾內利）

我很快就發現讓同款賓士來來去去混淆視聽，不足以解除犯罪分子躲在暗處的威脅，於是我想到可以將反射原理的複製效果用在那些幫派組織身上，也就是說我自己安排對某個假的我進行假伏擊和假綁架，在收到假贖金後，假裝將綁票對象釋回。為此我不得不肩負起籌組犯罪組織的人物，與黑社會的關係也就越來越密切。我因此獲知不少正在籌備中、準備要執行的綁架計畫，並得以及時介入，一方面是為了保護我自己，另一方面也藉由我商場上競爭對手的不幸從中牟利。

這時候應該可以來談談古籍中關於鏡子功能的論述，包括顯現遙遠神祕的事物。中世紀的阿拉伯地理學家在描述埃及亞歷山大港的時候，提及矗立在法洛斯島上的那根柱子，柱身是鋼製鏡面，可以看見遠方在賽普勒斯島、君士坦丁堡附近，及所有羅馬帝國疆界內航行的船隻。如果光線夠集中，弧形鏡面還可以捕捉到全景。「以軀體或靈魂都無法得見主，」普羅提諾的門生、古希臘哲學神學家波菲利（Porphyry）如是說。「唯有對鏡冥思始得見。」在我的影像向空間各個維度以離心方式擴散出去的同時，我希望我的文字能呈現出無法直視的影像，從鏡子朝我湧來的反射運動。我夢寐以求的是，所有事物、全宇宙、神的智慧能將它們在鏡子間移動的耀眼光束全都集中到單一一面鏡子上。或許全知被遺忘在靈魂深處，而可以無限複製我的影像的鏡子系統能在單一影像中復原其本質，讓我看見藏在我靈魂裡面的那個全知靈魂。

這應該就是神祕學研究長篇論述而宗教裁判長大加譴責的魔鏡潛力：迫使冥界之神現身，並且把祂的影像和鏡子反射的影像做連結。我本來就準備拓展我的收藏範圍：全世界骨董商和古物拍賣商都被告知要幫我留意幾件稀珍藏品，那是根據文獻記載就形式或傳統而言，可以被歸類為魔鏡的幾面文藝復興時期的鏡子。

這是一場艱辛的比賽，只要犯錯就有可能付出昂貴代價。第一個錯誤就是說服我的對手跟我合夥成立一家保險公司，專營人身綁架勒贖業務。我對我在黑社會建立的資訊網絡很有信心，以為所有狀況都在掌握之中。但我很快就發現我的合夥人跟那些綁匪背後的幫派關係比我更為緊密。下一起綁架案的贖金就是我那間保險公司的全部資金，錢將由黑道組織及同謀的保險公司股東瓜分，唯一損失的只有被綁架的肉票。至於肉票是誰不言而喻：是我。

綁架我的計畫是在護衛我的本田機車和我的防彈座車中間插入三輛假警察騎的山葉機車，他們會在彎道前突然緊急煞車。我的反制計畫是讓三輛臺鈴機車提早五百公尺擋下我的賓士，假裝綁架我。當我看見三輛川崎機車在一個十字路口擋住去路，路口前方還有另外兩輛機車的時候，我明白我的反制計畫失敗了，而我不知道這個反—反制計畫背後的人是誰。

我想要用這些文字記錄下來的，是如萬花筒內各種折射和發散的可能性，就像當初為了找出我的線人說會設下埋伏綁架我的路口，以及我可能可以及時扭轉情勢反敗為勝的地點時，把我原先一塊塊解析過的城市地圖再拿到眼前分段檢視一樣。我以為一切都安排就緒，魔鏡召喚了所有暗黑力量為我效力，沒料到還有幕後主謀不明的第三個綁架計畫。會是誰呢？

讓我最感到訝異的是綁匪沒有把我帶到什麼祕密藏匿處，反而送我回家，把我關在我自己費心琢磨珂雪設計圖後復原重建的一個鏡面房間裡。牆壁上的鏡子無限複製我的影像。難道我被我自己綁架了？是我投射到這個世界上的其中一個影像取代我的位置後，將我放逐成為鏡中影像？我召喚了冥界之神，然後祂以我的面貌向我顯現？

有一名女子躺在鏡面地板上，手腳被綑綁，是羅爾娜。她稍微移動，赤裸的肉體就在所有鏡面上蔓延開來。我撲過去解開她身上的繩索，取出堵住她嘴巴的東西，擁抱她。但是她轉身面向我，氣沖沖地說：「你以為我會聽你擺布？你休想！」然後她用指甲抓我的臉。她跟我一樣被綁架？難道她是被我綁來的？是被我囚禁？

這時候一扇門打開，艾爾芙烈達走了進來。「我知道你有危險，所以我想辦法救了你。」她說。「或許手法有點粗暴，不過我沒有其他選擇。現在的問題是我找不到這座鏡牢的出口，快告訴我，我要怎麼出去？」

艾爾芙烈達的一隻眼睛、一條眉毛、長靴緊裹著的一條腿、薄唇唇角和過白的牙齒、戴著戒指握住左輪手槍的那隻手在鏡面上反復放大，在這些上下顛倒的局部人體影像中交錯出現的是羅爾娜的肌膚，彷彿一幅幅人體風景。我已經無法分辨哪些屬於這個人哪些屬於另一個人，我消失了，我彷彿遺失了我自己，鏡中再也不見我的影像，只能看見她們。德國浪漫主義作家諾瓦利斯（Novalis）在一則片段書寫中描述一名新入教的信徒潛入魔法守護神伊西斯的祕密住處掀開女神的面紗……。此刻我覺得周圍一切都成為我的一部分，而我終於成功地變成了所有……。

---

1 珂雪（Athanasius Kircher, 1602-1680），德國耶穌會士、哲學家、歷史學家，有四十多部著作，以研究埃及學、地質學、醫學為主，也是以中國為主題出版百科全書作品的第一人。被譽為「百藝大師」。

2 吉安巴蒂斯塔・德拉・波爾塔（Giovanni Battista della Porta, 1535-1615），新柏拉圖派學者，研究自然神祕現象，包括光的折射。《論自然魔法》（*De magia naturali*, 1558）探討神祕學、天文學、煉金術及自然哲學。

第八章

席拉斯．弗蘭納里日記節錄

深山木屋陽臺上，一名年輕女子坐在躺椅上看書。我每天開始工作前，總會花一點時間用望遠鏡看看她。在清澄稀薄空氣中，我彷彿能捕捉到那靜止身影肉眼不得見的細微閱讀動作，她的眼神遊走、呼吸起伏，藉此得知文字行進是流暢、停滯、匆促、拖沓、中斷、緊湊、鬆散或回溯反覆，那行進看似一致，其實始終多變且曲折。

有多少年我看不進任何一本我不感興趣的書？有多少年如果別人的書跟我要寫的無關我就無法全神投入閱讀？我轉身看著等待我的書桌，滾輪上已經夾好白紙的打字機，尚未起頭的章節。自從我變成寫作苦力，閱讀的樂趣便不復存在。我這麼做是為了照顧像我的望遠鏡鏡頭裡躺椅上那名女子的心情，但那個心情我卻無法擁有。

每天開始工作前，我都會先看看躺椅上那名女子。我告訴自己，我超乎尋常努力寫作的成果是那位女性讀者的呼吸，是成為一種大自然進程的閱讀活動，也是水流，將文字帶到她的關注觸角前停留片刻，等待她的心靈迴路吸收消失後轉化為內在幻影，轉化為更私密、無法言說的種種。

有時候我會心生荒謬渴望，渴望我正在寫的句子是那名女子同一時間正在閱讀的句子。這個念頭讓我大受觸動，讓我自己都信以為真。於是我匆匆寫完一句便起身走到窗前，用望遠鏡觀察她的眼神、她的嘴角、她點燃的那根菸、她在躺椅上的一舉一動、翹二郎腿或伸展雙腿，看我寫的那句話對她有什麼影響。

有時候我覺得在我書寫和她閱讀之間有無法跨越的鴻溝，不管我寫什麼都顯得矯揉做作且不合邏輯。如果我寫的文字出現在她閱讀的光滑書頁上，恐怕會發出指甲劃過玻璃的刺耳聲音，讓她不寒而慄把書遠遠拋開。

有時候我告訴我自己那名女子正在看的就是我的書，是我早該動筆但恐怕永遠寫不出來的那本書，而書在她那裡，一字一句，我看著望遠鏡那頭的那本書，看不見書上寫了什麼，我不知道那個我寫了什麼，而我過去不是、未來也不會是那個我。再坐回書桌前，絞盡腦汁努力猜，企圖複製她正在看那本我的書也沒有用，因為不管我寫什麼都是假的，除了她沒有人能看到的那本書才是真的。

如果，她像我看著她閱讀一樣，也用望遠鏡看我寫作呢？我背對窗戶坐在書桌前，感覺背後有一隻眼睛推著字句流動，把故事引導到我無法控制的方向去。我的讀者是吸血鬼，我感覺到有一群讀者在我肩膀上方張望，把我打在白紙上的文字一點一點占為己有。只要有人看著我，我就沒辦法寫，我會覺得我寫的都不屬於我。我想消失，讓他們望眼欲穿盯著眼前打字機上夾好的那張紙，只留下我的手指敲打打字機鍵盤。

如果我不在，我應該會寫得很好！如果在白紙和未被寫下便出現又消失的熱血文字和故事之間，沒有我這個人從中作梗該有多好！什麼風格、品味、個人哲學、主體性、文化涵養、人生經驗、心理成長、才華、專業技巧，所有這些讓人認出我寫的確實出自我手的要素，在我看來都是限制我可能性的牢籠。如果我只是一隻手，握著筆書寫的一隻斷手……。指揮這隻斷手的是誰？無名群眾？時間精靈？集體潛意識？我不知道。我不是為了當某個可定義東西的代言人才抹煞我自己。我這麼做是為了說出可以寫但沒有人寫、可敘述但沒有人敘述的一切。

或許我用望遠鏡觀看的那名女子**知道**我該寫什麼，也或許她**不知道**，因為她還在等我把她**不知道**的寫出來。但她肯定知道的是她在期待，而我的文字將填滿那份虛空。

有時候我想我準備要寫的那本書的素材早已存在：已被琢磨過的想法、已被說出來的對白、已經發生的故事、已經看過的地點和場景。那本書不過是把未被書寫的世界轉化為文字的結果。但有時候我又覺得我要寫的書和已經存在的事物只可能彼此互補，書是未被書寫的世界的文字部分，其素材應該是所有不存在而且以後也不存在，除非書寫出來才存在的一切，可是一旦存在便隱隱約約感覺到一種因自身不完整而生的空虛感。

我發現我一直用不同方式繞著未被書寫的世界和我應該寫的書之間的依存關係打轉。這就是為什麼寫作對我而演變成沉重負荷一直壓迫著我。我把眼睛對準望遠鏡看向那位女性讀者。在她的眼睛和書頁之間有一隻白色蝴蝶飛舞。不管她原本在看什麼，此刻她的注意力顯然都在那隻蝴蝶身上。未被書寫的世界在那隻蝴蝶身上得到了最高體現。所以我應該以精準、小巧、輕盈為書寫方向。

看著躺椅上那名女子，我覺得有必要做「擬真」書寫，我的意思不是寫她，而是寫她的閱讀，寫什麼都可以，但重要的是必須透過她的閱讀來寫。

此刻，我看著那隻蝴蝶停在我的書上，我想到可以從蝴蝶出發做「擬真」書寫。舉個例子，我可以寫一宗殘忍的謀殺案，但是就某個角度而言跟那隻蝴蝶「相仿」，跟蝴蝶一樣輕盈細緻。

或者是在描述那隻蝴蝶的同時，心中想著一宗殘忍的謀殺案場景，讓蝴蝶變成某種駭人的東西。

故事大綱。兩個作家，住在山谷對向山坡上的兩棟木屋裡，互相窺視。他們其中一個習慣上午寫作，另一個習慣下午寫作。一個上午一個下午，不寫作的那個用望遠鏡窺視寫作的那個。

其中一個作家多產，另一個作家難產。難產作家看著多產作家一行行將白紙填滿，一落手稿越疊越高。再過不久他的書就要寫完了，肯定會是一本受歡迎的新小說，難產作家心裡這麼想，他雖然感到不屑卻也難掩羨慕。他覺得多產作家不過是個厲害的工匠，有辦法產出系列小說滿足大眾需求，但是他又壓抑不住心中強烈的妒意，他嫉妒另外那個人可以如此有條理、有自信地表達自己。其實不完全是嫉妒，還有欽佩，發自內心的欽佩：多產作家將全副心力都投注在寫作中，顯然他在溝通、回應他人對他的期待時很慷慨、也很有信心，沒有任何內心掙扎。難產作家願意付出任何代價，只希望能跟多產作家一樣，他想以對方為模範，他最大的願望就是能跟多產作家一樣。

多產作家窺視坐在書桌前的難產作家，看著他咬指甲、搔頭、撕稿紙、起身到廚房去煮咖啡，然後泡茶，再泡一杯安神洋甘菊茶，然後讀一首賀德林[1]的詩（但賀德林顯然跟他正在寫的東西無關），謄寫一頁已經寫完的稿子再一行一行刪去，打電話給洗衣店（但他早知道那條藍色長褲在星期四之前不會好），寫下幾個現在用不到但之後或許會用到的想法，然後翻開百科全書查閱塔斯馬尼亞州這個詞條（但顯然他寫的故事根本沒有提到塔斯馬尼亞州），撕了兩張稿紙後，放了一張拉威爾[2]的唱片。多產作家並不喜歡難產作家的作品，每次看他的書覺得快要領悟到關鍵點的時候卻不了了之，覺得困窘不安。但是此刻他看著難產作家寫作，感覺到這個人正在跟某個晦澀不明、夾纏不清的東西角力，那條路尚待挖掘不知道會把人帶去哪裡。有時候他彷彿看到難產作家走在懸空繩索上，不由得感到欽佩，不只是欽佩，還有嫉妒，因為他覺得相對於難產作家的尋尋覓覓，自己的作品是那麼膚淺有侷限。

深山裡一棟木屋陽臺上有一名年輕女子曬著太陽在看書。兩個作家用望遠鏡看著她。「她看得好專注，連呼吸都不敢大力！翻頁的時候也好緊張！」難產作家心想。「她在看的一定是多產作家寫的那種高潮迭起的小說！」「她看得好專注，簡直跟冥想打坐差不多，彷彿看到神祕真相終於揭曉！」多產作家心想。「她在看的一定是富含寓意的書，像難產作家會寫的那種！」

難產作家最大的願望莫過於有人能像那名年輕女子一樣閱讀自己的書。於是他開始動筆書寫他認為多產作家應該會寫的小說。而多產作家最大的願望莫過於有人能像那名女子一樣閱讀自己的書。於是他開始動筆書寫他認為難產作家應該會寫的小說。

其中一個作家先找上那名年輕女子，隨後另一名作家也出現。兩個人都說自己想請女子閱讀他們剛完成的小說。

年輕女子收下兩份手稿。數天後她邀請兩位作家到她家去，出乎意料的是，她邀請他們一起去。「這是惡作劇嗎？」她說。「你們給了我兩本一模一樣的小說。」

或是：

年輕女子搞混了兩份手稿。把難產作家揣摩多產作家手法寫出來的小說還給多產作家，把多產作家揣摩難產作家寫出來的小說還給難產多家。兩位作家發現自己被模仿後反應很激烈，各自回歸原本路線。

或是：

一陣風吹散了兩份手稿。那位女性讀者收拾整理的結果合成了一部很美的小說，評論家不知道誰才算是作者。是多產作家和難產作家都夢寐以求的那種小說。

或是：

年輕女子一直以來都是多產作家的書迷，很討厭難產作家。她閱讀多產作家新作品的時候覺得很假，於是她明白他之前寫的所有作品都是騙人的。反之，她此刻回想難產作家的作品，覺得全都精彩無比，恨不得立刻閱讀他的新小說。結果她發現難產作家新小說完全不符合她的期待，於是也把他打入冷宮。

或是：

同上。把「多產」換成「難產」，把「難產」換成「多產」。

或是：

年輕女子原本……是多產作家的書迷，很討厭難產作家。她閱讀多產作家新小說的時候完全沒發現跟他之前的作品有何不同，很喜歡，但是沒有特別著迷。至於難產作家的手稿，她看了之後覺得跟他以往作品一樣寡淡無味。她給兩位作家的回應很籠統，兩位作家都認為這位女性讀者不夠認真，沒有當一回事。

或是：

同上。互換。

我在一本書中看到，說可以用「思考」這個動詞的第三無人稱變位來表達的思想的客觀性。所以不說「我想」，而說「想」，就像我們說「下雨」一樣。宇宙是有思想的，我們每一次都必須從這個發現出發。

我可以說「今天寫作」，就跟說「今天下雨」、「今天起風」一樣？唯有當我可以不假思索就用「寫」第三無人稱變位的時候，才有可能期待透過我表達的東西不受個人特質限制。

那麼閱讀這個動詞呢？可以說「今天閱讀」，就像說「今天下雨」嗎？仔細想想，相較於書寫，閱讀更屬於個人行為。就算書寫能夠超越作者侷限，也只有當書寫文字被某個人閱讀並穿透他的心靈迴路之後才擁有意義。唯有被某個特定個體閱讀，才能證明所寫的東西也擁有書寫的力量，那是超越個人而生的一種力量。直到有人說出：「我讀故它寫」，宇宙才能表達自我。這是我看到在那位女性讀者臉上浮現的特殊福澤，而我是無福之人。

我桌子前方的牆壁上掛著一幅別人送我的海報。小狗史努比坐在打字機前，旁邊有一句話：「一個暴風雨肆虐的漆黑夜晚……」。每次我坐在這裡看到「一個暴風雨肆虐的漆黑夜晚……」那句無人稱的文章首句，彷彿看到連結兩個世界之間的通道打開，從此時此地的時空通往書寫文字的時空。我覺得文章開頭呼之欲出，後面可能會跟著源源不絕的多面向發展。我告訴我自己最好的開頭莫過於約定俗成中規中矩的開頭，由此開始可以期待所有或毫無期待。我也知道那隻說謊成性的狗永遠無法在寫完開頭六個字之後，再寫六個或十二個字而不打破魔咒。以為可以輕而易舉進入另一個世界純屬妄想，想著未來閱讀時的快樂興沖沖地開始寫，結果白紙上只有一片空白。

自從這幅海報掛在我視線前方，我就連一頁都寫不完。我得趕快把那張該死的史努比海報從牆上拿下來，但是我猶豫不決，對我來說，那個幼稚的漫畫角色變成了我處境的象徵，也是告誡，和挑戰。

很多小說第一章開頭幾句的純粹情境所呈現的神奇魅力，很快就會隨著敘事進展而消失，像是為我們接下來的閱讀時光揭開序幕，準備迎接所有可能的發展。我想要寫一本只有**開頭**的書，那麼整本書從頭到尾都可以維持那股潛力不墜，彷彿沒有對象的等待。但是那種書要怎麼寫呢？第一段寫完就結束？還是無限延長開場白？或是像《一千零一夜》那樣，在每一個故事開頭嵌入另一個故事開頭？

今天我要來抄寫某部著名小說開頭幾段，看看那個開場內含的豐沛能量是否能傳遞到我手上，等我接收到方向正確的推力，接下來應該就可以自行往前進。

「在極其燠熱的七月初某一天，接近傍晚時分，一個年輕人從他在S巷跟人分租的小屋走到馬路上，似乎有些舉棋不定，慢慢拖著腳步朝K橋方向走去。」

我再繼續抄寫第二段，才能真正進入敘事情境裡：

「下樓的時候，他很幸運地避開了房東。他分租的那間小屋就在這棟五層樓建築的屋頂下面，與其說是住處，不如說是儲藏室。」一直抄到：「他欠了不少房租，所以很怕遇到房東。」

接下來的敘述太吸引人，讓我忍不住繼續抄寫：「這不代表他是一個膽小怕事的人，正好相反，只是他這段時間暴躁易怒，有疑心病傾向。」既然我都抄到這裡了，乾脆把整段抄完，不，把整頁抄完，一直抄到他去找放高利貸的老太太那裡。「『我是拉斯科爾尼科夫，在學學生，我一個月前來找過您。』年輕人半彎著腰，提醒自己要有禮貌。」

我在起心動念考慮抄完整本《罪與罰》之前停下來。那一瞬間我想我明白了某個難以想像的職業有何意義及魅力：抄寫員。抄寫員同時活在時間維度裡，一個是閱讀，一個是書寫。他寫的時候無須為下筆前整頁空白而焦慮，他閱讀的時候無須擔心自己的行為無法實現任何實質目的。

有一個人來找我，他宣稱是我的譯者，他告訴我有一件霸凌行為損及我和他的利益：有人未經我同意便出版了我的著作譯本。他拿出一本書給我看，我沒看出所以然，因為那是一本日文書，唯一出現的西方文字是扉頁上我的姓名。

「我根本看不出這是我的哪一本書，」我把書還給他。「我不懂日文。」

「就算您懂日文也認不出這是哪本書。」這位訪客說。「這本書不是您寫的。」

他跟我解釋說日本人精於仿造西方產品，而且仿造對象已經擴及文學界。大阪一家工廠取得了席拉斯．弗蘭納里小說的創作公式，可以生產全新的一流小說，足以瓜分國際市場。這些書再翻譯成英文（應該說翻譯回英文，假裝日文版是譯本），沒有任何一個文學評論家能分辨是不是真的弗蘭納里作品。

得知這個惡劣騙局讓我心煩意亂，除了經濟和道德上受到傷害讓我怒火中燒外，那些假書、在異國文化土壤上萌芽的我的分株對我還有一種說不清的吸引力。我想像一位穿著和服的日本老人走過一座拱形小橋，那個人是日本版的我，正在想像我的其中一個故事，最後他走完一段我毫無所悉的心靈之旅，與我合而為一。所以由大阪詐騙工廠生產的那些假弗蘭納里小說雖然是庸俗的仿製品，但同時也蘊含了真弗蘭納里小說所沒有的精緻而神祕的知識。

可想而知，面對一個陌生人，我不能有模稜兩可的反應，我只能表現出我對收集必要資料以便提起訴訟的意願。

「我會提告那些偽造我的小說或任何協助推廣販售假書的人！」我故意看著那位譯者的眼睛這麼說，因為我懷疑這個年輕人跟他說的背信事件脫離不了關係。他說他叫赫耳墨斯．馬拉那，這個名字我從未聽過。他的頭像一艘飛艇，水平橫向拉長，在他微凸的額頭下似乎藏了很多東西。

我問他住在哪裡。他回答說：「我目前住在日本。」

他說他對有人居然敢冒用我的名字感到憤恨不平，願意協助我終結這場騙局，但是他又說其實不需要為此生氣，因為他認為文學之所以有用就在於擅長矇騙，矇騙中自有真理。所以一本假書，是矇騙的矇騙，等於第二真相。

他繼續對我闡述他的理論，他認為每一本書的作者都是真作者捏造出來的角色，好扮演他那個虛構世界的作者。他說的很多觀點我都認同，但我出於謹慎沒有讓他知道。他說他主要因為兩個原因對我感興趣：第一，我是一個可以偽造的作家，第二，他認為我有天賦可以成為一個偉大的偽造者，可以寫出完美的偽書。也就是說我可以讓他心目中的理想作者成真，作者在形成世界厚實外殼的偽造雲霧中消解。對他而言欺詐是一切的真實本質，所以作者若能構思出一套完美的欺詐模式，就能與一切合而為一。

我忍不住一再回想昨天跟那個馬拉那的談話。我也想抹去我自己，為每一本書找到另外一個我，另外一個聲音，另外一個名字，重生。但是我的目的是在書本中捕捉到那個無法閱讀的世界，沒有核心，也沒有我。

仔細想想，這樣一個全能作家很可能是一個十分謙遜的人，在美國他們叫這種人幽靈寫手。這是公認很有用的一種職業，但是不大被瞧得起，他們是匿名撰稿人，把不知道怎麼寫或沒有時間寫的那些人要說的話寫成書；他們是寫手，替那些忙於存在的存在發言。或許那才是我真正的使命，而我錯過了。我應該複製我的這些我，整合別人的那些我，假裝自己是那些跟我完全相反，而且彼此大異其趣的我。

但是如果一本書只能有一個個體真實性，我不如寫我自己的。寫我的回憶錄？不，記憶一旦被凝視、用形式封存起來，就失真了。寫我的欲望？唯有當欲望獨立於我有意識的意志之外，才是真的。我所能書寫的唯一的真，是我活著的瞬間。或許這本日記才是真的書，我在書上記錄一天不同時段那名女子坐在躺椅上的畫面，是我隨著光影變化看到的她。

為什麼不承認我之所以不滿足是因為我野心太大，或是因為自大狂妄？企圖抹去自己好讓自身以外世界說話的作家有兩個選擇：寫一本獨一無二空前絕後的書，用文字把一切都說盡；或是寫盡天下所有書，透過局部寫照追尋完整。獨一無二、道盡一切的書，只能是神聖經典，集所有啟示之全。但是我不相信語言能包羅所有，我的問題在於我自身以外，未被書寫的、無法書寫的一切。所以我唯一的選擇是寫盡天下所有書，把所有作者的書都寫出來。

如果我想的是我得寫一本書，這本書該是怎樣又不該是怎樣的種種問題就讓我卡住，阻止我前進。但如果我想的是我要寫出一座圖書館的書，我突然間覺得渾身輕鬆，因為我知道不管我寫什麼，都跟我還沒寫的那成千上萬本書互補、互相矛盾、互相平衡，或是被淹沒。

撰寫過程比較為眾人所知的宗教經書是《可蘭經》。從啟示到經書中間至少經過兩層媒介：先知穆罕默德聆聽真神阿拉的話，再口述給他的追隨者抄寫下來。根據穆罕默德傳記作者所言，有一次穆罕默德對抄寫員阿布杜拉口述，一句話沒講完，抄寫員出於直覺把話接下去說完，心不在焉的穆罕默德就把他說的當成了聖言，阿布杜拉非常生氣，不再追隨穆罕默德，而且失去了信仰。

他錯了。畢竟如何組織一個句子，本來就是抄寫員的工作。他應該要處理書寫文字的內部一致性，處理文法和句法結構，以包容思想的流動性，因為思想在化為文字之前往往散溢於所有語言之外，還要包容流動不定的先知發言。自從真神阿拉決定要用書寫文字表達自己，抄寫員的加入乃不可或缺。穆罕默德也知道，所以他讓阿布杜拉擁有把句子說完的特權，只是這位抄寫員沒有意識到自己被賦予了怎樣的權力。他不再信奉阿拉，因為他對文字沒有信心，對於作為文字抄寫員的自己也沒有信心。

如果允許非回教信徒發想先知穆罕默德傳說各種版本的話，我想寫這個：阿布杜拉失去信仰是因為他在聽穆罕默德口述抄寫的時候不小心犯了一個錯，先知發現了，但他決定不更正，寧願保留那個錯誤。不過在這個故事裡，阿布杜拉也不該生氣。因為話語要在紙上化為文字之後才塵埃落定，不是之前，包括穆罕默德的隨興之舉。唯有透過我們有限的書寫行為，未被書寫的無限才變得可讀，而所謂有限的書寫行為包括口語和文字的拼寫錯誤、疏漏、口誤或筆誤和不受控的前後不連貫。否則我們自身之外的一切就不可能用話語（口語或文字）溝通，真神得另外想辦法傳遞信息。

那隻白色蝴蝶居然飛過整個山谷，從那位女性讀者的書上飛來停在我正在書寫的紙張上。

有一些奇怪的人在山谷裡逗留，包括已經從全世界各家出版社領到預付款、等我把新小說稿子交出來的文學經紀人，希望我書中角色能穿上哪幾款衣服、喝哪幾種果汁的廣告代理人，希望能用電腦把我沒寫完的小說寫完的程式設計師。我盡可能不出門，不出現在村子裡，如果我想散步，會走山間小徑。

今天我遇到一群貌似童子軍的男孩，既興奮又小心翼翼，他們在草地上鋪了幾塊布，組成一個幾何圖案。「為飛機準備的號誌？」我問他們。

「飛碟。」他們說。「我們是幽浮觀察員。最近這段時間，這裡成為必經之路，而且是有不明飛行物密集出現的航道。我們想或許是因為有一位作家住在這附近，其他星球的居民想要透過他傳話。」

「你們為什麼會這麼認為？」我問他們。

「因為這位作家陷入創作危機已經好一陣子了，他寫不出東西來。報紙上都在討論究竟出了什麼問題。我們認為，很可能是其他星球的居民讓他越來越懶散，這樣他就能擺脫地球上的制約，更容易接收我們的信息。」

「為什麼選中他？」

「外星人沒辦法直接把事情說出來，他們需要透過間接的二手模式才能表達想說的話，例如透過可以引起反常情緒的故事。這位作家在這方面似乎技巧純熟，而且思考也有一定的彈性。」

「你們看過他寫的書嗎？」

「他到目前為止的作品我們沒興趣，等他擺脫危機走出來寫的那本書說不定就可以跟宇宙對話了。」

「他要怎麼接收信息？」

「靠大腦啊。而且他不會察覺，會以為他動筆是因為自己的才華，其實是他的腦波接收到來自太空的信息後，放進他正在寫的東西裡。」

「那你們之後能解開信息碼嗎？」

他們沒有回答我。

我想到這些年輕人對外太空的期待可能會落空，不免感到遺憾。不過我可以在我下一本書裡放進他們以為是宇宙真相的新發現。現在我還沒想到要怎麼寫，等我開始寫自然就會有想法。

但是，如果事情真像他們說的那樣呢？萬一我以為我是隨便寫寫，但其實我真的在為外星人做聽寫呢？

我殷殷期盼來自星際的啟示不見動靜，我的小說沒有任何進度。如果我突然振筆疾書，應該就表示銀河系開始向我輸送信息了。

然而我現在唯一能寫的就是這本日記，對著不知道閱讀哪本書的年輕女子沉思冥想。難道外太空信息藏在我這本日記裡？還是在她手上那本書裡？

有一個女孩子來找我，她寫論文研究我的小說，準備在一場很重要的學術研討會上發表。看來我的小說可以完美驗證她的理論，這當然是好事，對小說好還是對理論好，我不知道。她的論述非常仔細，可見研究過程十分嚴謹，但是從她的觀點來看，我竟認不出那些是我的書。我相信這位羅塔莉亞（她叫這個名字）看書態度認真，但我懷疑她讀我的書只是為了在裡面找到她在讀之前就深信不疑的論點。

我跟她說了我的看法，她有點不高興，反駁說：「那又如何？難道您希望別人讀您的書只看到您認可的想法？」

我回答她說：「不是這樣的。我期待讀者能在我的書中看到我所不知道的，但我只能寄望於那些期待自己能在書中看到新意的讀者。」

（幸好我能還用望遠鏡看那名閱讀的女子，告訴自己不是所有讀者都像這個羅塔莉亞。）

「您傾向讀者以被動、迴避、退讓的方式閱讀。」羅塔莉亞說。「我妹妹就是這種人。看她囫圇吞棗一本接一本閱讀席拉斯．弗蘭納里的小說卻提不出任何問題，我就想到把這個當作我的論文研究題目。所以我才會看您的作品，弗蘭納里先生，順帶說明一下，其實是為了突顯我妹妹魯德米拉如何對待一位作者，即便那位作者是席拉斯．弗蘭納里。」

「謝謝您的『即便』說。那為什麼不跟您妹妹一起來呢？」

「她堅信讀者不該認識作者本人，因為真人永遠不可能符合看書時建立的作者形象。」

我想這個魯德米拉很有可能是我心目中的理想讀者。

昨天晚上，我走進書房的時候，看到一個陌生身影爬窗逃走。我想追上去，但是沒有發現他的蹤跡。我老覺得有人躲在我家外面的灌木叢裡，特別是入夜之後。

儘管我盡可能少出門，但我還是感覺有人動過我的手稿。我不止發現一次有幾頁手稿不見，幾天後又出現在原來的地方。我常常覺得自己的手稿很陌生，好像我忘記我寫了什麼，或是我一夕之間變了一個人，不再認得昨天的我。

我問羅塔莉亞是否讀完我借給她的那幾本書。她說沒有，因為她沒有把電子處理器帶在身邊。她解釋說電子處理器根據設定，可以在短短幾分鐘內讀完一本小說，把內文所有詞彙按照出現頻率多寡整理表列出來。「如此一來，我就可以運用已經完成的閱讀結果，」羅塔莉亞說。「而且節省很多時間。閱讀文本的目的不就是為了記錄有哪些主題重複，哪些形式和意義持續出現嗎？電子儀器閱讀完畢後，可以提供我一份相關的清單，我只要看一眼就知道我可以對這本書哪些問題進行批判研究。當然出現頻率最高的會是大量的冠詞、代名詞、助詞，但我不會把力氣花在那上面。我會立刻鎖定意涵最豐富的詞彙，可以讓我對這本書呈現意象有精準認識的那些詞彙。」

羅塔莉亞給我看她帶來的幾份清單，都是小說經過電子閱讀後按照出現頻率整理的詞彙列表。

「一本五萬字到十萬字的小說，」她跟我說。「我建議先看出現二十次左右的詞彙。您看這裡，出現十九次的詞彙有：

「腰帶、指揮官、牙齒、你做、他有、一起、蜘蛛、回答、血、小徑、開槍、立刻、你，你的，見到，生命……

「出現十八次的詞彙有：

「夠了，很美、鴨舌帽、直到、法國的、吃、死亡、新、經過、馬鈴薯、點、那些、孩子、晚上、我去、他來……

「這樣一看，這本書寫什麼是不是就很清楚？」羅塔莉亞說。「顯然是以戰爭為背景的小說，很多軍事行動，文字不囉嗦，充滿暴力。可以說這種敘事完全流於表面，但是為了驗證，最好也看看清單上列舉只出現一次的詞彙，未必就不重要。這些詞彙有：

「襯裙、埋進土裡、地道、地下室、用土掩埋、土葬、稀薄、林下灌木叢、私下、無產階級、夾層儲藏室、地下、內襯……

「所以這並不像乍看之下流於表面的一本書，應該有什麼東西藏著，我的研究可以沿著這條線索往下做。」

羅塔莉亞拿出另外一份清單給我看。「這是一本完全不一樣的小說，很容易辨認，這些是出現五十次左右的詞彙：

「有過、丈夫、少、李卡杜、他的（五十一次）；東西、之前、他有、回答、曾經、車站（四十八次）、剛才、房間、馬力歐、有些、全部、幾次（四十七次）；他去、那個、早上、似乎（四十六次）；應該（四十五次）；如果有、直到、手、你覺得（四十三次）；年、切齊納、誰、德麗亞、雙手、女孩、你是、晚上（四十二次）；窗戶、可以、幾乎、單獨、他回來、男人（四十一次）、我、他打算（四十次）；人生（三十九次）……

「您有什麼看法？這本小說著重內心世界，情感細膩，若隱若現，背景很單純，鄉間生活日常……。我們再拿只出現一次的詞彙來做查核：

「受凍、受騙、拮据度日、工程師、猜疑、天真、忍受、吞忍、吞沒、下跪、屈膝、不公、放大、發胖……

「這樣我們就了解這本書的氛圍、人物心境、社會背景……。我們再來看第三本書：

「他去、頭髮、計算、身體、上帝、第二、錢、尤其、數次（三十九次）；麵粉、雨水、存糧、有人、理由、晚上、待在、文欽佐、葡萄酒（三十八次）、甜、所以、雙腿、死亡、他的、雞蛋、綠色（三十六次）；我們會有、小孩、哼、白色、頭、他們做、日子、機器、黑色、甚至、胸口、我保持、他在、暖爐（三十五次）……

「我想這個故事很飽滿、血氣方剛、硬碰硬，有點粗暴，感情表達很直接，不委婉細膩，走通俗的情慾路線。同樣的，我們再來看出現一次的詞彙：

「蔬菜、處女、我難為情、感到丟臉、恥辱、你不要臉、他羞愧、被羞辱、厚臉皮、無恥、我們無地自容、你不知廉恥、我慚愧、應驗、苦艾酒……[3]

「看出來了嗎？多麼美好且良善的罪惡感！這條線很可貴，評論可以從這裡出發，再提出其他假設……。您看我說得沒錯吧？這個作法不是快速又有效率嗎？」

得知羅塔莉亞使用這種方式看我的書，給我帶來不少困擾。現在我每寫一個字，就彷彿看到它被捲入電子大腦中，排入出現頻率表列清單裡，跟其他我不知道哪些可能的詞彙放在一起，我忍不住自問那個字我用了多少次，覺得寫作的責任都沉甸甸地壓在那幾個音節上，我試著想像那個字我用一次或用五十次會得到怎樣不同的結論。或許還是刪掉好了⋯⋯。但不管我改用什麼字取而代之，恐怕都一樣經不起考驗⋯⋯。或許我不該寫書，乾脆直接寫詞彙表，按照字首順序排列，那一串各自獨立的詞彙傳達的是我尚且不知的真相，將電子處理器反向設定之後，就能從中得出一本書，我寫的書。

那個以我為主題寫了一篇論文的羅塔莉亞的妹妹也出現了。她來之前沒有先連絡，一副碰巧經過的樣子。她說：「我是魯德米拉，我讀過您所有的小說。」

我知道她不願意認識作者本人，所以看到她來頗感意外。她說她姊姊看事情總是以偏概全，所以在羅塔莉亞告訴她我們見過面之後，她想要親自確認，也可以說是來確認我的存在，畢竟我符合她心目中的理想作者形象。

這個理想形象是指，用她的話來說，作者寫書「像南瓜苗結出南瓜那樣」。她還用了其他不受外界干擾的大自然進程做隱喻，例如：形塑山巒的風、潮汐的沉積物和樹幹的年輪。不過這些隱喻是指文學創作，而南瓜那個意象是直接指涉我。

「您對您姊姊不滿？」我這麼問她，因為我從她的談話語氣中聽出不苟同的意思，通常表示說話的人跟其他人的意見相左。

「不，是另外一位您也認識的人。」她說。

我沒有費太大力氣就弄明白她來找我的背後原因。魯德米拉是譯者馬拉那的朋友，應該說以前是朋友，馬拉那認為文學不過是一臺結構複雜的機器，是用運作、詭計和陷阱組裝起來的。

「您覺得我不是那樣？」

「我始終認為您寫作就像動物挖土掘洞或螞蟻、蜜蜂築窩一樣。」

「我不是很有把握您說的算不算是讚美，」我回答她說。「總而言之，現在您看到我了，希望我沒有讓您失望。我符合您心目中的席拉斯．弗蘭納里形象嗎？」

「我沒有失望，正好相反，但不是因為您符合某個形象，而是因為您就是個不折不扣的普通人，跟我預期的一樣。」

「我的小說讓您覺得我是個普通人？」

「不是，我的意思是……席拉斯．弗蘭納里的小說很有特色……，好像它們早就在那裡，在您寫出來之前已經存在，鉅細靡遺……好像它們是透過您，利用懂得寫作的您顯現，畢竟還是得有人寫出來才行……。我希望能觀察您寫作的樣子，好確認是不是真的如此……。」

我感到椎心刺痛。對這名女子而言，我不過是一個無人稱的書寫力，可以隨時將一個獨立於我之外、未被表述的想像世界寫出來。她不知道我已經沒有她以為我有的那些東西，既沒有表達意願，也沒有可表達的東西。

「您想看什麼？有人看著我，我就寫不出來……」我不以為然。

她解釋說她認為自己釐清了文學的本質，其實就是書寫這個實質動作。

「實質動作……」這句話開始在我腦中盤旋，跟我想要摒除的某些畫面有了連結。「實質存在。」我低聲說道。「所以您看，我在這裡，我是一個存在的人，在您面前，在實質的您面前……。」我突然心生強烈嫉妒，對象不是別人，是我，用墨水、句點、逗點寫出一本本小說，但今後再也寫不出來的我自己，是不斷踏入這位年輕女子內心深處的那個作者，而我，此時此刻在這裡的我，帶著我覺得比創作動力更加永恆不朽、源源不絕湧出的實質能量，與她之間被鍵盤和打字機滾輪上的白紙遙遙隔開。

「溝通可以建立在不同層次上……。」我動作有些粗魯地逼近她，一邊向她解釋，但是在我腦中盤旋的那些畫面和觸感催促我排除我跟她之間的所有距離和猶疑。

魯德米拉掙扎了一下，掙開我。「弗蘭納里先生，您幹什麼？這不是重點！您搞錯了！」

我當然可以表現得更有風度一點，但是已經來不及補救，我只能孤注一擲，繼續繞著書桌追她，嘴裡僅說些我自己也知道無濟於事的話，例如：「您別以為我年紀大，其實我……」

「弗蘭納里先生，這全是誤會，」魯德米拉停下來，用一本厚重的韋伯字典擋在我們兩人之間。「我當然可以跟您上床，您外表迷人風度翩翩。但是這對我們剛才討論的問題沒有任何助益……。您跟我閱讀的那些小說作者席拉斯・弗蘭納里沒有任何關係……。我先前說過了，你們是兩個人，這個關係不能混淆……。我毫不懷疑您是這個人而非那個人，儘管我覺得您跟我認識的很多男人差不多。我感興趣的是，存在於席拉斯・弗蘭納里作品中，而與此刻站在這裡的您無關的那個席拉斯・弗蘭納里……」

我擦乾額頭的汗水，坐下來。我身上有些東西不見了，或許是我，也或許是我的內涵。但這不正是我要的嗎？我一直想要的不就是去掉個人色彩嗎？

或許馬拉那和魯德米拉是來告訴我同一件事，我不知道會是解脫或是枷鎖。在我覺得被我自己困住彷彿身陷囹圄的這個時刻，他們為什麼會來找我？

魯德米拉一離開，我就跑去看望遠鏡，希望能從坐在躺椅上的女子那裡得到慰藉。她不在。我忍不住懷疑，會不會來找我的就是那名女子呢？或許我所有問題的來源一直是她，也只有她。或許有人籌畫密謀就是想阻止我寫作，而魯德米拉、她姊姊和那個譯者都參與其中。

「最吸引我的小說，」魯德米拉說過。「是那些能夠在人際關係交集上創造出一種透明幻覺的小說，儘管那個交集曖昧不明、殘酷無情，不按牌理出牌。」

我不知道她這麼說是為了解釋我的小說吸引她之處，或是為了解釋她想在我小說裡尋找但沒有找到的東西。

我覺得魯德米拉的人格特質是永不滿足，她的喜好一日一變，今天這樣只是因為她感到不安（但是她又來找我，似乎完全忘了昨天發生什麼事）。

「我用望遠鏡可以看到深山裡一名女子在陽臺上看書，」我跟她說。「我很好奇她看的書會令人心安或令人焦慮。」

「您覺得那名女子是怎樣的人？恬靜的，或是躁動的？」

「恬靜的。」

「那麼她看的是令人焦慮的書。」

我把我對手稿那些奇怪的想法說給魯德米拉聽，說有幾頁會消失，再出現的時候就跟以前不一樣了。她教我要當心，有一個偽書組織到處設立側翼。我問她組織首領是不是她那位前友人。

「很多事情都脫離了他們首領的掌控。」她迴避了我的問題。

偽書（出自希臘文*apókryphos*，意指隱藏、祕密），有一說原本指宗派「祕經」，後來則指不符合宗派聖言書寫準則、未被承認為「正典」的所有文本；另一說則指偽造書寫年代或作者的文本。字典做此解釋。或許我真正的使命是做一個偽書作者，無論這個名詞的定義是什麼。因為書寫本就是隱藏某些東西等待之後被發現，因為我動筆能寫出的真相就像是一塊大石頭被猛力敲打後迸彈出去飛得老遠的一個碎片，因為偽造是唯一無可置疑的必然。

我想找到赫耳墨斯．馬拉那，提議我們兩人聯手投入偽書事業。可是馬拉那現在人在哪裡？他回日本了嗎？我讓魯德米拉多談談他，希望能知道更多具體情事。她認為馬拉那必須隱身在小說作家眾多且多產的國度，這樣才能成功掩護他的種種操作，將偽書混入產量不虞匱乏的真書中。

「所以他已經返回日本了？」魯德米拉似乎對馬拉那跟日本的連結一無所悉。她說那個不可信的譯者設置的祕密基地在地球另一端，根據她收到的最後消息，馬拉那曾在安地斯山脈一帶出沒，之後便了無音訊。反正魯德米拉只關心一件事，那就是馬拉那離她越遠越好。她之所以躲在這個深山裡就是為了避開他，既然不會遇到他，那她就可以回家了。

「所以你要離開了？」我問她。

「明天早上出發。」她這麼說。

這個消息讓我感到沮喪，突然間覺得自己很孤單。

我又跟那些飛碟觀測員談過一次話。這次是他們來找我的，想知道我有沒有完成外星人口述的那本書。

「沒有，但是我知道可以去哪裡找到這本書。」我邊說，邊走去看望遠鏡。我早有了這個想法，這本跨星際的書可以是坐在躺椅上的女子手中那本書。

但是陽臺上不見那名女子的身影。撲空的我用望遠鏡眺望山谷，結果看到一個穿戴整齊的男子靠坐在岩壁上看書。這個時機點未免太過巧合，說是外星人介入也不為過。

「你們要找的書在那裡。」我跟那群年輕觀測員說，讓他們來看望遠鏡那頭的陌生男子。

他們一個接一個湊上來看，隨後彼此互看一眼，便向我道謝離開。

一名男性讀者來找我，問了我一個讓他憂心忡忡的問題：他找到兩本我寫的小說，書名都是《在團團……》，外觀看起來一樣，但內容截然不同。其中一個故事描述某位大學教授受不了電話鈴聲，另一個故事則是關於收藏萬花筒的億萬富翁。可惜他沒辦法跟我說更多，也沒能帶書來給我看，因為他還沒看完，兩本書就都被偷了，第二本還是在距離我家不到一公里的地方被偷的。

他到現在還因為這個離奇事件感到心煩意亂，他跟我說他來找我之前想先確認我在家，同時他想把書看完，才有把握跟我討論，所以他拿著書靠坐在可以看到我家的岩壁上。突然間他發現自己被一群瘋子包圍，大家一擁而上搶走他的書，然後這群狂人當場對著那本書進行了一場儀式，他們其中一人高舉著書，其他人則態度虔誠地對書打坐冥想。之後沒有人理會他的不滿抗議，帶著那本書離開，跑進深山樹林裡。

「這些山谷裡到處都是怪人，」我試圖安撫他。「這位先生，您別再想那本書了，那本書毫無價值，是假書，日本人搞出來的。一家目無法紀的日本工廠利用我的作品在國際間的知名度，在他們推出的新書書封上印了我的名字，其實都是默默無聞的日本作家寫的、賣不掉最後送去廢紙廠的抄襲之作。做了許多調查之後，我才成功揭發這個騙局，我和其他被抄襲的作家都是受害者。」

「但我還蠻喜歡我正在看的那本小說，」那位男性讀者說。「沒能把故事看完，我覺得很遺憾。」

「如果是為了這個，我可以告訴您原作是日本小說，只是簡單的把書中人物和地點都替換成西方背景，書名是《在月光映照的落葉地毯上》，作者高久，倒是一位值得尊敬的作家。我可以給您這本書的英譯本，以彌補您的損失。」

我拿起放在桌上的那本書裝進一個紙袋裡，封口後才交給他，以免他忍不住翻閱，會立刻發現那本書跟《在團團交織的網中》毫無交集，也跟我的任何一本小說，無論是真書或假書，都沒有關係。

「我知道市面上有假的弗蘭納里小說，」男性讀者說。「而且我那兩本書其中一本也有可能是假的。除此之外，您還有什麼要跟我說的嗎？」

繼續跟這個人談我的問題恐怕不妥，所以我用一句話結束這個話題：「我唯一承認的作品，是我還沒有寫出來的書。」

男性讀者淡淡一笑表示贊同，隨即恢復嚴肅表情說：「弗蘭納里先生，我知道這件事的幕後主使者是誰，不是日本人，而是一個名叫赫耳墨斯．馬拉那的人，他做這些事是因為他嫉妒一個您也認識的女孩，魯德米拉．維皮特諾。」

「那麼您為什麼來找我呢？」我回答他。「您應該去找那位先生，問他究竟怎麼回事。」我懷疑這位男性讀者和魯德米拉之間有曖昧，因此語氣變得比較尖銳。

「我沒有其他選擇。」男性讀者同意。「我正好有機會到中南美洲出差，他在那裡，我會去找他。」

我沒打算讓他知道就我了解赫耳墨斯．馬拉那為日本人工作，他在日本有一個專門生產偽書的中心。對我而言，重要的是這個討人厭的傢伙離魯德米拉越遠越好，所以我鼓勵他完成這趟旅行，不要放過蛛絲馬跡，一定要把那個神出鬼沒的譯者找出來。

男性讀者對於一連串莫名巧合感到憂心。他告訴我這陣子因為各種原因，他總是才看幾頁小說就被迫中斷。

「或許是因為小說太難看。」我習慣傾向悲觀思考。

「正好相反，我都是在劇情進入高潮的時候被迫中斷，我急著想往下看，可是每次我重新翻開手中的書，以為是我之前開始看的那本，結果卻發現這是截然不同的另一本書。」

「……而且很難看……」我暗諷。

「不，比前一本更讓人欲罷不能，可是我一樣沒能看完。每一本都是如此。」

「你的情況讓我重新覺得人生充滿希望，」我告訴他。「我常常翻開一本剛出版的新小說，卻發現那本書我已經讀過上百遍。」

我回想我跟那位男性讀者之間最後那段談話。或許他閱讀時夠專注，所以在小說開頭就已經吸收了全書精髓，自然無須往後看。同樣的事情發生在我寫作的時候，這段時間我動筆寫的每一本小說起了頭之後不久就腸枯思竭，彷彿我已經把所有想說的話都說完了。

我動念想要寫一本小說，只有開頭的小說。主角可以是看書永遠被迫中斷的一位男性讀者。他買了作者Z的最新小說A，但是裝訂瑕疵，看了開頭後就沒辦法往下看……，他只好回書店換書……。

我可以全書都用第二人稱來寫：男性讀者你……。我也可以加入一個女性讀者、一個造假的譯者，以及一位老作家，他寫日記，類似我這本日記……

但我不會讓女性讀者為了逃避造假譯者落入男性讀者的懷抱。我會讓男性讀者去追查多在某個遙遠國度的造假譯者下落，好讓那位老作家有機會跟女性讀者單獨相處。

不過少了女性角色，男性讀者的尋人之旅會變得很無趣，所以要安排他在途中遇到另外一名女子。可以讓女性讀者有一個姊姊……

實際上那位男性讀者是真的準備出遠門。他會帶著高久的《在月光映照的落葉地毯上》在旅途中閱讀。

---

1 賀德林（Friedrich Hölderlin, 1770-1843），德國浪漫派詩人，其思想結合哲學、神學及早期希臘文藝與神話，認為萬事萬物都是神聖精神的展現。

2 拉威爾（Joseph-Maurice Ravel, 1875-1937），法國作曲家、鋼琴家，有人將他歸於印象樂派，但因母親在西班牙長大，因為樂風亦受西班牙音樂影響。

3（原注）詞彙表摘錄自《當代義大利文學電子解析》，阿里內伊（Mario Alinei）主編，磨坊出版社（Il Mulino），波隆那，一九七三年，向三位義大利作家（莫拉維亞、卡爾維諾、卡索拉）的三本小說（《喬琪拉姑娘》、《蛛巢小徑》、《郊區火車站》）致敬。

在月光映照的落葉地毯上

銀杏葉彷彿一場細雨從樹梢落下，點點鵝黃灑在草地上。我跟大介先生走在平滑的石板小徑上散步。我說我想區分感受單一銀杏葉和感受其他所有銀杏葉有何不同，不知道是否能辦到。大介先生說有可能。由我提出、大介先生覺得可行的假設是這樣的：如果有一小片鵝黃樹葉從銀杏樹上飄落草地，看著它的感受是看著一小片黃色落葉的感受。如果飄落兩小片樹葉，目光會隨著這兩小片樹葉在空中飛舞，時近時遠，彷彿兩隻互相追逐的蝴蝶，最後滑落在草地上，這裡一隻那裡一隻。如果是三片、四片或五片落葉都是如此。若是在空中迴旋的落葉數量增加，對每一片落葉的感受加總起來則一如看見無聲落雨的整體感受；如果一陣微風輕拂讓落葉放慢了速度，便會是如同看見翅膀在空中懸浮的感受，當目光低垂看向草地，便是看見遍地斑斑光點的整體感受。此刻的我，為了不讓這些令人感到愉悅的整體感受有任何流失，我想保持每一片葉子進入視線範圍後的獨立意象跟其他意象之間的區別不要互相混淆，追隨它在空中飛舞，而後落在草地上。大介先生的認可鼓勵我不要輕易放棄這個假設。「或許，」我看著彷彿一把黃色小小摺扇、葉緣為鋸齒狀的銀杏葉說。「我可以在對每一片落葉的感受中，再區分出對每片樹葉裂片的感受。」對我這個想法，大介先生沒有表達意見。他之前幾次沉默提醒了我不要省略未經驗證的流程倉促提出任何假設。我謹記教誨，開始專心捕捉瞬間顯現的細微感受，其純粹狀態在那當下尚未混入普遍印象。

大介先生的么女真紀子來奉茶，她的動作一絲不苟，優雅中帶有稚氣。當她低下頭，我看見她高高梳起的髮絲下方裸露的頸項處，有細細的黑色汗毛彷彿繼續往背脊延伸。我看得專心的同時，察覺大介先生盯著我看觀察我。他想必知道我在他女兒的頸項上練習區隔感受。我沒有移開目光，因為那白皙肌膚上的柔軟絨毛不由分說地掌控我的感受，其實大介先生只要說一句話就能轉移我的注意力，但是他沒有這麼做。真紀子很快就結束奉茶，站起身來。我看著她嘴唇上方的一顆痣，在左上方，類似剛才那樣的感受再度出現，但比較微弱。一時之間真紀子侷促不安地看了我一眼，隨即低眉垂目。

下午發生的事讓我難以忘懷，雖然我知道，聽起來不過是一件小事。我們在北邊一個小湖湖畔散步，我、宮城夫人和真紀子一起，大介先生拄著一支長長的白楓木手杖，獨自一人走在前面。湖泊中央有兩朵秋天盛開的豐腴睡蓮，宮城夫人說她想摘下那兩朵花，一朵給自己，一朵給女兒。宮城夫人總是一副鬱鬱寡歡、略顯疲憊的模樣，但是骨子裡的固執讓我懷疑她與丈夫長久以來婚姻關係不睦的傳聞中，她未必單純是受害者。老實說，大介先生用冷漠疏離和宮城夫人的頑固堅持較勁，我不知道最後是誰占上風。至於真紀子則老是嘻嘻哈哈、心不在焉，那是生長在家裡衝突不斷的孩子與身處環境抗衡的防禦武器，如今她又把成長過程中隨身攜帶的這個武器拿來對抗陌生人的世界，彷彿是用未臻成熟、稍縱即逝的內心喜悅當作掩護的盾牌。

我跪在湖畔的石頭上，整個人傾身向前抓住水面上離我比較近的那朵睡蓮後輕拉，小心翼翼避免扯斷，讓整株植物漂向湖畔。宮城夫人和她女兒也跪下來伸長了手，準備在睡蓮拉近到一定距離的時候將花摘下。湖畔地勢低又傾斜，為了保險起見，她們一人一邊趴在我的肩膀上才伸出手，我突然感覺到在手臂和背脊之間，在第一根肋骨的高度，有一個明確的點狀接觸，不，兩個點狀接觸，一個在左一個在右。真紀子小姐那邊的硬挺緊繃，像一個按鈕，宮城夫人那邊的則若有似乎，輕撫掠過。我意識到在並無惡意且極為難得的情況下，女兒的左邊乳頭和母親的右邊乳頭同時擦過我的後背，我只能集中所有力量以留住這意外的接觸，並好好體會同時出現的兩種感受，區辨比對兩種風情。

「撥開葉子，」大介先生說。「花梗就會朝你們手邊彎過來。」他站在我們三人摘花小組後面，手上拿的那支長手杖可以輕而易舉把睡蓮勾到湖畔，但是他只開口建議她們做那個動作，延長了她們壓在我身上的時間。

宮城和真紀子就快要抓住那兩朵睡蓮了。我心中動念，想著拉最後一下的時候，我如果抬高右手肘後立即往身側收進來，就可以將真紀子小巧緊實的乳房整個夾住。然而就在成功抓住睡蓮的瞬間，我們的動作順序全亂了，因此我的右手臂什麼都沒夾住，而我的左手鬆開睡蓮之後往後一放，碰到了宮城夫人似乎準備好接納並挽留我的小腹，軟綿的顫動傳送到我全身，剎那啟動了後續發展難以預料的故事。這部分容我之後再說。

我們再度經過銀杏樹下，我對大介先生說我思索落葉紛飛，真正重要的不是感受每一片樹葉，而是樹葉與樹葉間的距離，隔開樹葉的空隙。我覺得我有所領悟的是：感受大範圍的無感其實是短暫集中局部感覺靈敏度的必要條件。就像背景寂靜無聲對音樂而言是必要的，唯有如此才能襯托突顯樂音。

大介先生說就觸感而言確實如此，聽到他的回答我很訝異，因為我告訴他我對銀杏葉的觀察心得時，心裡想的正是之前跟他女兒和妻子的身體接觸。大介先生沒有任何異狀繼續談觸感，彷彿我一直以來論述的就是這個話題。

為了轉移話題，我試著將小說閱讀拿來做比對，小說敘事節奏平穩、語氣和緩，可以突顯細膩且明確的感受進而喚醒讀者的注意力。不過小說的情況是閱讀句子時一次只能有一種感受，可能是單一感受或是整體感受，而視覺和聽覺涵蓋範圍遼闊，可以同時間記錄豐富且繁複的各種感受之總和。小說固然試圖傳遞各種感受，但讀者的感受力相對而言十分有限，原因之一是讀者往往粗心大意匆匆看過，或忽略文本裡面某些線索和意圖，原因之二是因為永遠有很重要的東西無法用文字表達，其實，小說沒說的肯定比說的多，唯有寫出來的文字散發特殊光暈才能讓讀者產生幻覺誤以為也能看到那沒有寫出來的。對我這些想法，大介先生保持沉默，每次我說太多，或最後夾纏不清說不出所以然的時候，他總是如此反應。

後來那幾天我發現我常常獨自一人跟那對母女待在家裡，因為大介先生決定親自去圖書館完成原本由我負責的研究工作，讓我留在他的書房整理堆積如山的各種資料表格。我擔心他恐怕聽說了我跟川崎教授面談一事，猜到我打算離開他門下，投身能保證我未來前景的學術圈。長時間待在大介先生羽翼庇護下對我並無益處，我聽過川崎教授助理對我冷嘲熱諷的評語，他們可不像我的同門跟其他流派完全不往來。可想而知，大介先生之所以想要讓我足不出戶待在他家裡是為了阻止我振翅高飛，同時箝制我的思想自由，就像他之前對其他門生做的那樣。我們已經淪落到互相監視、為了任何一件挑戰老師絕對權威的小事就互相舉發的地步。我得盡快做出決定，好向大介先生辭別。我之所以一再拖延不過是因為這幾天早上他外出不在家的時候，我心中覺得特別雀躍，雖然這對我的工作有害無益。

但我這幾天工作的確常常分神。我會找各種藉口到其他房間去，期待遇到真紀子，看見在一天之中不同情境下她的真實樣貌。然而我更常遇到的是宮城夫人，我會跟她聊一聊（或許只是開開刻薄玩笑，即使難掩心酸），也是因為跟母親談話的機會比跟女兒談話的機會容易得多。

晚餐時分，我們圍著一鍋熱騰騰的壽喜燒而坐，大介先生審視我們的臉龐彷彿上面寫著那一天的祕密，我覺得我被彼此連結的各種欲望織成的一張網籠罩，但在欲望沒有一一得到滿足之前我並不想掙脫。於是我就一週又一週遲遲未能決定離開大介先生和這個報酬低又沒有前景的工作，我也明白困住我的那張網是他，是大介先生，他在一縷一縷收緊這張織網。

秋日靜謐。十一月滿月前夕的一個下午，我和真紀子聊起觀賞高懸樹梢枝椏上月亮最適合的地方。我堅持樹下花叢間，因為遍地落葉可以反光，讓月光發散成懸空的流光。我這麼說的意思很清楚，跟真紀子那天晚上在樹下相約。但是她說更喜歡湖畔，因為在乾冷季節，映照水面的月亮輪廓清晰，不似夏夜常有薄霧氤氳。

「好，」我連忙應和。「我等不及和你在湖畔共賞明月升起。再說，那個湖泊能喚醒我記憶中的微妙感受。」

或許在我說出那句話的時候，記憶中浮現真紀子乳房的觸感過於鮮活，以至於我的聲音過於高亢，讓她有所警覺。真紀子皺起眉頭，沉默不語。為了能夠繼續沉浸在戀愛美夢中，企圖消解尷尬氣氛的我一時衝動用嘴巴做了一個輕浮的動作：張口做咬人狀。真紀子本能往後退，還露出疼痛的表情，彷彿某個敏感部位真的被人咬了一口。但她很快恢復正常走出房間，我尾隨在後。

宮城夫人就在隔壁房間，坐在榻榻米上，專心地將秋季的花卉扶枝插入花器中。我彷彿夢遊般一直往前走，等到發現她匍匐在我腳邊才醒過來，差點踩到她又踢翻花材的我連忙站住。真紀子的舉動讓我突然感到很興奮，宮城夫人對我這個狀態應該有所察覺，因為我腳步凌亂才會差點撞到她。總而言之，她連頭都沒抬，就拿手上正在擺弄的茶花揮向我，似乎要拍打我或推開碰到她的我，或是跟我鬧著玩，用貌似鞭笞的輕撫來撩撥我，刺激我。我伸手想要挽救被弄散的那盆花，原本在插花的她也伏身往前，結果一陣混亂中我的手竟伸進了她的和服和赤裸肌膚之間，掌心緊緊握住柔軟溫暖的長圓形乳房，而夫人的手則從櫸木枝間伸向我的陰莖，神情自若、堅定不移地握住它後，將它從衣物中掏出，彷彿準備修剪枝葉。

宮城夫人的乳房最讓我感到興味盎然的是那一圈突起，小巧而濃密，散布在乳暈環形區內，靠近外緣較密集，還有一些則延伸到乳尖處。這些突起很可能掌管了宮城夫人較敏銳的感知力，這個假設不難驗證，我只要以每次間隔大約一秒鐘的頻率輕壓某些特定突起，再比對乳頭的直接反應和她整個人的間接反應就能知道；我的反應也是如此，因為她的敏感度和我的敏感度之間顯然建立了一種互相依存的關係。我不僅用指腹進行這個微妙的觸感探索，還用我的陰莖在她乳房上畫圈摩擦的方式進行，因為我們碰撞在一起的姿勢正好可以讓我們不同的性感帶互相撫觸，也是因為她不但表現出喜歡和順從的樣子，同時專斷地主導了一切。有時候我的皮膚，主要是陰莖的莖身，尤其是前端突出的部位，會有很特別的點狀和帶狀感受，從極度愉悅到舒適到搔癢到疼痛，自然也有點狀和帶狀的弛緩和遲鈍感。我的和她的敏感帶或超級敏感帶末梢的意外或蓄意撫觸引發一連串各種不同反應，對我們兩人來說要一一列舉並不容易。

我們正專心投入這場體驗的時候，真紀子的身影突然出現在拉門門口。顯然她一直在等我追上去，但現在她知道是什麼事讓我止步了。她反應過來立刻轉身就走，但我依然注意到她換了衣服：她脫下原先那件貼身毛衣，穿上一件似乎無法合攏的絲質晨褸，只要她內部壓力一綻放就會鬆開來，只要受她光滑肌膚蠱惑迫不及待一撲上去，便會順著她的光滑肌膚滑下來。

「真紀子！」我喊她的名字，我想跟她解釋（但我真不知道該從哪裡解釋起）她看到我跟她母親的這個狀態純屬陰錯陽差，讓我原本明明白白奔向真紀子的欲望之流在半途轉向。此刻欲望被那件敞開或等待被敞開的絲質晨褸重新激發，如同在一場獻祭中獲得滿足，眼睛看著真紀子的身影、肌膚與宮城夫人相親的我即將被快感淹沒。

宮城夫人應該有所察覺，她抱住我的肩膀拖著我跟她一起倒在榻榻米上，躺在下面的她整個人快速扭動，用她濕濡的勾人的下體磨蹭我的，然後像吸盤一樣將我直接吸了進去，削瘦的赤裸雙腿纏住我的腰。宮城夫人的動作靈活敏捷，穿著白色棉襪的雙腳在我的骶骨上交疊，像鉗子一樣緊緊夾住我。

真紀子聽見我呼喚她的名字。紙拉門後面那個女孩跪在榻榻米上的剪影伸長了脖子，她表情扭曲的臉從門框邊探出來，呼吸急促，嘴巴微開，瞪大眼睛看著她母親和我交纏扭動，既著迷又厭惡。門後面不是只有她一人。走廊另一側，有一個男人動也不動地站在另一扇拉門旁。我不知道大介先生在那裡多久了。他目不轉睛看著的不是他的妻子和我，而是看著我們的他的女兒。他冰冷的目光，他緊抿的嘴唇反映的是他女兒目光中映照的宮城夫人的痙攣抽搐。

他知道我在看他。他沒有離開。那一刻我明白他不會阻止我，也不會趕我離開，他永遠不會提及此事，也不會提及其他可能發生並重複發生的事。我明白他的縱容並不代表我爭取到任何權力，我照樣必須屈服順從。這個祕密讓我受制於他，而不是他受制於我：我永遠不會對任何人吐露他此刻親眼目睹的事，否則我勢必得承認我有多麼失禮。

事到如今，我該怎麼辦？我注定要在這個誤會中越陷越深，因為真紀子認定我是她母親的眾多情人之一，而宮城夫人則知道我眼裡只有她女兒，她們兩人都想讓我付出慘痛代價，學術圈內快速散播的流言蜚語在我同門門生的惡意加油添醋助長下，不但可以為老師的別有用心效力，也會讓我在大介先生家的所有刻苦努力都被抹煞，讓我原先寄望能讓我改變現狀的那些大學教授眼中的我信用破產。

即便情況棘手，但我依然成功集中精神將宮城夫人性器官擠壓我性器官的一般感受，隨著我的抽動和她的收縮痙攣，慢慢細分成我的和她的單點局部感受。這個操作不但讓我得以延長觀察所需的必要狀態，也因為明確區分出不敏感或不完全敏感時刻，得以避免過早到達最終臨界點，同時又能大幅加強在那個時間和空間裡突如其來、無法預測的快感刺激。「真紀子！真紀子！」我在宮城夫人耳邊呻吟，斷斷續續地將那極度敏感的瞬間和她女兒的意象、我想像她可能會挑起我各種無法比較的感受做連結。為了不讓我的反應失控，我心裡想著那天晚上我要對大介先生說的話：銀杏樹落葉紛飛的特色在於每一刻每一片落葉都跟其他落葉在不同高度，因此視覺感受所及的空曠不敏感空間可以被細分為一個個平面，而每一個平面裡都有一片，而且只有一片落葉在迴旋。

第九章

你扣好安全帶。飛機即將降落。飛行跟旅行相反，你穿越一個斷裂的空間，消失於虛空之中，有一段時間你不存在於任何地方，而那段時間也是一種虛空。之後你再度出現，你出現的地點和時間跟你消失的那個地點和時間沒有任何關聯。這段時間裡你做了什麼？沒有了世界的你在沒有你的世界裡該如何自處？閱讀。從一個機場到另一個機場，你的眼睛沒有離開過書，因為書本以外是一片虛空，是無名轉運站，是容納你且給養你的金屬子宮，是永遠不同又永遠相同的成群過客。還不如透過千篇一律整齊劃一的印刷文字完成另一趟抽象旅程，也是因為書召喚名字的力量讓你相信你正在飛越某個東西而不是在虛空中飛行。你知道需要一定程度的放空才有可能將自己託付給那些並不可靠、操作粗糙的機械裝置，或許由此證明你有被動、退化、不成熟依賴心理的傾向。（不過你在思索的是飛行、旅行還是閱讀？）

這個裝置即將降落，你還沒看完高久的《在月光映照的落葉地毯上》。走在空橋上、乘坐機場巴士、排隊等待通過移民署護照查驗和海關的時候你都在看書。你拿著書一邊看一邊前進，直到有人把你手中的書抽走，彷彿布幕被拉開，你才看到面前有一排警察全副武裝，真皮子彈帶、自動步槍，還有金色老鷹胸章和肩章。

「我的書……」我哀號，像小孩一樣向閃閃發亮的扳機和槍口組成的威權人牆伸出軟弱無力的手。

「沒收，這本書不得帶入阿塔圭塔尼亞境內。這是禁書。」

「怎麼會……？談秋天落葉的書是禁書……？什麼道理……？」

「這本書在禁書書單上。我國法律如此，您有什麼意見？」他從這一句到下一句，從這個音節到下個音節，語氣迅速地從冰冷轉換為粗暴，從粗暴轉換為恫嚇，從恫嚇轉換為威脅。

「我只是……我就快看完了……。」

「算了，」我後面的人低聲跟我說。「別跟這些人多說。別捨不得那本書了，我也有一本，我們等下聊聊……。」

那是一個自信滿滿的女性旅客，長褲打扮的她身形瘦高，戴眼鏡，行李大包小包，等待護照查驗的時候一副習以為常的樣子。你認識她嗎？就算你認識她，也要假裝不認識，顯然她不想讓別人看見她跟你說話。她對你示意讓你跟著她，別跟丟了。機場外她坐上一輛計程車，示意你坐另一輛跟著她走。她坐的計程車開到空曠處停下，她帶著她所有行李下車後坐上你的車。要不是她頭髮極短，還戴了一副粗框眼鏡，你覺得她根本就是羅塔莉亞。

你試探問道：「你是……？」

「柯莉娜，叫我柯莉娜。」

她在幾個袋子裡翻找，拿出一本書給你。

「不是這本。」你看到封面書名是《空墓遺事》，作者卡利斯托・班德拉也沒聽過。「我被沒收的那本書作者是高久。」

「這就是那本書。在阿塔圭塔尼亞，書得用假封面才能在市面上流通。」

這時候計程車全速駛入塵土飛揚的市郊，你忍不住翻開書確認柯莉娜所言是否屬實。見鬼了。這本書你從來沒看過，根本不是日本小說。故事開頭是一個男人在遍地龍舌蘭的高原上騎馬，還有名為黑美洲鷲的猛禽在空中翺翔。

「何止封面是假的，」你說。「連內容都是假的。」

「你想也知道，」柯莉娜說。「偽造工程一旦啟動就煞不住車。這個國家所有可以偽造的都被偽造了：美術館裡的畫、金條、公車票。反革命分子和革命分子對壘也常有假動作，以至於再也沒有人有把握哪個是真哪個是假，政治警察會偽裝成革命黨，革命黨也會喬裝打扮成警察。」

「誰從中獲利？」

「很難說。要看誰比較懂得利用自己和對方的偽裝造假，是警方，或是我們組織。」

計程車司機豎起耳朵聽。你對柯莉娜做了一個手勢讓她說話別太大意。

她說：「別怕，這輛計程車是偽裝的。我比較擔心後面跟著我們的那輛計程車。」

「那輛是真的還是假的？」

「肯定是假的，但我不知道是警方的還是我們自己人的。」

你轉身瞄了一眼。「天啊，」你驚呼一聲。「還有另外一輛計程車跟在第二輛計程車後面……。」

「很可能是我們的人在監控警察行動，但也有可能是警察在跟蹤我們……。」

第二輛計程車加速超過你們，停車，幾個全副武裝的男人跳下來叫你們下車。「警察！你們被逮捕了！」你、柯莉娜和你們的司機三個人都被戴上手銬、押入第二輛計程車。

柯莉娜神色自若，面帶微笑跟警察說：「我是葛楚德，他是我朋友。請帶我們去指揮部。」

你瞠目結舌？柯莉娜—葛楚德用你的語言低聲對你說：「別怕，他們是假警察，實際上是自己人。」

你們的車剛啟動，第三輛計程車就擋住去路。又有幾名全副武裝的蒙面男人下車，將剛才幾名警察繳械後，解開你和柯莉娜—葛楚德的手銬，把警察銬起來，把你們趕上第三輛計程車。

柯莉娜—葛楚德看似毫無異狀。「謝啦，朋友。」她說。「我是英格麗，他是我們自己人。你們要帶我們去總部嗎？」

「你閉嘴！」看起來像是隊長的那個人說。「少跟我裝瘋賣傻！你們是我們的人質，得把你們的眼睛矇起來。」

你腦袋一片空白，而且柯莉娜─葛楚德─英格麗還被帶到另一輛計程車上。等你終於可以再度使用手腳和眼睛，你發現自己在警局或軍營的辦公室裡。穿著制服的值勤人員給你拍了正面和側面照，還讓你蓋了指印。有一名警官開口叫人：「阿芳希娜！」

你看見葛楚德─英格麗─柯莉娜走進來，她也換了一身制服，將一份需要簽名的文件夾交給那名軍官。

你看著你所有東西被送到這個和那個辦公桌上，一名警察接管了你的證件，另一名警察接管了你的錢，還有一名警察接管了你的衣服，換成一件囚犯制服。

「所以這是陷阱嗎？」英格麗─葛楚德─阿芳希娜趁著值勤人員轉身走到你身邊，你開口問她。

「革命分子中有反革命分子滲透，害我們中了警察埋伏。幸好警察中有很多臥底的革命分子，他們假裝認出我是這個指揮部的工作人員。至於你，他們會送你去一個假監獄，或是真監獄，不過管理監獄的人是我們不是他們。」

你無法不想起馬拉那。除了他還有誰能想出這樣的運作機制？

「我覺得我好像認得你們領導的風格。」我對阿芳希娜這麼說。

「領導是誰不重要，他有可能是假領導，假裝為革命付出但實際上真正的目的是幫助反革命勢力，也或者他檯面上為反革命勢力工作，但他相信他這麼做能為革命勢力打開一條路。」

「你跟他合作？」

「我的狀況不同。我是臥底，我是滲透到偽革命分子陣營裡面的真革命分子。但是為了不被揭穿，我必須假裝是潛伏在真革命分子之間的反革命分子。但我確實是真革命分子，我雖然受警方指揮，但那些不是真警察，因為我聽令於潛伏在反革命分子臥底人員之中的革命分子。」

「意思是說，這裡所有人都是臥底，從警察到革命分子都是。那你們要如何分辨誰是什麼誰不是什麼？」

「要看每一個人是被哪些臥底策動去臥底的。更重要的是得知道誰滲透到那位臥底人員中間。」

「你們會奮戰到最後一滴血，即便知道沒有人是他自己說的那個身分？」

「那有什麼關係？每個人都應該扮演好自己的角色直到最後。」

「那我扮演的是什麼角色？」

「你別急，再等等。繼續看你的書吧。」

「哎！他們釋放我的時候，不，他們逮捕我的時候我把書弄丟了……。」

「沒關係，你要去的那個監獄是示範監獄，附設圖書館有最新出版的圖書。」

「包括禁書？」

「禁書不放在監獄裡，還能放在哪裡？」

（你到阿塔圭塔尼亞來是為了尋找偽造小說的那個人，結果在這個生活中每件事都是仿冒品的體系裡你變成了階下囚。或是應該說，你決定追隨探險家馬拉那的腳步深入安地斯山脈高原的森林大草原，在尋找大河小說源頭的時候迷路，闖入擴建範圍到跟星球一樣大的監獄式社會裡，迫使冒險只能在沒有任何變化的狹窄走道裡進行……。男性讀者，這還是你的故事嗎？你出於對魯德米拉的愛踏上的這條路把你帶離她好遠，再也看不見她。如果她不再引導你，你只能將自己託付給與她相反的那個鏡像：羅塔莉亞……

問題是那真的是羅塔莉亞嗎？「我不知道你在生誰的氣。你說的那些人我都不認識。」你每次想告訴她之前發生的事，她都這麼回答你。或許是因為她的地下身分讓她必須這麼做？說真的，你對她的真實身分毫無把握……。她是假的柯莉娜，還是假的羅塔莉亞？你唯一肯定的是她在你的故事中扮演的角色跟羅塔莉亞很像，所以羅塔莉亞這個名字對應的就是她，你沒辦法用其他名字叫她。

「你想否認你有一個妹妹？」

「我是有一個妹妹，但這跟她有什麼關係？」

「她喜歡看人物心理焦躁不安又複雜的小說？」

「我妹妹總是說她喜歡的小說要能感受到自然的、原始的力量，大地的力量。她確實是這麼說的：大地的力量。」）

「您因為一本書有缺漏，指控監獄圖書館失職。」坐在高桌後面的長官對你說。

你鬆了一口氣。自從獄卒來你的牢房叫你，帶你穿過走道、下樓、經過地下室、上樓、穿過候客室及辦公室，焦慮讓你全身發冷哆嗦。結果，他們只是想要回應你對卡利斯托·班德拉的《空墓遺事》這本書的指控！你不再焦慮，取而代之的是當你看到手中那本書封面脫落、只有二十多頁裝訂鬆脫破損書頁的惱火。

「我是提出了指控沒錯！」我說。「你們自詡為示範監獄的模範圖書館，結果有人要借一本登錄在圖書目錄裡的書，卻找到一堆廢紙！我想請問你們這樣要如何對受刑人進行再教育！」

桌子後面的那個人慢慢摘掉眼鏡，沮喪地搖了搖頭。「我無法受理您的指控，這不在我的職權範圍內。我們辦公室雖然跟監獄和圖書館有密切往來，但是處理的都是比較重大的問題。我們派人請您來，是因為知道您是小說讀者，而我們需要有人提供諮詢。維安單位，包括軍隊、警察、司法部門，總是很難判斷一本書該禁或該放行，一方面沒有時間大量閱讀，一方面對於從美學、哲學角度做評斷不大有把握……喔，別擔心，我們無意強迫您協助我們進行審查工作。現代科技能快速、有效地減輕我們的工作負擔。我們有機器可以閱讀、分析，並且評斷所有書面文字。不過我們需要對這些儀器設備的可信度作管控。您在我們的檔案資料中是符合平均水準的一位讀者，而且我們知道您看過卡利斯托·班德拉的《空墓遺事》，雖然沒有看完。我們覺得應該拿您閱讀這本書的看法和電子閱讀器的結果作個對照。」

他帶你進入機房。「這位是我們的程式設計師希拉。」

站在你面前，身穿白襯衫、釦子扣到脖子的人是柯莉娜—葛楚德—阿芳希娜，她正在幫金屬外殼光亮，很像洗碗機的一臺機器充電。長官說：「這個記憶體裡面儲存了完整的《空墓遺事》。終端是一臺印表機，如您所見，可以把整本小說從頭到尾一字不漏地複製出來。」一臺長得很像打字機的東西以機關槍掃射的速度將一長串滾筒紙吐出去，上面滿滿都是冷冰冰的大寫字母。

「既然如此，如果您同意，我想利用這個機會把我之前沒看完的章節看完。」你一邊說一邊輕撫過密密麻麻如流水般綿綿不絕的文字，你認出陪伴你度過監禁時光的那本書。

「請便。」長官說。「接下來就麻煩希拉，她會負責輸入我們需要的程式。」

男性讀者，你找到了你尋尋覓覓的那本書，現在你可以從中斷的地方繼續往下讀。笑容重新回到你的嘴角。但是你覺得這個故事會這樣發展下去嗎？不，不是小說故事，是說你的故事！你要被動地被這個故事拖著走到什麼時候？你投入的是一個充滿冒險精神的行動，結果呢？你的角色縮減成記錄別人的決定，逆來順受，捲入不受你控制的事件中。你的主角身分有什麼用？你如果繼續玩這個遊戲，表示你也成為這個全民造假的幫凶。

你抓住她的手腕。「別再裝了，羅塔莉亞！你要讓自己被這個警察極權政府操控多久？」

這一次希拉—英格麗—柯莉娜不再掩飾她的心煩意亂，掙脫了你的手。「我不懂你在控訴誰，我也不知道你在說什麼。我的策略很清楚，反動勢力必須潛伏到強權者的運作機制中才有可能推翻它。」

「然後再複製一個一模一樣的！羅塔莉亞，你再裝下去也沒用！就算你脫掉一件制服，裡面永遠還有另一件制服！」

希拉挑釁地看著我。「脫掉……？你可以試試看……。」

你決定不再袖手旁觀，你不能再退縮。你伸出顫抖的手解開程式設計師希拉的白襯衫釦子，發現下面是阿芳希娜的警察服，你扯開阿芳希娜制服的金色釦子，發現柯莉娜的連帽登山外套，你拉開柯莉娜的外套拉鍊，看到英格麗的胸章……。

她自己把剩下的衣服脫光，露出如香瓜般堅挺的乳房、微凹的胃、突出的肚臍眼、微凸的小腹、貌似削瘦實則豐滿的臀部、驕傲的陰部和一雙結實修長的腿。

「這樣呢？這也是制服嗎？」希拉大聲抗議。

你愣住了。「不，這個，不是……」你嘟嘟囔囔地說。

「當然是！」希拉大吼。「身體是制服！身體是武裝民兵！身體是暴力！身體是權力主張！身體在作戰！身體就是主體！身體是目的不是工具！身體有意義！會說話！會嘶吼！會抗議！會顛覆！」

希拉—阿芳希娜—葛楚德一邊說一邊撲向我，扯掉我身上的囚犯制服，我們赤裸的四肢在電子記憶機臺下面糾纏。

男性讀者，你在做什麼？你不抵抗？不逃？你還投入……呵，你也撲向她……。你是這本書的第一男主角，沒錯，你以為這樣你就有權利跟所有女性角色發生肉體關係？就這樣，不用做任何準備……。你跟魯德米拉的故事難道不足以為情節發展增添愛情小說的熱情和美好？你何須跟她姊姊（或你認為是她姊姊的人），跟這個羅塔莉亞—柯莉娜—希拉也發生關係，更何況她對你的態度一點都不友善……？可想而知你要搏版面，畢竟連續好幾頁你只能被動地跟著事件發展走，但是用這種方式好嗎？或是你想說這個情況也不是你情願的？你很清楚這名女子很理智，她想的都要付諸實行而且做到極致……她想要展現給你看的是一種意識形態，不是別的……這一次你怎麼會如此輕易就被她的論點說服呢？你要小心啊，男性讀者，這裡的所有一切都不是表面上看到的那樣，這裡所有一切都有兩面……。

照相機重複的閃光和快門聲貪婪地捕捉你們交疊抽搐的白色赤裸肉體。「亞歷桑德拉上尉，你又被拍到光溜溜地躺在囚犯懷裡！」那個隱形的攝影師告誡她。「這些照片會為你的個人檔案增色不少……。」那個聲音冷笑走遠。

阿芳希娜—希拉—亞歷桑德拉站起來，穿上衣服，絲毫不在意。「一天到晚找我麻煩。」她嗤之以鼻。「同時為兩個對立的情報組織工作就是不方便，兩邊都會一直想辦法勒索你。」

你也想站起來，卻發現自己被印表機吐出來的滾筒紙串纏裹住：小說開頭在地上伸懶腰彷彿一隻想要玩耍的貓。現在是你自己的故事在高潮中斷，或許此時此刻你之前看的小說願意讓你看到最後……。

心不在焉的亞歷桑德拉—希拉—柯莉娜重新開始對付那些按鈕。她又變回那個孜孜不倦、做什麼都奮不顧身的樣子。「怎麼回事，」她自言自語。「這時候應該全都印完了才對……是哪裡有問題？」

你發現葛楚德—阿芳希娜今天有點緊張，她可能按錯某個按鈕。卡利斯托．班德拉書中依序排列的文字原本保存在電子記憶體裡，隨時可以叫出來，卻在磁路消磁的瞬間中被刪除。多彩的線路將散開的字切割成顆粒：這這這這、的的的的、從從從從，那那那那，根據各自出現頻率排列。書碎裂了，解體了，無法再重組，宛如被風吹散的沙丘。

空墓遺事

禿鷹展翅飛起的時候代表黑夜將盡，這是我父親告訴我的。我聽到夜空中翅膀笨重的拍打聲，看著牠們的黑影遮蔽了蒼白星辰。禿鷹起飛時有點吃力，半天才離開地面，離開灌木叢陰影，彷彿直到騰空翱翔後，羽翼才確認自己是羽翼而非多刺的荊棘。禿鷹飛離後，星星再度現身，現在變成了灰色，天空則是青色。拂曉已至，我騎馬走在荒涼山路上朝奧奎達村方向前進。

「納丘，」我父親說。「等我一死，你就騎我的馬，帶著我的卡賓槍和三天的乾糧出發，沿聖伊雷內歐山上乾涸的河床走，直到看見奧奎達村梯田上方升起的煙靄為止。」

「我為什麼要去奧奎達村？」我問他。「誰在那裡？我要去找誰？」

我父親說話的聲音越來越微弱且緩慢，他的臉色漸呈黑紫。「我要告訴你我埋藏多年的祕密……事情說來話長……。」

我父親快要嚥下他臨終前最後一口氣，而我向來知道他很容易離題，一段話說得七零八落，廢話連篇，穿插、倒敘，我擔心他永遠說不到重點。「父親，你說快點，告訴我到了奧奎達村之後要去找誰……」

「你母親……你不認得你母親，她住在奧奎達……從你還在襁褓時，你母親就沒見過你……」

我知道他臨死前會跟我說我母親的事。他早該告訴我，我從小到大都不知道我母親長什麼樣子，也不知道生下我的她叫什麼名字，更不知道他為什麼將還未斷奶的我從母親懷抱中搶走，帶著我跟他一起流浪居無定所。「我母親是誰？告訴我她的名字！」他跟我說過很多我母親的故事，當年的我不厭其煩追問，但是他說的都是瞎編的，無中生有，每一次說的都不一樣：一下說她是可憐的乞丐，一下說她是開著紅色轎車四處旅行的異國女子，一下說她是隱修院的修女，又說她是馬戲團的馴馬師，或是她在生我的時候難產死了，要不然就是在大地震中失蹤無音訊。所以有一天我下定決心再也不問，等他自己願意告訴我。結果我剛滿十六歲，父親就染上黃熱病。

「讓我從頭說起。」他氣喘吁吁。「等你去到奧奎達村，你要說：『我是納丘，堂・阿納斯塔斯歐・札莫拉的兒子』，你會聽到很多事，關於我的事，那些都不是真的，是誹謗，是汙衊。我希望你知道……」

「名字，我母親的名字，快說！」

「我現在就是要告訴你，也該是時候讓你知道……」

不，時候沒到。在我父親說完不知所云、拖拖拉拉的開場白後，他的嘮叨結束在死前嘎嘎作響的喉音中，然後徹底沒了氣息。此刻騎馬摸黑走在聖伊雷內歐山陡峭路段的年輕人，依然不知道他要去跟誰團聚。

走在乾涸河床這一側的山路上可以居高臨下俯瞰峽谷。拂曉天光還高懸在參差不齊的樹林剪影上方，彷彿在我眼前展開的不是新的一天，而是所有日子開始前的那一天，「新」是指當一日就時間意義而言還是新概念的時候，就像人類明白什麼是一日的那個第一天。

當天色大亮足以看見河床對岸的時候，我發現那邊也有一條路，也有一個男人騎著馬與我往同一個方向平行前進，他肩上背著一支步槍。

「欸！」我叫他。「我們離奧奎達村還有多遠？」

他連頭都沒有轉過來看我。不對，比那樣更糟。他一聽到我的聲音就轉過頭來（我差點誤以為他是聾子）但立刻又轉回去直視前方，繼續策馬前進，完全沒有回答我也沒有跟我打招呼的意思。

「欸！我在跟你說話！你是聾子還是啞巴？」我放聲大喊，但是他繼續隨著他那匹黑馬的步伐在馬鞍上前後搖晃。

不知道我們隔著河床所在的陡峭峽谷，在黑夜裡並排而行經過多久。我原以為聽到的是我的坐騎馬蹄聲在峽谷中迴盪，再從對岸岩石反彈回來的不規則回音，實際上是他坐騎的馬蹄躂躂聲整夜陪著我。

這個年輕人虎背熊腰，頭上戴著一頂破草帽。我被他冷冰冰的態度惹火，用馬刺催促我的坐騎加速超過他，不用再看到他。剛剛超越他的我不知道為什麼沒忍住回頭去看他，竟見他卸下肩膀上那支步槍舉高似乎瞄準我。我立刻伸手握住插在馬鞍槍套上的卡賓槍槍托。他又把槍背回肩上，彷彿什麼事都沒有發生。從那一刻起，我們隔著河岸同步而行，互相監視，不輕易將後背暴露給對方。他坐在馬背上的行進速度是由我的馬所控制，他應該心裡有數。

故事決定他為登山才裝上馬蹄鐵的坐騎必須緩緩踏步前進，走向一個承載了過去和未來祕密的地方，那個地方的時間就像掛在他馬鞍鞍頭上的繩索一樣環環纏繞。我知道這條帶我去奧奎達村的漫漫長路，會比我到達塵世盡頭那個村落後繼續往下走到人生盡頭的那條路短很多。

「我叫納丘，堂．阿納斯塔斯歐．札莫拉的兒子。」我對背靠教堂墻壁而坐的那個印地安老人說。「我家在哪裡？」

「說不定他知道。」我心裡這麼想。

老人睜開跟火雞一樣滿是疙瘩且泛紅的眼，從斗篷下伸出一根手指頭，像用來生火的枯枝般的手指頭，指向阿瓦拉多宮，那是用爛泥巴建起來的奧奎達村中唯一一棟宮殿建築：巴洛克風格的立面出現在那裡應該是一個錯誤，如同被棄置的劇場舞臺布景。數百年前，大概有人以為這是一個遍地黃金的國度，等他發現自己錯了，這棟剛剛興建好的宮殿就開始慢慢走向它衰敗的命運。

我跟在負責照顧我坐騎的那名僕役後面經過不少地方，我們應該是越走越裡面，而我卻覺得越來越格格不入。我們從一個中庭走到另一個中庭，彷彿這座宮殿裡所有門都是為了讓人離開，從來不是為了讓人進入。故事應該要給人一種我第一次來，或是我曾經來過，但是這些地方在我記憶中沒有留下回憶只留下空白，以至於我十分迷惘的感覺。此時此刻，我眼前這些畫面試圖重新填滿那些空白，卻在出現的剎那就沾染上遺忘夢境的顏色。

中庭一個接一個。第一個中庭裡掛滿了需要拍打灰塵的地毯（我在記憶中搜尋奢華府邸中搖籃的畫面），第二個中庭裡堆滿一袋袋的紫花苜蓿（我試著喚醒童年時期某間農業合作社的回憶），第三個中庭裡有隔成一間間的馬房（所以我是在馬廄出生的？）。現在應該是日正當中，可是故事卻被陰影籠罩沒有放晴的跡象，沒有傳遞出任何讓清晰圖像更完整的視覺想像訊息，除了含糊聲音和沉默歌聲，並未描述說話內容。

諸多感覺在第三個中庭開始越來越明確。先是氣味、味道，然後是聚集在安娜克雷塔・伊格拉斯偌大廚房裡不分老幼印地安人被火光照亮的臉龐，他們的皮膚光滑無毛，可能是因為年邁或年少，說不定我父親還在這裡的時候他們已經老朽，或許他們是我父親同輩的子女，此刻看著我父親的兒子彷彿他們的父親看著他，那個某天早晨騎著馬帶著卡賓槍出現在這裡的外地人。

在黑色爐竈和紅色火焰的背景襯托下，一名披著赭色和粉紅色相間毛毯，身材高大的女子身影格外顯眼。安娜克雷塔・伊格拉斯為我做了一盤辣肉丸。「吃吧，孩子，你走了十六年才找到回家的路。」她這麼說。我不知道「孩子」是她這個年齡的女性用來稱呼年輕人的慣用說詞，還是她說出了心裡想說的話。她放了辛辣香料調味，辣味彷彿包羅了所有極致風味，以至於我的嘴唇紅腫，我無法分辨也說不出是什麼的那些味道，此刻在我的口腔裡混雜成熊熊烈火。我回想人生中曾經嘗過的味道企圖認出這個複合風味，結果卻想起完全相反但或許意義相當的一個味道：新生兒的奶味，因為那是包含了各種滋味的味道初體驗。

我看著安娜克雷塔的臉，那張美麗的印地安臉龐並未因歲月留下皺紋而是變得更加堅毅。我看著毯子下她厚實的身體，忍不住自問小時候是否緊抓過她曾經高聳而今下垂的胸脯不放。

「所以說，安娜克雷塔你認識我父親？」

「我真希望我不認識他，納丘。他踏進奧奎達村的那一天可不是什麼好日子……。」

「為什麼？」

「他對印地安人很不好……就連白人的日子也不好過……然後他就消失無蹤……他離開奧奎達村的那一天也不是什麼好日子……。」

所有印地安人的眼睛都盯著我看，猶如孩童的眼睛看著一個他們無法寬恕而且從未淡去的身影。

阿瑪蘭塔是安娜克雷塔・伊格拉斯的女兒。她有一雙狹長鳳眼，鼻梁堅挺鼻翼寬濶，薄唇自帶弧度。我的眼睛跟她的很像，鼻子一模一樣，嘴唇如出一轍。「我跟阿瑪蘭塔是不是長得很像？」我問安娜克雷塔。

「在奧奎達這裡出生的人都長得很像。分不出印地安人和白人的臉有何不同。我們這個村落只有少數幾戶人家，又在山上與世隔絕，數百年來都是內部通婚。」

「我父親是從外地來的……」

「沒錯，我們不喜歡外地人自然有我們的理由。」

那些印地安人張開嘴巴嘆了一口氣，他們口中只有寥寥幾顆牙齒，不見牙齦，衰老導致腐敗，剩下一把骨頭。

我經過第二個中庭時看到一幅照片，是一名面色蠟黃的年輕男子人像照，照片有花圈環繞，還點了油燈。「照片裡的往生者也很眼熟……。」我跟安娜克雷塔說。

「他是福斯提諾・伊格拉斯，願主保佑他受大天使光輝榮耀眷顧。」安娜克雷塔說完，其他印地安人跟著低聲祝禱。

「他是你丈夫嗎？」我問安娜克雷塔。

「他是我弟弟，也是我們家和村民的戰士與護衛，直到敵人截斷了他的人生道路……」

「我們的眼睛一模一樣。」我在堆滿布袋的第二個中庭找到阿瑪蘭塔。

「不一樣，我的比較大。」她說。

「那我們只好比比看了。」我把我的臉頰貼向她的臉頰，先對准眉弓，再讓我的眉毛對齊她的，然後我把臉轉過去，讓額頭，臉頰和顴骨都完全貼合。「你看，我們連眼角結束的位置都相同。」

「我什麼都看不到。」阿瑪蘭塔雖然這麼說，但她沒有把臉挪開。

「還有鼻子。」我一邊說一邊用我的鼻子蹭上她的，但是稍微錯開，好讓我們的輪廓線條能夠交疊。「還有嘴巴……。」我閉著嘴巴嘟囔，因為我們的雙唇也緊貼在一起，更正確的說法是我的上嘴唇和她的上嘴唇貼在一起。

「好痛！」我整個人壓著阿瑪蘭塔把她抵在那些布袋上，我感覺到她如花苞般的胸脯和蠕動的腹部。

「流氓！畜生！這就是你來奧奎達村的目的！跟你父親一樣！」安娜克雷塔的聲音在我耳邊嘶吼，她攫住我的頭髮抓我去撞柱子，阿瑪蘭塔挨了一個耳光，躺在布袋上嗚咽。「你休想動我的女兒，這輩子你都別想！」

「為什麼？為什麼說這輩子？憑什麼阻止我們？」我反駁她。「我是男的，她是女的……如果命運讓我們互相喜歡，就算不是今天，總有一天我會向她求婚。誰知道呢？」

「該死！」安娜克雷塔大吼。「不可以！連想都不准想！聽到沒有？」

「難道她是我妹妹？」我心想。「她為什麼不肯承認她是我母親？」

我逼問她：「你幹嘛大吼大叫，安娜克雷塔？是因為我們之間有血緣關係嗎？」

「血緣？」安娜克雷塔恢復冷靜，拉起身上的毛毯遮住眼睛。「你父親來自遠方……跟我們有什麼血緣關係？」

「可是我是在奧奎達出生……我母親是這裡人……。」

「你想找血緣關係請到別處去找，別來找我們這些可憐的印地安人麻煩……。你父親沒跟你說嗎？」

「他什麼都沒跟我說，我向你發誓，安娜克雷塔。我真的不知道我母親是誰……」

安娜克雷塔伸手指向第一個中庭。

「為什麼女主人不肯見你？為什麼她讓你跟僕役住在一起？你父親讓你來找的人是她，不是我們。你去對雅思米娜夫人說：『我是納丘．札莫拉．阿瓦拉多。我父親讓我來跪服於你腳下。』」

故事說到這裡，應該呈現出我得知自己被蒙在鼓裡的複名中有一半來自奧奎達的勛貴家族，面積遼闊堪比縣城的大牧場竟然是我所屬的這個家族擁有之後，彷彿被颶風吹過大受打擊的樣子。但是我卻像是被這趟時光倒流之旅捲入一個黑暗漩渦中，阿瓦拉多宮的中庭在漩渦裡依序一個嵌入一個，在我荒蕪的記憶中既熟悉又陌生。我腦袋浮現的第一個想法是拉著阿瑪蘭塔的一根辮子對安娜克雷塔說：「那麼我就是你們的主人，也是你女兒的主人，我想什麼時候要她都可以。」

「不行！」安娜克雷塔尖叫。「在你碰到她之前我就先把你殺了！」阿瑪蘭塔抽回辮子時做了一個鬼臉，不知道是因為哀號還是微笑露出了牙齒。

阿瓦拉多宮的宴會大廳燭臺上是積存多年的蠟燭，光線十分昏暗，或許因為如此才讓人分不清剝落的牆壁和破舊窗簾上的蕾絲。我應女主人之邀來晚餐。雅思米娜夫人臉上塗抹了厚厚一層粉，看似隨時會崩塌掉進餐盤裡。她也是印地安人，頭髮染成紅銅色，還用鐵鉗燙捲。她每次舉起湯匙幾個沉重手鐲就閃閃發光。她的女兒雅琴塔從小住寄宿學校，身穿白色套頭網球上衣，但是眼神、手勢都跟其他印地安女孩一樣。

「以前這個大廳裡有好幾張賭桌。」雅思米娜夫人說。「到這個時候他們就開始賭，徹夜不眠。有人輸掉過一整座牧場。堂・阿納斯塔斯歐・札莫拉就是為了賭才住下來，沒有其他原因。他總是贏，所以我們都說他是老千。」

「可是他並沒有贏得任何牧場。」我覺得應該把事情說清楚。

「你父親是整晚贏錢，天一亮就輸光的那種人。再說他跟女人鬧那些亂七八糟的事，手邊原本不多的錢也很快就花光了。」

「他在這裡也有發生那些事，跟女人發生那些事嗎……？」我鼓起勇氣問她。

「那裡，另一個中庭那裡，他晚上就會去找她們……」雅思米娜夫人指著印地安人住的地方。

雅琴塔用手摀著嘴呵呵笑。那一刻我明白她跟阿瑪蘭塔一樣，雖然她的穿著和髮型完全是另一種風格。

「奧奎達的每個人都長得好像。」我說。「第二中庭那裡有一幀照片根本適用於所有人……。」她們母女兩個看著我，神色有點慌張。雅思米娜夫人說：「那是福斯提諾．伊格拉斯。就血統來說，他只能算是半個印地安人，另外一半是白人。但是就心性而言，他是不折不扣的印地安人。他都跟印地安人在一起，支持他們……最後才會那樣。」

「白人血統來自父親，還是母親？」

「你想知道的事可不少。」

「奧奎達所有故事都這樣嗎？」我說。「白人跟印地安女子……印地安人跟白人女子……」

「在奧奎達村，白人跟印地安人很像。早從殖民時期開始血統就混過了，不過主人不該跟奴僕廝混。我們的確想做什麼就可以做什麼，但是只跟我們自己人，不會跟那個……絕對不會……。堂．阿納斯塔斯歐．札莫拉畢竟出身自地主家庭，即便他窮得比乞丐還不如……。」

「這跟我父親有什麼關係？」

「只是讓你了解印地安人唱的那首歌……札莫拉經過……帳就能回本……搖籃裡的男嬰……和墓穴裡的死人……」

「你聽到你母親剛才說什麼嗎？」在我跟雅琴塔終於能夠單獨說話的時候我立刻開口。「我跟你，我們想要做什麼都可以。」

「如果我們想，但是我們不想。」

「我想做一件事。」

「什麼事？」

「咬你。」

「說到咬，我可以把你榨乾成一塊石頭。」她露出牙齒。

房間裡床上鋪著白床單，看不出來是沒有整理，還是已經為就寢做好開床準備，整張床被華蓋垂下的一襲蚊帳包覆。我在紗帳間推倒雅琴塔，搞不懂她是要抗拒我還是要投懷送抱，我忙著掀她的衣服，她反守為攻忙著解我的皮帶和釦子。

「你這裡也有一顆痣！我在同樣位置也有！你看！」

就在那一刻，我頭上和肩膀上挨了好幾拳，雅思米娜夫人跟瘋了似地撲上來：「我的老天爺啊，你們快分開！你們不行，絕對不行！快分開！你們不知道自己在做什麼！你跟你父親一樣混蛋！」

我盡可能快速穿好衣服。「為什麼，雅思米娜夫人？您想說什麼？我父親跟誰做過？跟您嗎？」

「沒教養的傢伙！滾去僕役那裡！不准再出現在我們眼前！去跟那些女僕廝混吧，向你父親看齊！回到你母親的懷抱吧！」

「誰是我母親？」

「安娜克雷塔．伊格拉斯，但是福斯提諾．伊格拉斯死後，她就再也不肯承認了。」

入夜後，奧奎達村裡的房舍彷彿被籠罩在霧霾中的低矮月亮重量壓進了土裡。

「安娜克雷塔，那首關於我父親的歌是說什麼？」她站在門口彷彿教堂神龕裡的雕像。「說到死人，還有墓穴……。」

安娜克雷塔取下燈籠，我們一起穿越玉米田。

「你父親和福斯提諾．伊格拉斯就是在這片玉米田裡發生了爭執。」她跟我說。「他們覺得兩個人之中有一個是多餘的，於是合力挖了一個墓穴。從他們決定要決鬥到分出生死為止，兩人的仇恨似乎就化解了，他們互助合作挖墓穴，然後隔著墓穴一人站在一邊，右手拿刀，左手收在斗篷裡。兩人輪流跳過墓穴用刀攻擊對方，另一個人用斗篷防禦，想辦法讓敵人掉進墓穴裡。他們一直搏鬥到拂曉時分，墓穴周圍的地面不見塵土飛揚，都被血浸透了。奧奎達村所有印地安人團團圍住空墓穴和那兩個氣喘吁吁、渾身是血的年輕人，不發一語，動也不動，避免打擾神的裁決，畢竟不是只有福斯提諾．伊格拉斯和納丘．札莫拉的命運取決於祂，所有人的命運皆然。」

「可是……納丘．札莫拉是我……」

「大家以前也叫你父親納丘。」

「安娜克雷塔，最後誰贏了？」

「孩子，你怎麼會這麼問我？當然是札莫拉贏了，沒有人能質疑神的旨意。福斯提諾就葬在這片土地上。但是你父親也只能算是慘勝，當天晚上他就離開了，奧奎達村再也沒有人見過他。」

「安娜克雷塔你胡說什麼？這個墓穴是空的！」

「後來陸陸續續有印地安人從或近或遠的村鎮來到福斯提諾．伊格拉斯墓前，他們要出發加入革命軍，跟我索討他的遺骸好裝進金盒子裡，在上戰場時領著他們的軍隊前進，可以是一綹頭髮、一塊斗篷，或是傷口處的血塊。於是我們決定重新挖開墓穴，移出屍體。沒想到福斯提諾不在裡面，棺材裡是空的。從那天起就有很多傳說：有人說看到他半夜騎著他的黑馬在山上馳騁，守護睡夢中的印地安人；有人說他只會在印地安人下山，騎馬走在軍隊隊伍前面的那一天才會出現……。」

「所以那個人是他！我看到他了！」我本想告訴她，但是我實在驚嚇過度連話都說不出來。

拿著火炬的印地安人靜悄悄地走向我們，在挖開的墓穴旁圍成一圈。

一個年輕人從他們中間走出來，他脖子長長的，頭上戴著一頂破爛草帽，他的五官跟奧奎達這裡很多人長得很像，我的意思是他的眼睛、鼻子和嘴唇線條都跟我很像。

「納丘．札莫拉，你憑什麼染指我妹妹？」他這麼說，右手刀光閃爍，搭在左手臂上的斗篷有一邊垂下拖在地上。

那些印地安人口中發出一種聲音，不是低吟，而是倒吸一口氣。

「你是誰？」

「我是福斯提諾．伊格拉斯。動手吧。」

我站在墓穴另一邊，左手是斗篷，右手握著刀。

第十章

你在跟阿卡迪安．波爾菲立奇喝茶，他是伊爾卡尼亞知識最淵博的代表人物之一，理所當然肩負起國家警察文史資料中心主任一職。你甫抵達伊爾卡尼亞便接獲命令，首要聯絡的人就是他，這是阿塔圭塔尼亞指揮部高層交給你的任務。波爾菲立奇在他辦公大樓舒適宜人的圖書館內接待你。「這是全伊爾卡尼亞藏書最完整、更新速度最快的圖書館。」他馬上向你介紹。「所有禁書都做了分類、編目，拍攝成微縮影片後保存，包括印刷品、油印品、打字稿及手稿。」

你被阿塔圭塔尼亞當局監禁期間，他們允諾釋放你的交換條件是你得遠赴某個國家完成一系列任務（「帶有機密色彩的官方任務，以及帶有官方色彩的機密任務」），你的第一個反應是拒絕。你對公務體系職位沒有興趣，對情治人員這一行沒有憧憬，他們跟你說接下任務後需要你做什麼的曖昧迂迴方式，就足以讓你寧願留在示範監獄的牢房裡，也不要跑去遠在極圈凍原的伊爾卡尼亞面對各種不確定因素。可是想到一直受制於他們的下場可能更糟，而且他們說這個任務「對於作為讀者的你應該很有吸引力」讓你好奇，你盤算過假裝參與，然後讓他們計畫落空的可能性之後，被他們說服接受。

阿卡迪安．波爾菲立奇主任似乎對你的情況，包括心理狀態，都非常清楚，他跟你說話時語帶鼓勵，同時教化你：「我們要銘記於心的第一件事就是，警察是能夠維繫世界避免分崩離析的重要整合力量。所以不同政權或敵對政權的警察能找到共同利益攜手合作。關於書籍流通問題……」

「不同極權體制的審查方法也會達到一致性？」

「不會統合方法，但會建立一個可以彼此支援的制度……」

主任請你看掛在牆上的那幅世界地圖。不同顏色分別代表：

所有書籍定期被查禁的國家；

僅政府出版品或經政府批准出版書籍始得流通的國家；

設有粗略、籠統、無明確規範可循的出版審查制度的國家；

由謹慎、心懷惡意的學者專家制訂精準、詳細、不放過任何隱喻或影射的出版審查制度的國家；

有合法和地下非法兩種出版通路的國家；

因為沒有書所以沒有審查制度，但是有許多潛在讀者的國家；

沒有書也沒有人抱怨沒有書的國家；

最後一個則是每天出版五花八門書籍、但是沒有人在意的國家。

「今天沒有哪個國家會像警察國家那樣看重文字的價值，」阿卡迪安．波爾菲立奇說。「想判斷一個國家是否真的重視文學，難道最好的依據不是看政府編列多少預算來控制並箝制文學創作？在警察國家，文學作品會是關注焦點，地位崇高，這對任由文學作品泛濫，閱讀只是打發時間的無害休閒活動的那些國家而言，簡直難以想像。不過不管怎麼箝制都得留下喘息空間，偶爾睜一眼閉一眼，放縱寬容，專斷也得保留一定的不可預料性，否則，如果沒有東西需要壓制，那麼整個制度就會生鏽報廢。我們坦白說吧，每一個極權體制，就算是最獨裁的，也是在不穩定的平衡關係中求生存，因此需要持續為國家機器找到存在的理由，得有需要被壓制的東西。有人試圖用書寫挑釁威權體制是維持這個平衡關係不可或缺的元素。因此，根據我們跟敵對的社會主義極權國家簽訂的祕密協定，共同建立了一個組織，您極其睿智同意參與的那個組織，會從我國出口禁書，再從他國進口禁書。」

「表示說這裡禁止的書在其他地方是被接受的，反之亦然……」

「當然不是。這裡被禁的書，在他國是嚴令禁止。在那裡被禁的書，在這裡更是要防堵得滴水不漏。不過把這邊的禁書出口到敵對國家，再從他們那裡進口禁書，對雙方的威權政府而言至少有兩大好處：鼓動敵國的反動分子，兩國的警察單位可以交流經驗。」

「我被交付的任務，」我連忙說明。「僅限於聯絡伊爾卡尼亞警方高層，因為唯有透過你們，我們才有可能拿到反動分子寫的東西。」（我很謹慎，沒告訴他我的任務還包括直接和反動分子的地下組織接觸，視情況決定我要支持哪一方對抗另一方。）

「我們的資料庫都開放給您使用，」主任說。「我可以讓您看到非常珍貴的手稿，是通過四到五個審查委員會審核，經過刪減、修改、淡化後才得以出版的作品原稿，出版的是殘缺版本，經過美化，面目全非。真想看書，還非來這裡不可。」

「您看書嗎？」

「您的意思是，我除了工作需求還看不看書？看，這個中心的每一本書、每一份檔案、每一個犯罪紀錄，我都會看兩遍，用兩種截然不同的方法閱讀。第一遍匆匆瀏覽，大略了解一下，好判斷微縮影片要放到哪一個檔案櫃裡，如何分類編目。等到晚上（我下班後，晚上也留在這裡，如您所見，這裡環境清幽，讓人很放鬆），我躺在這張沙發上，把珍稀原稿或祕密資料的微縮影片放入微型瀏覽器裡，就可以好好享受唯我獨有的閱讀樂趣。」

阿卡迪安．波爾菲立奇蹺起穿著長靴的腳，一根手指伸進他的脖子和掛滿勳章的制服領口間，接著往下說：「我不知道您相不相信鬼魂。我信。我相信鬼魂會持續跟自己對話。我用眼睛審視這些被禁的書頁時就能聽見對話。警察也是鬼魂，我效勞的國家、審查制度，還有被威權壓制的所有文本都是。鬼魂顯現不需要大眾，鬼魂自會在陰暗處，藉著密謀者的祕密和警察的祕密之間永遠存在的隱晦關係生長茁壯。要想讓鬼魂出現，只要我一有機會脫掉制服，在這空無一人的辦公大樓裡，在這個燈光下，一邊留意文字所有合法及違法的涵義，一邊漫不經心地閱讀，讓我在白晝時分必須保持距離不越雷池一步的禁書幽靈來造訪就夠了……。」

你不得不承認，主任這番話讓你得到某種慰藉。如果連這個人都對閱讀持續有所渴望和好奇，表示那些流通的書寫文字裡，依然有某些東西是不可能被無所不在的官僚體系製造或操控的，在這棟辦公大樓之外另有天地……。

「那麼關於偽書的那個陰謀，」我盡可能用專業冷淡的口吻說話。「您是知情的？」

「當然，我收到好幾份報告。我們曾經以為可以掌控全局。幾股較大政治勢力的情治單位都卯足了勁想拿下那個可能到處都有分部的組織……但是這個騙局的組織首腦是個仿造奇才，每次都能成功脫逃……我們對他並非一無所知，我們手中有他所有資料，早已查明他的身分是一個熱中挑撥離間、滿口謊言的譯者，但是他之所以這麼做的原因始終不明。他似乎跟他創建的那個組織的幾個側翼不再有任何關連，但依然對他們的謀劃有間接影響力……。等我們好不容易逮到人，才發現讓他屈服並不容易……。他的軟肋不是錢，也不是權力，或野心。他一切作為好像都是為了一名女子，為了贏回她的心，也或許只是為了報仇雪恥，或是想要贏得一場賭注。我們如果想要了解這個傢伙的布局，得從那名女子下手。但是那名女子究竟是誰，我們一直沒能搞清楚。我只能靠推演得知許多她的事情，但是無法寫進任何一份官方報告裡，因為我們的領導組織沒辦法理解某些細微之處……。」

「對這名女子而言，」阿卡迪安．波爾菲立奇看你聽得很專心，便繼續往下說。「閱讀代表摒除所有傾向和立場，準備接受出其不意讓人聽見的聲音，這個聲音不知來自何處，是來自書本以外的某個地方，超越作者，超越文字的常規，來自未說出口的，來自尚未自我陳述也還沒有話可說的那個世界。至於他，正好相反，他想要讓那名女子知道在文字後面什麼都沒有，那個世界是虛矯的，假的，被誤解的，只有謊言。如果只是這樣，我們倒是可以給他工具讓他證明他的想法。我說的我們，是指不同國家和不同威權體制的同僚，我們本來就有不少人跟他合作。而他沒有拒絕……但是我們始終沒搞清楚究竟是他接受了我們的遊戲規則，還是我們成了他的棋子……他會不會其實就是個神經病？只有我解開了他的祕密：我派人綁架他，把他帶來這裡，在我們的隔離牢房關了一個星期，然後我親自出馬審問。他沒有發神經，或許只是絕望，他跟那名女子打賭輸了，她贏了，對閱讀始終充滿好奇、無法獲得滿足的她，在誇大的虛假中發掘出隱藏的真實，揭發了自以為真實的字裡行間不可原諒的虛偽。我們那位夢想家呢？為了不讓連結他和她之間最後那條線斷掉，繼續在書名、作者名、筆名、語言、翻譯、版本、書封、扉頁、章節、劇情線索、結尾之間製造混亂，逼她從中看見他的存在，藉此向她招手，並未期待獲得回應。『我看到我的不足之處，』他對我說。『閱讀時發生的某些事我無能為力。』我想告訴他這個不足就連最神通廣大的警察也難以跨越。我們可以阻止她閱讀，但是即便頒布法令禁止閱讀，依然能看見某些我們不希望被看見的真相……。」

「他現在狀況如何？」我著急發問，或許不再是因為我們之間的敵對關係，而是基於同理心。

「他完了，我們想怎麼處置他都可以，看是要送他去勞改，或是讓他在我們的特殊單位負責某些例行工作。不過……」

「不過……？」

「我讓他逃了。他假裝越獄，假裝潛逃出境，然後再度銷聲匿跡。在我經手的資料裡，偶爾能認出他的手筆……他的技藝更精進了……他現在會設局中局……我們的人已經對他無計可施。不過……」

「不過……？」

「總得有一些東西不在我們掌控之中……這樣強權才有施力的對象，有伸手介入的空間……只要我知道世界上還有人喜歡玩權勢遊戲只是基於對遊戲的熱愛，只要我知道還有一名女子熱愛閱讀純然是為了閱讀，我就可以告訴我自己這個世界依然在運轉……於是我每天晚上也投入閱讀，就像在遠方的那位不知名女性讀者一樣……。」

你連忙將你腦海中阿卡迪安．波爾菲立奇和魯德米拉交疊的不雅畫面拿掉，回味他對女性讀者的頌揚，彷彿看見熠熠生輝的她從主任以全知角度發言、醍醐灌頂的那番話中冉冉升起，享受她和你之間不再有阻礙或祕密的那份篤定，至於你的情敵，只剩下越來越縹緲的一縷孤單黑影……。

然而你無法真正得到滿足，除非能打破閱讀被中斷的這個魔咒。你想就這一點跟阿卡迪安．波爾菲立奇聊聊：「我們本來想帶一本阿塔圭塔尼亞最熱門的禁書，卡利斯托．班德拉的《空墓遺事》，來為貴圖書館的收藏貢獻一分心力，可惜我們的警察過於積極，把整批書全數銷毀。但我們知道這本小說有伊爾卡尼亞語譯本油印版在貴國非法流通。您知道這件事嗎？」

阿卡迪安．波爾菲立奇站起身來翻查圖書目錄：「您剛剛說作者是卡利斯托．班德拉？嗯，不過今天沒辦法拿到書。如果您能夠等一個星期，最多兩個星期，我能為您準備一個意外驚喜。根據線民提供消息指出，我國最重要的一位禁書作者阿納托利．阿納托林一直在改寫班德拉的小說，將背景換成伊爾卡尼亞。我們從其他消息來源得知，阿納托林即將完成一部新小說，書名《是哪一個故事未完待續？》，我們已經安排讓警方採取突襲行動進行扣押，避免該書流入非法流通管道。等我們拿到書，我會立刻送上一本，讓您親自查驗是否是您在找的書。」

在那電光火石的瞬間你決定了下一步計畫。你要想辦法跟阿納托利．阿納托林直接聯繫，趕在阿卡迪安．波爾菲立奇派人動手之前拿到小說手稿，以免被沒收，把手稿跟你自己都安置在安全地方，避開伊爾卡尼亞和阿塔圭塔尼亞兩邊的警察……。

那天晚上你做了一個夢。你在火車上，在一列長長橫越伊爾卡尼亞的火車上。所有旅客都在閱讀裝幀精美的大部頭書，這通常發生在報紙和雜誌不夠吸引人的國家。你忍不住想，這些旅客之中說不定有人，或許所有人，正在閱讀你看到一半被迫中斷的其中一本小說，說不定所有那些小說在那一列火車車廂裡都找得到，翻譯成你不懂的語言出版。你費力盯著書脊想看清楚上面寫了什麼，可惜白費工夫，因為那些文字你根本看不懂。

一名旅人離開座位站到走道上，把書留下來占位，書頁中夾著一個書籤。他一走出去你就伸手拿書，翻開，認定那本書就是你在找的書。那一刻你才發現其他旅客都轉頭看你，眼神不善，對於你的不當舉動十分不以為然。

為了掩飾你的困窘，你站起來，面對車窗，手裡依然拿著那本書不放。火車停在月臺和信號燈柱間，或許是在某個偏遠車站外的會車處。外面有霧有雪，什麼都看不見。鄰近月臺上停著另一列往反方向行駛的火車，車窗霧濛濛一片。你正對面那扇小窗上有一隻戴了手套的手畫圓，讓玻璃恢復透明，出現一個穿著如雲朵般雪白皮草大衣的女子身影。「魯德米拉……」你呼喊她。「魯德米拉，那本書，」你比手畫腳想要告訴她：「你在找的那本書，我找到了，在這裡……」你奮力把玻璃窗打開，把手穿過覆蓋火車的一根根冰柱想將書遞給她。

「我在找的書，」那個模糊的身影也拿出一本書，跟你手中那本很像。「是在世界末日來臨後能賦予世界意義的書，世界的意義是世上所有一切的終結，這個世界唯一擁有的就是世界末日。」

「不是這樣的。」你大喊，同時想在這本你看不懂的書裡找出一個句子可以反駁魯德米拉說的話。然而兩列火車重新啟動，往相反方向漸行漸遠。

寒風吹過伊爾卡尼亞首都的公園。你坐在長凳上等待阿納托利．阿納托林將他的新小說《是哪一個故事未完待續？》手稿帶來給你。一個留著金色大鬍子、身穿黑色大衣、頭戴油布材質鴨舌帽的年輕人出現坐在你身旁。「別亂動，公園向來是監視重點區域。」

一排灌木叢正好隔離了外人目光。一小疊稿紙從阿納托利．阿納托林長大衣內袋移轉到你的短外套內袋。他從西裝內袋再掏出一疊紙。「我必須將手稿分裝在不同口袋裡，才不會太鼓引人注目。」他一邊說一邊從馬甲背心口袋掏出一綑紙。風吹走其中一張，他連忙撲上去撿。他正準備從褲子後袋掏出另一落稿紙的時候，兩個便服打扮的警察從灌木叢後面跳出來將他逮捕。

是哪一個故事未完待續？

漫步走在我們這座城市的偌大透視圖像中，我在腦海中消去我決定不再在意的那些元素。我經過部會大廈旁，這棟建築的立面充滿人像柱、列柱、山牆、浮雕像、柱座和龍板間壁，我覺得有必要簡化為一道光滑垂直立面，一片霧面玻璃，或一道膜，可以界定空間但不妨礙視線。但是即便經過簡化，這棟大廈依然沉甸甸地壓著我叫人難以忍受，於是我決定整棟刪除，在原處只留下從光禿禿地面騰空而起的乳白色天空。我以同樣手法刪去了另外五棟部會大廈、三家銀行和幾棟大型企業所在的摩天大樓。這個世界太過複雜，混亂不堪且負荷過重，要想看清楚一點勢必得減輕密度，以及厚度。

在這個透視圖像裡來回走動，我一直遇到讓我因為各種原因而感到不悅的人：我的頂頭上司，因為他們讓我想起我必須聽命於他們；我的下屬，因為我討厭自己裝成權威人士的感覺，那讓我覺得很丟臉，還會激發嫉妒、奴性和怨恨。我毫不猶豫刪去這個，又刪去那個，我用眼角餘光看著他們漸漸變得稀薄，化為一縷輕煙消失在白霧中。

操作過程中我得小心不要波及路人、不相干的人和陌生人，他們並沒有惹到我，或者應該說他們之中有些人的臉，若能不帶任何預設立場仔細觀察，我覺得很值得認真研究。但是如果我所在的這個世界只剩下陌生人，我很快就會感到孤單寂寞、茫然失措，所以最好把他們也消去，整批刪除，這樣就不用再多想。

在被簡化的世界裡，我比較有可能遇到那少數幾個我樂於遇見的人，例如法蘭茲絲卡。每次我跟法蘭茲絲卡這個朋友不期而遇，總覺得格外開心。我們會打屁、嘻嘻哈哈，我們什麼都能聊，那些話題若換成其他人我們未必會說出口，但是我們兩個人聊起來就覺得很有趣，在道別前我們總是會說一定要盡快找時間再見。轉眼幾個月過去，我們再度在街上偶遇，開心地手舞足蹈，哈哈大笑，約好下次再見，但無論是我或她都不會為了見面做任何安排，或許是因為我們知道那不一樣。此時此刻，在這個經過簡化的貧乏世界裡，清空所有預設情景後，我跟法蘭茲絲卡如果更常見面意味著我們之間的關係就某種角度而言更為明確，是以結婚為前提或認定我們是一對情侶而交往，這種關係還會延伸到對方的家庭，從直系親屬到旁系親屬，從兄弟姊妹到表兄弟姊妹，從生活裡的人際關係牽扯到個人收入和財產，如果能讓所有這些靜悄悄環繞在我們對話間無處不在的制約全部消失，或持續時間不超過幾分鐘，那麼與法蘭茲絲卡的相遇會更加美好也更加令人開心。可想而知我會想辦法創造讓我們走到一起的有利條件，包括排除所有穿白色皮草大衣的年輕女子，因為那是她上一次的打扮，如此一來我遠遠看到她就能確定那個人是她，不會認錯也不會失望，同時也要排除所有可能跟法蘭茲絲卡搭訕交朋友的年輕小伙子，很難說他們會不會故意和她巧遇攀談絆住她，讓她不小心錯過跟我相遇的時間。

我花了過多篇幅在個人細節上，但這不該讓人誤以為我是為了自身利益，出於衝動才進行刪除，事實上我是為了集體利益（因此也包括我自己在內，但我是間接受惠）。我先從我正好路過的公共建築開始刪除，包括前方大階梯、列柱裝飾的入口門廳、長廊和會客室，以及管理室、檔案室和公文傳送室。部門長官、主任、副督察員、辦公人員、正職和約聘人員自然也不能放過，而我這麼做是因為我認為它們的存在對集體和諧有害無益、純屬冗餘。

所有職員在這個時間點紛紛離開暖氣過剩的辦公室，穿上有合成皮草衣領的大衣，擠上公車。我眨眨眼他們就消失了，只見遠處冷清街道上還有幾個路人，但我也已經把那裡的汽車、卡車和公車全都刪除了。我喜歡看到路面跟保齡球道一樣乾乾淨淨、光可鑑人。

之後我刪除了軍營、警衛隊和警察局，所有穿制服的人員也悉數消失，彷彿從未存在過。我可能出手太重了，因為我發現連消防人員、郵差、市府清潔人員和其他類似職務的人員也被我一併刪除，理應對他們另案處理，不過既然已經做了就做了，不能太過拘泥於小節。為了避免衍生問題，我連忙也刪除火災現場、垃圾場，還有郵局，反正郵局效率不彰本來就討人厭。

我仔細檢查有沒有漏刪醫院、診所和收容所，我覺得刪除醫生、護理人員和病人是唯一的健康保證。再來就是法院，包括檢察官、律師、被告和原告一個都不能少。監獄和囚犯、獄卒得刪。然後我將大學和所有其他學術單位都刪了，包括科學、文學和藝術學院、博物美術館、圖書館、歷史古蹟及其負責人，還有劇場、電影院、電視臺和報社。有人以為可以用尊重文化這個說法來阻止我，他們錯了。

接下來輪到經濟體系，長時間以來不斷用誇大託辭影響我們的生活。他們以為自己是誰啊？我從那些販售日常必需品的商店開始一個一個刪除，最後則輪到所有奢侈名牌店：最先刪除的是商店櫥窗，然後刪除櫃檯、商品陳列架、店員、收銀員、店長。成群顧客當場愣住，他們伸出的手裡空無一物，看著推車突然憑空消失，隨後就連他們也被虛空吞沒。我從消費端往上開始處理生產端：刪除工業，包括輕工業和重工業，讓原料和電力來源消失。農業呢？也不能放過！別說我想重返原始社會，因為我連狩獵和捕魚的可能性也不留。

至於大自然……呵，呵，你們該不會以為我沒看出來大自然也是一場騙局吧。大自然也得死！只要留住腳底下夠堅固的地殼表面就好，其他全部空白。

我繼續在這個透視圖像裡漫步，此刻在這空無一物的遼闊冰原上已沒有透視可言。放眼望去，沒有牆，沒有山巒或丘陵，沒有河流，沒有湖泊，也沒有海洋，只有一望無際、跟玄武岩一樣結實的灰色平坦冰原。放棄物質沒有我們以為的那麼難，重要的是開始做。你一旦棄用原以為不可或缺的某樣東西，就會發現另一樣東西也可有可無，而且很多東西都是這樣。我走在空蕩蕩的地表上，這就是世界。一陣風貼著地面將這個消失世界最後的殘留物連同冰雪一起吹來，有彷彿剛從藤蔓摘下的一串熟透的葡萄、一隻新生兒的羊毛小鞋、一個上過油的萬向接頭，還有應該是從某本西班牙文小說撕下來的一頁，上面有一個女性名字：阿瑪蘭塔。不知是在幾秒鐘前或數個世紀前便不復存在？我已經失去了時間感。

在我持續稱之為透視圖像的空白表面端點，看到一個穿著白色皮草大衣的纖細人影出現，是法蘭茲絲卡！我從她踏著長馬靴婀娜多姿的步伐、雙手收在手籠裡的方式、隨風飄逸的條紋長圍巾認出是她。冷冽的空氣和空無一物的大地確保了絕佳能見度，卻讓我揮舞雙臂呼喚她的努力化為烏有：她認不出我，我們相距太過遙遠。我大步向前，我以為我在向前邁進，可是我沒有任何參考點。在我和法蘭茲絲卡之間出現了幾個黑影，是人影，身穿大衣頭戴帽的人影。他們在等我。他們是誰？

等我靠得夠近才認出他們，他們是D區的人。為什麼他們會在那裡？他們想幹嘛？我以為我把所有公務部門人員刪除的時候也將他們一併剷除了。他們為什麼要擋在我和法蘭茲絲卡之間？「我現在就把他們刪掉！」我心裡這麼想，同時集中精神。結果什麼事都沒發生，他們依然站在我們之間。

「你在這裡啊，」他們跟我打招呼。「你也是我們的人吧？太好了！你幫了我們一個大忙，現在一切都清空了。」

「什麼意思？」我驚嘆道。「你們也在刪除嗎？」

我總算知道為什麼這一次我覺得比之前練習讓周遭世界消失時成效更顯著。

「請問，你們不是一直倡議要增加、強化、繁衍嗎……？」

「那又如何？這並不衝突啊……這一切都符合預測邏輯……讓所有發展從零重新出發……你應該也同意情勢已經到了無可挽回、嚴重惡化的地步……只能順勢而為……基本上，短期看似虧損的項目若放到長期來看有可能變成利多……。」

「但是我的想法跟你們不同……我另有打算……我刪除的手法也不一樣……。」我一邊反駁一邊想：「以為這樣就能讓我中計，大錯特錯！」

我恨不得一切重來，讓所有東西回到這個世界上，一個一個來或是全部一起來，用它們鮮明的多元本質作為一堵堅實的牆，以對抗這些人注定全面潰敗的計畫。我閉上眼睛再睜開，以為會重新回到那個交通繁忙的城市透視圖像裡，這時候應該已經亮起路燈，書報攤上陳列最新出刊的報紙。結果不然，什麼都沒有，周圍除了空白還是空白，只有地平線那頭法蘭茲絲卡的身影緩緩前進，彷彿她得順著地殼弧度向上攀爬。只有我們存活下來？我開始認清事情真相，內心恐懼漸增：我以為我在心裡決定刪除的那個世界只要我願意就能隨時讓它恢復原狀，但是它真的結束了。

「要認清現實，」D區那幾個官員說。「你看看四周，可以說整個宇宙在……都在蛻變階段……」

他們指向天空，星宿位置都認不出來了，這裡有星辰群聚，那裡的星星稀疏，星圖上的星星亂成一團，一個接著一個爆炸，有的星星在最終閃爍後熄滅了光芒。「重要的是，現在新人報到，D區效率滿分，組織架構完整，功能運作良好……。」

「『新人』是誰？他們做什麼？想要什麼？」開口發問的我看見在隔開我和法蘭茲絲卡的冰凍地表上出現一條細縫，彷彿一個向外延伸的祕密陷阱。

「現在說還太早。我是指我們，我們還沒搞清楚。我們現在根本見不到他們。但是他們存在，這一點無庸置疑，畢竟我們早就收到通知說他們即將抵達……不過我們也在，他們不可能不知道，我們代表跟舊世界唯一的聯繫……他們需要我們，他們不可能不尋求我們的協助，勢必得把處理殘存事物的相關部門交給我們……這個世界會照我們希望的樣子重新啟動……。」

不，我心裡想，我希望重新出現在我和法蘭茲絲卡身邊的那個世界跟你們要的那個世界不一樣。我得集中精神想一個地方，包括所有細節，一個此時此刻我期盼能跟法蘭茲絲卡相遇的場景，例如一家掛滿鏡子的咖啡館，鏡中映照著一盞盞水晶燈，還有樂團演奏華爾滋舞曲，小提琴和弦在大理石小桌、冒著熱氣的咖啡杯和義大利管麵上方起伏蕩漾。咖啡館外面，起霧玻璃窗的另一邊，擠滿人和物的那個世界讓你無法不看見。那個世界既親切又討人厭，那個世界的一切讓人雀躍，或叫人抵觸……我用盡全身力氣去想，但我知道這樣做並不足以讓世界存在，因為虛無更為強大，虛無占據了整個地球。

「要想跟他們建立關係並不容易，」D區的人繼續說。「得留意不犯錯，還要當心不能犯規。於是我們想到了你，可以博得新人的信任。你在刪除過程中的表現沒話說，而且你對舊的管理階層從不輕言妥協。所以我們要你出面，跟他們解釋區是怎麼回事，他們可以如何利用區來處理無法迴避的緊急任務……哎，怎麼做最好，你自己看著辦吧……。」

「那我去了，我這就去找他們……。」我急忙答應，因為我知道如果不趁現在逃跑，我永遠來不及趕到法蘭茲絲卡身邊救她脫險，再過一分鐘就遲了，那個陷阱即將啟動。我在D區的人攔住我問問題、給我指令之前拔腿就跑，在結了冰的地殼上朝她奔去。世界被簡化成一張紙，上面只能寫抽象的詞彙，彷彿所有具象名詞都已消失。似乎只要能寫出「罐頭」，應該就有可能寫出「長柄平底鍋」、「調味料」和「煙囪」，問題是文本風格設定不允許這麼做。

我看著法蘭茲絲卡和我之間那條地面裂縫越來越大，變成犁溝，變成壑口，我的腳隨時可能踏空栽下去。這些裂縫越來越寬，沒過多久便出現一道深谷、一個深淵橫亙在我和法蘭茲絲卡之間！我從這個崖邊跳去另一個崖邊，往下看深不見底，只有無盡虛空。我在散落虛空之中支離破碎的世界裡奔跑，世界正在解體……D區的人大聲呼喚我，絕望地比手畫腳讓我回頭不要再往前……。法蘭茲絲卡！我來了，再跳最後一次，我就在你身邊！

她在這裡，在我面前，帶著微笑，眼睛閃閃發亮，她小巧的臉龐因為寒冷有些泛紅。「喔，真的是你！我每次經過透視圖這一帶總會遇見你！你該不會整天在這附近閒逛吧！我知道前面轉角有一家咖啡館，牆上掛滿鏡子，還有樂團演奏華爾滋舞曲，你請我去坐坐？」

第十一章

男性讀者，你這趟曲折離奇的航行也該是時候靠岸了。最安全的停泊處莫過於一間大型圖書館吧？在你出發的那個城市，也就是你從一本書到另一本書的環遊世界之旅結束後返航的那個城市，當然也有一間圖書館。你尚存一絲希望，你剛投入閱讀就從指間消失的那十本小說，在這間圖書館裡都能找到。

你終於找到悠閒平靜的一天，去了圖書館，查閱藏書目錄，努力壓抑自己的歡呼聲，其實一共壓抑了十次，因為你尋尋覓覓的所有書名和作者，在目錄中都有，紀錄得很詳細。

你填好借書單交出去，館員告知你目錄編碼恐怕有誤，找不到這本書，他們會查明。你立刻改借另外一本，他們說已經借出，但是不清楚借書人是誰，何時歸還。第三本書在做重新裝幀，一個月後才會送回來。第四本書典藏在圖書館某棟樓，維修閉館中。你繼續填寫借書單，但因為這個或那個理由，一本都借不到。

館員在找書的時候，你耐心地跟其他運氣比你好的讀者坐在同一張桌子旁，他們埋首看書。你伸長脖子看看左邊，再看看右邊，偷瞄別人的書，說不定他們之中有人正在看你要找的書。

坐在你對面那名讀者的目光沒有落在他手中翻開的那本書上，飄忽不定。但是他的眼神並不渙散，靈動的天藍色瞳孔熱切且堅定。偶爾你們目光交錯。後來他開口對你說話，或者應該說他是對著空氣說話，但是顯然對象是你：

「您看我眼神飄忽不定可別誤會，這其實是我看書的方式，唯有如此閱讀我才能收到效果。如果我真的對某本書很感興趣，我最多只能看進去幾行，捕捉到文本的某個思想、情感、疑惑或畫面的時候，心就再也定不下來，從一個思想跳到另一個思想，從一個畫面跳到另一個畫面，或跳到某個我覺得必須深入研究的邏輯推理或幻想方向，結果離書越來越遠，到最後根本對書視而不見。我需要閱讀的刺激，內容充實的閱讀，即便每一本書我最多只能看幾頁。但是那寥寥幾頁就能為我勾勒出完整宇宙，取之不盡用之不竭。」

「我懂，」另一名讀者加入對話，從書中抬起頭的他臉色蒼白、眼睛泛紅。「閱讀是一個斷斷續續、片段的過程。或者應該說，閱讀的對象是一種點狀和微粒狀的物質。在蔓延泛濫的文字中，讀者會把注意力集中在微不足道的部分，例如詞藻組合、隱喻、句法連結、邏輯轉化過程、詞彙特色這些意涵密度特別高的地方。這些就像是組成作品核心的基本粒子，所有一切都繞著核心打轉。或是像漩渦底部的黑洞，將水流吸走吞噬。書可能內含的真理，或最高要義，就是透過這些空隙在電光石火間為人所察覺。神話和祕密存在於微細顆粒中，一如蝴蝶腳上沾染的花粉。懂這一點的人才會對啟發和啟示有所期待。正因為如此，所以我跟這位先生相反，我的注意力離不開文字，一秒都不行。我如果不想錯過任何寶貴線索，就不能分心。每一次我遇到飽含意義的地方，我就會持續在周邊挖掘，看看能否從一塊礦石找出一條礦脈。因此我的閱讀永無止盡，我每次都一看再看，希望能在字裡行間找到新發現。」

「我也覺得需要重讀我已經看過的書，」第三位讀者說。「但是每次重讀，我總感覺自己像是第一次看一本新書。難道是我一直在變，所以才會看見之前沒發現的新東西？還是說閱讀是一項營建工程，把大量變數放在一起後才能成形，而且即便設計圖相同也不可能重複依樣畫葫蘆？每次我想要重溫前一次閱讀時的悸動，得到的卻是截然不同、出乎預期的結果，而且再也找不回先前的感受。有時候我覺得在一次和另一次閱讀之間會有所進步，我的意思是更能夠深入了解文本的精神，或是更能夠以客觀角度批判。但是有時候我又覺得似乎保留了上一次閱讀同一本書的記憶，並列後發現這些記憶有的炙熱，有的冰冷，或充滿敵意，散落在時間之中找不到焦點，也沒有一條軸線將之串連。我得到的結論是閱讀是沒有對象的過程，或者閱讀真正的對象是自己。書是附帶支援，甚或是一個託辭。」

第四位讀者也加入對話：「你們若堅持閱讀的主體性，我倒是跟你們意見一致，但不是從你們之前所說的漩渦離心角度出發。我閱讀的每一本新書都成為我看過所有書加總起來的一部分，而所有書加總起來就像是包羅萬象、集結成冊的一本書。做到這一點並不容易：為了統整那本書，每一本獨一無二的書都必須有所轉換，跟我之前看過的書建立關係，變成其他書的附錄或延續，或反證或注解，或是參考書。我來這間圖書館好多年了，我看過一本又一本書，看完一個書架又一個書架的書，但我可以告訴你們，我不過是持續閱讀同一本書。」

「對我來說，我看的所有書其實也是同一本書。」第五位讀者從一疊精裝書後面探出頭來。「不過這本書年代久遠，在我的記憶中偶爾浮現。在我看來，有一個故事發生在其他所有故事之前，而我看的其他所有故事不過是那個故事的回音，很快就會消散。我看書無非是為了尋找童年看過的那本書，然而我對那本書記憶有限，無從找起。」

第六位讀者抬頭在書架間巡視，經過我們這一桌的時候走過來說：「對我來說最重要的是開始閱讀前那一刻。有時候光看書名就足以燃起我對一本書的渴望，而那本書說不定根本不存在。有時候光看一本書的開頭，剛開始那幾句……。總而言之，如果說你們無需太多就能啟動想像力，那麼我需要的更少，只要對閱讀有所期待就夠。」

「對我來說重要的是結局，」第七位讀者說。「真正的最終結局，藏在陰暗處，是那本書想要帶你去的目的地。我在看書的時候也會尋找空隙，」他向眼睛泛紅的那位先生示意。「不過我的目光在字裡行間挖掘，是為了發現在『全文完』之後延伸出去的那片空間裡遠遠露出些許輪廓的東西。」

輪到你開口說話。「各位先生，我得先聲明我看書只喜歡看書裡寫出來的，將所有細節跟書的整體做連結。有些書我認為寫完就寫完了，我喜歡把一本書跟另一本書分得清清楚楚，每一本書的本質都是不同的、全新的。我尤其喜歡把書從頭看到尾，不過有好一段時間我覺得事情不大對勁，彷彿這個世界上所有故事都未完待續，半路消失。」

第五位讀者回答你說：「我剛才跟你們說的那個故事，我也只記得開頭，其他的全忘了。應該是《一千零一夜》的其中一篇故事，我正在比對不同版本，以及所有不同語言的譯本。類似的故事很多，變動也很多，沒有一個是原來那個。難道是我做夢夢到的？但是我知道只要我一天找不到那個故事，不知道故事結局，我就放不下。」

「哈里發哈倫．拉希德，」他查覺到你很好奇，決定跟你分享故事開頭。「一天晚上因為失眠，便喬裝打扮成商人離開宮殿，在巴格達街頭閒逛。他乘船沿著底格里斯河來到一個花園柵門外，看到一名如月亮般美麗的女子坐在水池旁彈著魯特琴輕聲歌唱。一名女奴引領哈倫．拉希德進入宮殿，讓他披上大紅色的斗篷。在花園裡唱歌的那名女子坐在一張銀色的單人扶手椅上。另外七名身穿紅色斗篷的男子環坐在她周圍的坐墊上。『就差你了，』女子說，『你遲到了。』然後請他坐在她旁邊那個坐墊上。『各位大人，你們發過誓無論如何皆聽命於我，現在測試你們是否真心的時間到了。』那名女子解下脖子上的珍珠項鍊。『這條項鍊有七顆白珍珠和一顆黑珍珠。現在我把線拉斷，讓珍珠掉落縞瑪瑙杯中。摸到黑珍珠的人必須殺死哈里發哈倫·拉希德，將他的頭顱帶來給我。我會以身相許作為獎賞。拒絕殺死哈里發哈倫·拉希德的人將會被另外七個人所殺。如果沒有人抽到黑珍珠，就得持續抽籤，直到有人摸中為止。』哈倫·拉希德張開手，看到黑珍珠，打了個哆嗦，然後問那名女子：『我會服從命運和你的命令，但是你得告訴我哈里發做了什麼事讓你如此怨恨』，渴望聆聽完整故事的他開口詢問。」

這個未完待續的故事也應該列入你的閱讀中斷書單裡。不知道故事叫什麼？

「就算有名字，我也不記得了。您自己取一個吧。」

你覺得這個無疾而終故事的最後那句話很符合《一千零一夜》的精神。於是你把《渴望聆聽完整故事的他開口詢問》寫進你向圖書館借閱但一本都沒借到的書單裡。

「我可以看一眼嗎？」第六位讀者問你。他拿起書單，摘下近視眼鏡放進眼鏡盒裡，打開另外一個眼鏡盒，戴上老花眼鏡後高聲朗讀：

「如果在冬夜，一個旅人，馬爾堡鎮外，人在斷崖不畏強風和暈眩俯視暗影幢幢，在團團纏繞的網中，在團團交織的網中，在月光映照的落葉地毯上，空墓遺事……是哪一個故事未完待續？渴望聆聽完整故事的他開口詢問。」

他把眼鏡推高架在額頭上。「嗯，這樣開頭的一本小說，」他說。「我覺得我以前看過……。您只有這麼一個開頭，想找到後面的故事，是嗎？問題是有一段時間所有小說的開頭都這麼寫。某某人經過一條人煙罕至的小路看見某個東西吸引了他的注意力，而這個東西背後似乎有一個謎團，也可能是一個預警，他想了解事情原委，於是有人告訴他一個很長的故事……。」

「不是的，您誤會了。」你試圖釐清。「這不是故事本身……全都是書名……。那個旅人……」

「那個旅人只出現在前面幾頁，之後就沒提到他了，因為他已經完成了他的功能任務……。這本小說並不是他的故事……。」

「我想知道結局的不是這個故事……。」

第七位讀者打斷你的話：「您以為每一個故事都必須有開頭和結尾嗎？古時候，一個故事只有兩種結局：經歷各種考驗後，男女英雄主角不是結婚，就是喪命。所有故事的最終意義只有兩個：生命的延續，死亡的必然性。」

你聽了這番話靜默沉思片刻。你突然決定要跟魯德米拉結婚。

第十二章

此時此刻，男性讀者和女性讀者，你們已經結為夫妻，一起躺在雙人床上各看各的書。

魯德米拉闔上她的書，關掉她那頭的燈，頭往枕頭上一靠，她說：「你也關燈吧，你看半天了還不累嗎？」

你說：「再看一會兒，伊塔羅．卡爾維諾的《如果在冬夜，一個旅人》我就快看完了。」

跋[1]

喬凡尼·拉博尼[2]

我總懷疑文學評論界是否對卡爾維諾（自《宇宙連環圖》出版後近十五年來的那個卡爾維諾）有過譽之嫌，說他聰穎過人、洞悉透澈、「冷靜自持」、創作技藝精湛能展現不同特色或意圖。舉例來說，在布蘭卡[3]主編的那套文學辭典中，「卡爾維諾」這個詞條（寫得十分精闢）不過短短幾行，我就能找到以下這些形容：頭腦清晰睿智、文字理性、知性嚴謹、抽象但不違背畢達哥拉斯思想，輕巧但能兼顧結構完整……。我肯定還漏掉了一些沒說。

別誤會，我完全無意否定卡爾維諾的文字和想像力有此面向。但那只是一個面向，除此之外還有其他不同面向，舉幾個比較籠統的說法：幽默、唯物主義、歡樂、出其不意、天馬行空、悲天憫人……。細膩地彼此融合後再根據某種處方需求做分離，那便是他創作風格與眾不同之處。總而言之，我想有兩個非專業人士神來之筆的評論最貼近事實核心，那兩個人是維多里尼[4]和帕索里尼[5]。他們在不同時間談到卡爾維諾，維多里尼說閱讀卡爾維諾可以「從充滿童話色彩的寫實角度切入，或從充滿現實考量的童話角度切入」，帕索里尼則說不可能「從『相對論』角度談卡爾維諾，因為他的相對論全然是幻想。」

面對《如果在冬夜，一個旅人》這樣一本書，我提出這個質疑似乎不大恰當，畢竟《旅人》一書應該說得上是（就某個角度而言的確是）卡爾維諾「技藝精湛」的極致表現，他展現出無與倫比的能力，將一個又一個風景全貌濃縮在透明玻璃瓶裡，之後又將玻璃瓶託付給無法預測的洋流，或藏在角落裡、陰影裡、另一個風景的叢林裡（或拍成微縮影片，把一切藏在一個句號或逗號裡，像諜戰電影裡演得那樣……）。

我個人認為，卡爾維諾正是利用這些堪比〇〇七系列電影或一流魔術師的炫技手法，帶出或保留了敏銳、沉痛、模稜搖擺心中的質疑與熱情，在不時用優雅手勢掀開披風或翻開圓頂帽，拿出一條條打結串連的絲巾、亮晶晶的銅板、鴿子和小兔子的時候，總是帶著一點疲憊和真心、苦悶和不安，於是多了一點「寫實」況味。更特別的是，在移動一切或讓一切移動的時候，在讓所有已辨識及未辨識物件和他那個實驗室／世界裡的機器及裝置保持正確距離在軌道上運行的時候，憑藉的並不是「抽象的」熱情，而是再具體不過的古老敘事熱情，就像《一千零一夜》，或是《瘋狂的奧蘭多》[6]，這兩本書正好是對卡爾維諾影響至深的「先祖」之作。但我想路易斯·卡羅[7]、波赫士[8]、托馬索·蘭多菲[9]、格諾、布紐爾[10]的作品對他的影響亦不容小覷。他們如同卡爾維諾大家族裡各有特色的父執輩、兄長，或同輩。

我知道我還沒有實質談到這本新書，但其實我從未離開過。《如果在冬夜，一個旅人》的基本想法，或「噱頭」，說起來非常簡單，卻讓人驚豔：這本書的核心人物（說的是他的故事，或關於他的事）通常待在書本外面，通常是先有書才有他，那個人是讀者。

從第一行到最後一行，是作家口中的「你」在主導全局，參與所有事件發展，然後思索，總而言之，讀者變成了主角。他是哪一類主角？事實上作家以描述情節為藉口，逼迫、規定讀者推動情節，把他當成一個單純的投射，或是立足點，敘事主軸以他為中心或糾纏或開展，或快進或倒退。至於敘述的內容，與其說是（一位）讀者的故事，不如說是一個（或那個）閱讀的故事。

這位讀者不斷因為搞笑或令人焦慮的突發狀況，因為各種戲劇性變化，無法把剛開始看或重新拿到手的書看完，逼得他只好把一本書換成另一本書，把一個故事換成另一個故事，他尋覓中斷的情節和不存在的獨特性，皆無功而返。最後讀者變成極具潛力的被委託人，也是無能為力的解碼人，無論他面對的是什麼書、什麼故事。其實那些書加起來是一本迷宮之書，是巴別塔之書，晦澀又迷人，是滑稽模仿，同時也是「自然」產物，所有已經書寫和有待書寫的書，所有經歷過的故事和尚待經歷的故事都在那本書中匯集組合。故事最後，讀者聽到一位「同好」高聲朗讀所有他開始看但沒能看完的書名，才發現原來把書名排列起來就變成另一個故事的開頭⋯⋯。

我沒打算窮盡畢生之力描述（更遑論解釋）《如果在冬夜，一個旅人》的架構，我想光從先前提到的幾件事就能看出這本書的重要性、豐沛的生命力和巧思。一翻開這本書，就會吸引我們的注意力，那是近數十年來歐洲文學的關鍵文本（也是特殊文本）。最後，我想再次重申這本書的獨特之處在於卡爾維諾下定決心甩開「冷靜自持」，釋放獨一無二的熱情，展現他對暗藏在令人暈眩的偽造及謊言騙局中的真相獨一無二的愛戀，對於讓人拍案叫絕、幾乎不可能做到的嚴謹布局中那份簡單獨一無二的堅持。由此觀之，我可以說卡爾維諾為我們做了完美示範，翻轉（姑且說是由反轉正吧）最大膽的前衛實驗先進儀器且絲毫無損其內建的顛覆破壞程式。

1（原注）原文標題〈卡爾維諾向讀者描述一本談所有小說的小說〉（*Calvino racconta al lettore un romanzo di tutti i romanzi*），刊載於《郵報》（*La Stampa*）文化周刊《關於書》（*Tuttolibri*），第五冊，第二十五期，一九七九年六月三十日，頁九。

2 喬凡尼·拉博尼（Giovanni Raboni, 1932-2004），義大利詩人、文學評論家、譯者。

3 布蘭卡（Vittore Branca, 1913-2004），義大利語言學家、文學評論家。《義大利文學評論辭典》

（*Dizionario critic della Letteratura Italiana*）主編，UTET出版社，一九八六年。

4 維多里尼（Elio Vittorini, 1908-1966），義大利作家。一九四二年加入地下共產黨，參與對德游擊戰。一九四五年擔任共產黨黨報《統一報》（*Unità*）米蘭分部負責人，並創辦當代文化期刊《綜合工藝》（*Il Politecnico*）。五一年受艾伊瑙迪出版社之邀主編《籌碼》（*I Gettoni*）叢書系列，與年輕作家卡爾維諾合作密切。

5 帕索里尼（Pier Paolo Pasolini, 1922-1975），義大利詩人、作家、電影導演。因反政治、反宗教鮮明立場被視為異議分子。電影作品多以古喻今，例如《定理》（*Teorema*）、《美狄亞》（*Medea*）、《索多瑪一百二十天》等；詩集有《燦爛時光》（*La meglio gioventù*）、《葛蘭姆西餘燼》（*Le ceneri di Gramsci*）等；小說作品多以青少年的成長掙扎為主題，如《青春少年》（*Ragazzi di vita*）、《暴力人生》（*Una vita violenta*）等。

6 《瘋狂的奧蘭多》（*Orlando Furioso*），文藝復興時期仿中世紀傳奇敘事詩作品，作者是義大利詩人阿利奧斯托（Ludovico Ariosto, 1474-1533）以中世紀法蘭克國王查理曼和撒拉森人之間的戰爭為背景，藉由奧蘭多愛上公主的故事反映義大利當時的生活。卡爾維諾於一九七〇年出版《瘋狂的奧蘭多》導讀版（*Orlando furioso di Ludovico Ariosto raccontato da Italo Calvino*），以現代觀點剖析古典作品。

7 路易斯・卡羅（Lewis Carroll, 1832-1989），英國作家，因兒童文學作品《愛麗絲夢遊仙境》聞名於世。

8 波赫士（Jorge Luis Borges, 1899-1986），阿根廷作家、詩人，咸認為是二十世紀最重要、影響最深遠的拉丁美洲作家。曾在圖書館工作多年，一九五五年獲任命擔任阿根廷國家圖書館館長。因遺傳性眼疾，雙目失明。

9 托馬索・蘭多菲（Tommaso Landolfi, 1908-1979），義大利作家、詩人、翻譯家。語彙艱澀，風格接近超現實主義，與義大利主流文學相去甚遠。

10 布紐爾（Luis Buñuel, 1900-1983），西班牙電影導演，作品以超現實主義風格為主，如《安達魯之犬》（*Un Chien Andalou*）、《中產階級拘謹的魅力》（*Le Charme discret de la bourgeoisie*）等。

大師名作坊 923

如果在冬夜，一個旅人

作　者—伊塔羅．卡爾維諾
譯　者—倪安宇
編　輯—張瑋庭
企劃經理—何靜婷
美術設計—廖韡
內頁排版—極翔企業有限公司
總編輯—嘉世強
董事長—趙政岷
出版者—時報文化出版企業股份有限公司
108019台北市和平西路三段二四〇號三樓
發行專線—（〇二）二三〇六—六八四二
讀者服務專線—〇八〇〇—二三一—七〇五
（〇二）二三〇四—七一〇三
讀者服務傳真—（〇二）二三〇四—六八五八
郵撥—一九三四四七二四時報文化出版公司
信箱—一〇八九九臺北華江橋郵局第九九信箱
時報悅讀網—http://www.readingtimes.com.tw
電子郵件信箱—liter@readingtimes.com.tw
法律顧問—理律法律事務所　陳長文律師、李念祖律師
印　刷—勁達印刷有限公司
二版一刷—二〇一九年十一月二十九日
二版五刷—二〇二四年一月四日
定　價—新台幣三六〇元
（缺頁或破損的書，請寄回更換）

時報文化出版公司成立於一九七五年，
並於一九九九年股票上櫃公開發行，於二〇〇八年脫離中時集團非屬旺中，
以「尊重智慧與創意的文化事業」為信念。

如果在冬夜，一個旅人 / 伊塔羅．卡爾維諾（Italo Calvino）著；倪安宇譯 . -- 二版 . -- 臺北市：時報文化, 2019.11
面；　公分 . --（大師名作坊；923）
譯自：Se una notte d'inverno un viaggiatore
ISBN 978-957-13-8032-2

877.57　　108019190

ISBN 978-957-13-8032-2
Printed in Taiwan